W0319145

ARMANS GEHEIMNIS

Tinka Edel studierte Theater-, Filmwissenschaften und Germanistik. Zunächst schrieb sie für Magazine wie „Wendy“ oder „Bibi und Tina“, anschließend Drehbücher sowie Kinder- und Jugendromane. Tinka Edel wohnt mit ihrer Familie und einem Vierbeiner in Berlin.

ARMANS GEHEIMNIS

erzählt von Tinka Edel

KOSMOS
bei CARLSEN

MIX
Papier aus verantwortungsvollen Quellen
FSC® C083411
www.fsc.org

Veröffentlicht im Carlsen Verlag
Dezember 2018
Mit freundlicher Genehmigung des Franckh-Kosmos Verlages

Umschlaggestaltung: formlabor
Corporate Design Taschenbuch: bell étage
ISBN 978-3-551-31765-0

KAPITEL 1

Wie immer, wenn sie nicht weiterwusste, hatte sich die 15-jährige Charlie aufs Dach verzogen. Von hier aus konnte sie über die Stadt sehen, bis alles verschwamm, es keine klaren Linien mehr gab, sondern nur noch eine gnädig unscharfe Fläche und den weiten Himmel darüber. Hier oben, fern von ihrer Familie, konnte sie wenigstens einigermaßen durchatmen, ohne dass ihre Mutter, deren Freund Tom oder ihr kleiner Bruder Jan etwas von ihr wollten. Zum Beispiel, dass sie endlich für diese Familienreise packte, auf die sie schon keine Lust gehabt hatte, als Tom und ihre Mutter vor ein paar Wochen das erste Mal davon sprachen. Von wegen, es würde ihnen allen guttun! Wenn sie nur daran dachte, schnürte es ihr die Kehle zu. Ein Urlaub ohne ihren Vater – was für ein Familienurlaub sollte das sein? Charlie zupfte bedrückt an der Naht ihres schwarz karierten Hemdes. Es war ihr viel zu groß und hüllte ihren schmalen Körper ein wie ein Gewand … es war eines der Lieblingshemden ihres Vaters gewesen. Vorsichtig schob sie ihre Kopfhörer über die Ohren, ohne die Mütze zu verrutschen, die sie über ihre blonden Locken gestülpt hatte. Mit der richtigen Musik gelang es ihr manchmal, zu vergessen, wo sie war. Oder wovor sie sich hier oben versteckte.

Charlie drehte den Song lauter, schloss die Augen und wünschte sich zum wiederholten Mal, unsichtbar zu sein. Einfach verschwinden zu können.

Fest drückte sie ihr Tagebuch an sich, das sie immer bei sich hatte. Dort schrieb sie alles auf, was sie beschäftigte und sie niemandem sagen konnte.

„Charlie?“ Tom, der Freund von Charlies Mutter, kam suchend die Treppe hinaufgeeilt und entdeckte sie. Eine kleine Falte erschien auf seiner Stirn. „Charlie? Charlotte!“ Doch Charlie hatte die Augen geschlossen und wippte im Takt der Musik, sie hörte ihn nicht. Kurzerhand zog er die Kopfhörer mit einem Ruck an dem Kabel von ihrem Kopf. Charlie funkelte ihn wütend an. „Was?!“

„Ja, was glaubst du denn? Der Flieger wartet nicht auf uns. Kommst du jetzt bitte?“

Einen Moment starrten sie sich wie bei einem Duell in die Augen. Dann schüttelte Charlie den Kopf. „Ich bleib hier!“ Anstatt darauf etwas zu sagen, drehte sich Tom genervt um und lief, immer zwei Stufen auf einmal nehmend, hinunter in Richtung ihrer Wohnung. Charlie ahnte, was als Nächstes kam. Oder besser wer: ihre Mutter. Sie musste dringend hier weg. Mit festen Schritten folgte sie Tom ins Wohnzimmer, wo ihr kleiner Bruder Jan sich bemühte, seinen übervollen Koffer zu schließen. Auf der Nase trug er eine große Taucherbrille. Charlies Mutter Anja sah ihr fragend entgegen. „Was ist los?“

„Nichts, ich komm einfach nur nicht mit, das ist alles.“

„Das ist doch nicht dein Ernst?“

Was für eine Frage! Natürlich war das ihr Ernst. „Ich hab keinen Bock mehr auf euren Pseudofamilienscheiß!“, erklärte Charlie und unterdrückte ein kleines schlechtes Gewissen. Sie wusste, ihre Mutter tat ihr Bestes, wollte, dass sie sich willkommen fühlte. Aber das ging einfach nicht. Nicht nach allem, was passiert war. Mühsam holte sie Luft. Ihre Brust fühlte sich an wie in einen Schraubstock geraten. Sie machte einen weiteren

Schritt auf die Treppe zu, die zur Eingangstür hinunterführte. Sie musste hier raus! Doch Jans große, enttäuschte Kinderaugen hielten sie auf. „Aber wir wollten doch tauchen zusammen?!", flüsterte er den Tränen nahe.

Seufzend ging Charlie vor ihm in die Hocke. „Du lernst ganz viele andere Kinder kennen, mit denen du auch tauchen und schwimmen und Spaß haben kannst!" Entschuldigend sah sie ihn an. Der Kleine konnte schließlich nichts dafür. Es lag an ihr. Nur an ihr!

Jan zog die beschlagene Taucherbrille herunter und blinzelte traurig. „Ich will aber keine anderen Kinder!"

Charlie schluckte. Wie sollte sie ihm klarmachen, dass sie nicht mitkommen konnte? Dass sie nicht klarkam mit all der ... neuen Gegenwart?

„Schluss jetzt mit dem Theater", mischte sich Tom ein und wedelte aufgebracht mit den Tickets vor Charlies Nase. „Es ist alles gebucht: der Flug, das Hotel!"

Typisch Tom, Kohle, Kohle, Kohle – was anderes zählte für den nicht! Sauer schnappte sich Charlie ihr Flugticket und zerriss es in Fetzen. „Diskussion beendet?" Mal gucken, was er darauf zu sagen hatte! Doch selbst Tom schienen die Worte zu fehlen. Wütend griff er nach ihr.

„Fass mich nicht an!" Mit einem Ruck machte Charlie sich los und rannte in Richtung Ausgang.

„Charlie, warte!" Ihre Mutter klang besorgt. Charlie legte einen Zahn zu. Sicher wollte sie wieder *reden*! Als würde das irgendetwas ändern. Sie, Charlie, war schuld ... an allem! Und deswegen war es besser, wenn sie alleine fuhren. Ohne sie.

Ohne stehen zu bleiben, lief sie die Treppe hinunter, riss die Tür auf und jagte durch den Vorgarten hinaus auf die Straße.

Das Auto von links sah sie viel zu spät.
Bremsen quietschten.
Charlies Mutter schrie panisch ihren Namen.
Dann war da nichts mehr, nur Stille.
Schwarz.
Wohltuende Ruhe … Es fühlte sich an, als schwebe sie …

KAPITEL 2

Ein lauer Wind strich über die mit bunten Frühlingsblumen gesprenkelten Wiesen und weiten Felder, der Himmel war tiefblau. Vögel zwitscherten, Eichhörnchen raschelten in den Bäumen. Von weiter her wieherten Pferde.

Ein alter, gemütlich aussehender Gutshof erhob sich aus den Wiesen und Feldern. Im Brunnen vor der Hoftür plätscherte klares Wasser. Daneben – vor einem großen Stall – arbeiteten ein Mann und eine Frau an einem Tor. Richard und seine Frau Lore besserten Hand in Hand arbeitend schadhafte Stellen im Holz aus. Lore strich sich eine Strähne des braunen, glänzenden Haares hinters Ohr und lächelte ihren Mann liebevoll an. Dieser reichte ihr das nächste Holzstück an und zwinkerte ihr zu. Lachfalten erschienen um seine freundlichen Augen und dunkelblonde Locken fielen ihm in die Stirn.

Mit einem Türklappern trat eine ältere Dame aus dem alten Haupthaus. Sie hatte sich ein gehäkeltes Tuch um die Schultern geschlungen und einen dampfenden Apfelkuchen in den Händen. Langsam überquerte sie den Hof.

Richard richtete sich erfreut auf. „Rona, kannst du Gedanken lesen?“ Noch bevor seine Mutter antworten konnte, hatte er bereits den ersten Bissen probiert und kaute genüsslich. Rona und Lore mussten lachen. Da blieb Lores Blick an etwas in der Ferne hängen: Ein Reiter näherte sich ihnen vom Wald her. „Wir bekommen Besuch!“

Der elegante Schimmel schien über die Erde zu fliegen und passte perfekt zu der ebenfalls hell gekleideten Gestalt auf seinem Rücken. Ihr weißer Umhang flatterte im Wind, die Kapuze verdeckte weißgoldene Haare. Richard, Lore und Rona erkannten ihn sofort: Mick.

Mit einem warmen Lächeln stieg Mick ab. Seine Augen leuchteten freundlich. „Schön, euch wiederzusehen."

Lore trat begrüßend auf ihn zu. „Mick, wie kommen wir zu der Ehre?"

Doch bevor er antworten konnte, rief eine begeisterte Stimme aus dem Stall seinen Namen: „Mick!!" Tami, Lores und Richards zehnjährige Tochter, flog mit fröhlich flatterndem Rock auf ihn zu. Mick fing das Mädchen auf und wuschelte ihr durchs Haar. Dann sah er in die fragenden Augen der anderen und wurde ernster. „Ehrlich gesagt, habe ich einen kleinen Überfall auf euch vor." Ermutigend nickten sie ihm zu, weiterzusprechen. „Es gibt da fünf junge Menschen, die in großen Schwierigkeiten stecken ... ich dachte, vielleicht könntet ihr sie hier für einige Zeit aufnehmen."

Lore, Richard und Rona schauten sich etwas unsicher an. Dann fragte Richard nachdenklich: „Und wie hast du dir das vorgestellt? Ich meine, was sollen wir denn hier mit fünf Kindern machen?" Lore legte sanft eine Hand auf den Arm ihres Mannes und holte tief Luft. Wenn Mick sie um etwas bat, dann musste es sehr wichtig sein und sie sollten alles tun, um ihm zu helfen.

„Wann würdest du sie denn bringen?", fragte sie also lächelnd. Mick bedachte sie mit einem dankbaren Nicken. „So schnell wie möglich. Eigentlich sind alle bereit. Bis auf eine ..."

Mühsam blinzelte Charlie in das viel zu grelle Licht. Die Bilder eines seltsamen Traums tanzten vor ihren Augen. Sie schüttelte den Kopf, um sie zu vertreiben, und konzentrierte sich auf die hellgestrichene Wand neben ihr. Etwas tröpfelte – Regen? Nein, dazu war es viel zu regelmäßig! Mühsam wandte Charlie den Kopf. Ihre Zunge klebte am Gaumen. Was war nur los mit ihr? Dann bemerkte sie den Tropf. Er hing an einem Ständer, ein durchsichtiger Schlauch führte direkt in ihren Arm!

Was, zum Henker?

Das Laken über ihren Beinen war makellos weiß, ebenso wie das Hemd, in dem sie steckte. Auf ihrer linken Seite stand ein Bettkästchen, darauf eine Flasche Wasser.

Sie befand sich in einem Krankenhaus? Warum?

Charlie versuchte, sich zu erinnern. Was war passiert? Der Streit mit ihrer Mutter und Tom, ihre Flucht und dann ...

Ein Schluchzen kam vom Gang. Charlie kniff die Augen zusammen und erkannte ihre Mutter Anja. Vornübergebeugt saß sie auf einem der Stühle. Erschöpft sah sie aus und verzweifelt. Was war nur los?

Mühsam richtete sich Charlie in dem fremden Bett auf. Egal, was sie über den Familienurlaub gesagt hatte, ihre Mutter weinen zu sehen machte ihr zu schaffen.

Doch bereits diese kleine Bewegung fiel ihr schwer und so sah sie nur benommen zu, wie jemand neben ihrer Mutter Platz nahm und sich zu ihr beugte: Sein Pflegerdress war makellos weiß, seine Haare schimmerten hellgolden, die Augen leuchteten nett. Vertrauenswürdig sah er aus, als wisse er genau, was Anja durchmachte, und habe eine Lösung. Tatsächlich beugte sich Charlies Mutter aufatmend zu ihm und nickte, als er nun ruhig erklärte: „Ihre Tochter hat wirklich großes

Glück gehabt." Charlie lauschte neugierig. „Ich kann Ihnen vielleicht helfen", hörte sie ihn murmeln. „Es gibt da einen Reiterhof, mitten in der Natur. Der perfekte Ort für Jugendliche wie Charlie, um mal wieder zur Ruhe zu kommen."

What the ...

Schlug dieser Typ ihrer Mutter gerade ernsthaft vor, sie auf einen blöden Pferdehof abzuschieben?

Charlie ließ sich zurücksinken. Das konnte ja wohl nicht wahr sein!

Doch da kam die traurige Stimme ihrer Mutter: „Als Kind ist sie eigentlich sehr gerne geritten."

Na toll, durfte sie eigentlich gar nichts mehr dazu sagen? Wurde alles ohne sie entschieden?

Charlie drehte den Kopf weg. Reiten? Wie alt war sie? Zehn oder was? Ihre Mutter wollte sie ernsthaft auf einen Ponyhof schicken, damit sie, Tom und Jan in Ruhe in den Urlaub fahren konnten? Charlie spürte, wie sich ihre Brust zusammenzog. Loswerden wollte sie sie, nichts weiter, oder?

Als Anja nun zögernd Charlies Krankenzimmer betrat, kniff sie vorwurfsvoll die Augen zusammen. Ihre Mutter setzte sich zu ihr und griff nach ihrer Hand.

„Süße, du bist ja wach, wie geht es dir?"

„Als wenn dich das interessiert, du kannst es doch kaum erwarten, mich endlich abzuschieben!", fauchte Charlie. Anjas überraschter Gesichtsausdruck machte sie nur noch wütender: „Schicken Sie Ihre Tochter doch auf einen Ponyhof, da lösen sich die Probleme von ganz alleine! Dann könnt ihr einen auf heile Family machen!"

Anja schüttelte verletzt den Kopf. „Aber doch nicht ohne dich, du gehörst doch dazu!"

Charlie schluckte die wütenden Tränen hinunter. Ihre Mutter kapierte es einfach nicht.

„Ich will aber nicht dazugehören", fuhr sie Anja verzweifelt an, die ihr nun in die Augen blickte und hilflos wissen wollte: „Dann sag mir mal bitte, was ich noch machen soll! Ich weiß es nämlich nicht mehr. Ich kann dich nicht auch noch verlieren, Charlie!"

Charlie erstarrte. Der letzte Satz ihrer Mutter echote in ihren Gedanken – *dich nicht auch noch*, hatte Anja gesagt. Und gemeint: so wie deinen Vater. Charlie schüttelte den Kopf und atmete gegen die Enge an, die sie plötzlich wieder fest im Griff hielt. Sie hatte keine Ahnung, was sie tun konnte. Wenn sich die Zeit zurückdrehen ließe – ja, dann würde sie alles anders machen. Dann wäre alles wieder so wie früher. Ohne Tom. Tom, der den Platz ihres Vaters einnahm. Sie hatte alles falsch gemacht. Sie war schuld und nur sie. Dachte Anja das auch jedes Mal, wenn sie Charlie ansah? War das der Grund, warum sie sie abschieben wollte? Ohne Charlie konnten sie eine fast normale, glückliche Familie sein. Für Charlie gab es einfach keinen Platz mehr.

KAPITEL 3

Wortlos starrte Charlie aus dem Autofenster. Nichts mehr war von den großen Straßen und hohen Häusern der Stadt zu sehen. Ein sanfter Hügel folgte dem anderen. Goldene Felder wechselten sich mit kleinen Waldstücken und grünen Wiesen ab. Roter Mohn und blaue Kornblumen sprenkelten die Landschaft wie das Gemälde irgendeines Landschaftsmalers. Romantischer Mist! Charlie zog die Nase kraus. Und die ganzen Tiere! Kühe gingen träge an den Zäunen neben ihrem Auto entlang. Besonders schnell ließ es sich hier nicht fahren. Na klasse, willkommen am Arsch der Welt! Und dann gab auch noch der Radioempfang auf. Charlie drückte entnervt auf die Sendereinstellung, doch überall das gleiche statische Rauschen.

Sie warf einen Seitenblick auf ihre Mutter. Anja sah konzentriert auf die Straße. Doch die Knöchel ihrer Finger, die um das Steuerrad gekrampft waren, traten weiß hervor. Charlie biss die Zähne zusammen. Kein Wort war mehr zum gemeinsamen Familienurlaub gefallen. Im Gegenteil, seit Anja von diesem Pferdehof erfahren hatte, stand Charlies Schicksal fest: Sie wurde dort abgeliefert und fertig. Charlie schluckte trocken und warf einen wütenden Blick in die Idylle – dorthin, wo die Sonne das Laub der Bäume in unterschiedliche Grüntöne tauchte, als wäre alles in schönster Ordnung!

Anja bremste ab, bog auf einen kleinen Waldweg und blieb

schließlich stehen. Dann wandte sie sich vorsichtig zu ihrer Tochter. Doch Charlie hatte bereits die Tür geöffnet, sich ihre Tasche geschnappt und war hinausgesprungen. Jetzt noch ein paar warme Worte zum Abschied konnte sie nicht ertragen! Unter ihren Füßen raschelten Blätter, Kies knirschte, Vögel zwitscherten und es roch ... irgendwie bekannt und trotzdem ganz anders. Wie etwas aus ihrer Erinnerung. Klar und erdig. Nach Holz, frischem Laub und gemähtem Gras. Unwillkürlich atmete Charlie tief ein. Dann blieb sie erstaunt stehen. Vor ihnen erhob sich ein uraltes gusseisernes Tor. Dichte Hecken schlossen es ein. Die Eisenstäbe der Verzierung liefen auf die Mitte zu und bildeten eine Sonne. Anja versuchte, es zu öffnen, doch es gelang ihr nicht. Charlie sah die Überraschung auf ihrem Gesicht. Anja blickte auf ihr Handy – kein Empfang. Entnervt rollte Charlie mit den Augen. Toller Start!

Verwirrt spähten Charlie und ihre Mutter durch das massive Portal. Dahinter erstreckte sich ein gewundener Pfad und verlor sich in dem angrenzenden Wald. Sonst war nichts zu sehen. Keine Straße, keine Einfahrt, kein Hof. Es sah nicht aus, als ob sie irgendwer erwartete!

„Super organisiert!" Charlie blickte sich um. Da standen sie also, mitten in der Pampa, konnten nicht weiter und dieser mysteriöse Krankenpfleger Mick war auch nicht zu erreichen. Plötzlich raschelte es auf der anderen Seite. Aufmerksam blickte Charlie durch das Tor. Von Weitem erklang ein Schnauben und Wiehern. Dann kam Mick in Sicht, er saß auf einem edlen Schimmel. Ihm folgten eine lächelnde Frau mit lockerem Pferdeschwanz auf einem braunen Pferd und ein etwa zehnjähriges Mädchen auf einem Pony.

Als sie das Tor erreicht hatten, nickte Charlie nur kurz. „Ist abgeschlossen." Von ihr aus durften sie ruhig mitbekommen, was sie von diesem Empfang hielt! Doch Mick sah sie mit einem herausfordernden Lächeln an, während er von seinem Pferd abstieg, „Sicher? Probier es noch mal."

Bitte, wenn er den Beweis brauchte! Charlie packte den runden Knauf und zog. Diesmal ließ sich das Tor öffnen, als hätte es nur auf sie gewartet. Mit leisem Quietschen schwang es auf. Seltsam, hatte ihre Mutter vorhin nicht fest genug gerüttelt? Charlie schüttelte irritiert den Kopf und trat hindurch. Für einen Moment hatte sie das Gefühl, eine Schwelle zu übertreten. Die Luft schien anders, weicher, und einen Moment glaubte Charlie ein Wispern zu hören. Ihr Herzschlag beschleunigte sich. Verwundert sah sie sich um.

„Hallo, ich bin Lore Liliental", stellte sich da die dunkelhaarige Frau neben Mick vor. „Du musst Charlie sein. Mick hat uns viel von dir erzählt." Sie sah Charlie so warm an, als würde sie sich wirklich freuen, sie zu sehen. Charlie biss sich auf die Lippen und lief ohne eine Erwiderung an ihr vorbei. So einfach würde sie es ihnen nicht machen!

Lore ließ sich ebenso wenig von Charlies Abwehrhaltung beeindrucken wie das Mädchen hinter ihr. „Und ich bin Tami, komm, ich begleite dich!" Erfreut grinste sie Charlie entgegen und begann wie selbstverständlich neben ihr herzulaufen. Ihr Pony führte sie dabei an den Zügeln. Charlie warf einen kurzen Seitenblick auf die beiden – was für ein Gespann! Und wie die hier alle aussahen: Blusen mit Häkelkragen, seltsame Röcke mit Westen darüber, als wären sie direkt dem Mittelalter entsprungen!

Selbst Mick, der im Gegensatz zum Krankenhaus einen langen Mantel mit Kapuze trug, der um seine hochaufgerichtete

Gestalt wehte, wirkte eher wie ein … Ritter oder etwas Ähnliches!

Charlie folgte Tami den Feldweg entlang. Die Worte ihrer Mutter, die vor dem Tor stehen geblieben war, ignorierte sie. „Charlie?“ Anja streckte zögernd zum Abschied eine Hand nach ihrer Tochter aus. „Ich liebe dich!“ Charlie schluckte und zwang sich weiterzulaufen, als hätte sie nichts gehört. Anja blickte ihrer Tochter unsicher hinterher.

„Machen Sie sich keine Sorgen“, beruhigte Lore Charlies Mutter. „Wir passen gut auf sie auf.“ Und auch Mick nickte Anja zu. „Sie haben die richtige Entscheidung getroffen“, versicherte er ihr, während Charlie sich langsam, aber sicher mit Tami entfernte. Anja seufzte. „Das hoffe ich.“

„Bist du schon mal geritten?“, wollte Tami wissen und ließ sich nicht von Charlies grummeligem „Ja, vor ein paar Jahren. Ich fand's total bescheuert“ entmutigen. Wie ein Wasserfall redete sie drauflos. Lore, die zu den beiden aufschloss, lauschte mit amüsiertem Lächeln ihrer begeisterten Tochter.

„Ich liebe Reiten!“, erklärte Tami glücklich. „Unsere Pferde sind die besten. Alle etwas verrückt, aber total lustig. Neulich ist Milosch ausgerissen, wir haben ihn überall gesucht …“

Charlie blendete Tamis Geplauder aus und sah sich um: all die Natur, die Wiesen und Bäume, die aussahen, als könnten sie sich nachts in etwas anderes, Magisches verwandeln. Etwas, in dem Feen und Zwerge, Zauberer und Elfen hausten. Die Luft war klar und es roch nach Heu und Erde. Als wäre das alles hier direkt aus einer der Gutenachtgeschichten gefallen, die Papa ihr früher immer erzählt hatte. Charlie rückte den Schulterriemen ihrer Tasche zurecht. Der Reithelm drückte gegen ihre Rippen. Er war neu, ihre Mutter hatte darauf bestanden, obwohl Charlie keine gesteigerte Lust empfand, überhaupt auf ein Pferd zu steigen!

Tami quasselte immer noch fröhlich, als ein Wiehern an Charlies Ohr drang. Und plötzlich fühlte es sich an, als würde die Zeit stehen bleiben. Auf einer Koppel zwischen Bäumen und ungemähtem Gras galoppierte das schönste Pferd, das sie jemals gesehen hatte: tiefschwarz, elegant und wild. Sein Hufschlag wurde schneller, je näher es kam – genau wie Charlies Herz – fast so, als gliche sich ihr Rhythmus an! Ganz still blieb sie stehen und sah ihm entgegen. Es sah aus, als könnte es jeden Moment problemlos über den umgrenzenden hohen Holzzaun setzen.

Als Lore zu reden begann, erschrak Charlie. Der Anblick des schwarzen Pferdes hatte sie so gefangen genommen, dass sie für einen Moment vergessen hatte, wo sie sich befand.

„Er ist schön, nicht wahr?", meinte Tamis Mutter lächelnd und sah stolz dabei aus. „Er heißt Arman." Charlies Blick glitt über sein in der Sonne glänzendes Fell. Auf seinem Rücken zu sitzen musste unglaublich sein! Als hätte Tami ihre Gedanken gelesen, fügte sie an: „Aber man kann ihn leider nicht reiten, er ist zu wild." Charlie nickte. Noch jemand, der seine Freiheit brauchte und sie verteidigte! Das kannte sie irgendwoher.

Tami stupste sie an. „Lass uns weitergehen."

Nur mühsam riss sich Charlie los. Arman wieherte, hob den Kopf und drehte sich um. Fast schien es, als suchten seine dunklen Augen Charlie. Dann war der Moment vorbei, Arman drehte ab und preschte mit wehender Mähne davon.

„Die anderen sind bestimmt schon da", erklärte Tami und lief voraus.

Die anderen?! Charlie seufzte lautlos.

KAPITEL 4

Vorsichtig beäugte Charlie die vier Jugendlichen, die auf dem Hof vor dem lang gestreckten Hauptgebäude standen und warteten. Eines der Mädchen wirkte genauso verloren, wie Charlie sich fühlte. Sie blickte niemanden direkt an und zupfte mit hochgezogenen Schultern die Ärmel ihrer weißen Strickjacke über die Hände. Fast sah sie aus, als wünschte sie sich, die rotblonden Haare nicht zu einem Zopf gebunden zu haben, damit sie ihr Gesicht dahinter verstecken konnte. Neben ihr lehnte ein dunkelhaariger Typ am Zaun und bemühte sich, möglichst cool rüberzukommen. Er trug dicke Sneaker und ein umgekehrtes Käppie auf dem Kopf. Sein Hoodie war definitiv ... auffällig. Quietschgelb, als hätte er nichts dagegen, aufzufallen. Das It-Girl nur wenige Meter weiter ließ ihn allerdings alt aussehen. Alles an ihr wirkte wie frisch aus einem teuren Designerladen importiert: das Kleid, ihre auffälligen Ohrringe, selbst der pinkfarbene Rollkoffer. Ob ihr Reitdress genauso aufgehübscht war? Charlie beobachtete sie heimlich von der Seite. Sie passte ungefähr genauso gut in diese Umgebung wie ein feuerrotes Cabrio! Genervt hielt das Mädchen ihr Handy in die Höhe – na klar, auch das war mit einem stylischen Glitzer-Extra verziert. Da achtete jemand ganz genau auf seine Wirkung.

„Kann mir mal einer sagen, was mit meinem Handy los ist?", unterbrach die Prinzessin die Willkommensrede von Lore und deren Mann, den sie als Richard vorgestellt hatte. Dunkelblonde Locken fielen ihm in das nette Gesicht, der Dreitagebart dagegen verriet sein Alter – hier und da waren die Haare grau.

„Technische Geräte funktionieren hier leider nicht", erklärte Lore da auch schon und wurde von dem Jungen im Hoody unterbrochen. „What?? Kein Internet? WLAN, Hotspot, Rooter? Irgendwas??" Sämtliche Jugendliche starrten Lore ungläubig an. War das ihr Ernst? Kein Internet?

Richard tauschte einen kurzen Blick mit Lore und schlug vor: „Lasst uns erst einmal ins Haus gehen, da zeigen wir euch alles." Aufmunternd wandte er sich zu dem fünften in der Runde. „Kommst du auch, Nils?"

Neugierig besah sich Charlie den Jungen: Er war blond, still, gut aussehend und schnappte sich nun seinen Rucksack, ohne einen von ihnen anzusehen. Als ob er es gewohnt war, mehr zu gucken, als zu reden, und lieber unsichtbar blieb. Dann blickte er jedoch kurz auf – ausgerechnet direkt in Charlies Augen. Für ein paar Sekunden hielt Charlie seinem Blick stand, dann sah sie verlegen weg und wunderte sich über sich selbst: Seit wann war sie so schüchtern?

Das It-Girl holte auf und lief neben Nils her. „Voll ätzend hier, oder?", begann sie ein Gespräch. „Ich bin übrigens Patrizia!"

Doch mit einem „Schön für dich" ließ Nils sie stehen. Viele Worte schien der nicht zu machen.

Als Charlie das Haus betrat, umfing sie sogleich der Duft nach frisch gebackenem Apfelkuchen. Charlie lief das Wasser im Mund zusammen, aber sie riss sich zusammen. So leicht würde sie sich nicht herumkriegen lassen. Verwundert ließ sie ihre Augen durch die Zimmer schweifen. Auch die Inneneinrichtung des Hofes war … nun, recht ungewöhnlich: nirgendwo Lichtschalter, stattdessen überall Kerzen und Petroleumlampen. Wiesenblumen standen auf den Tischen, ein großer, altertümlicher Ofen nahm eine gesamte Ecke ein. Seine Oberfläche war aus grünen, scheinbar handgefertigten Fliesen. Nirgendwo Plastik oder Stahl, alles war aus Holz: der Boden, die Wände, die Möbel und eine seltsam aussehende Standuhr. Und auch das Schachspiel, hinter dem die alte Frau, die Richard als seine Mutter Rona vorstellte, saß, war aus Holz. Mann, das war ja wie in einer dieser Scripted-Reality-Serien im Fernsehen! Leben auf der Alm – oder so. Da passte es super dazu, dass das Essen gemeinsam vorbereitet werden sollte und der Tag bei Sonnenaufgang um sechs Uhr morgens begann: Pferde pflegen, Heu machen, Stall ausmisten …

Der Typ im gelben Hoodie verdrehte die dunklen Augen. Eben hatte er noch eine der Schachfiguren versetzt und damit Richards Mutter überrascht, nun seufzte er lauthals. „Bitte was???“

„Tja, wir müssen Pferde pflegen, Heu machen, Stall ausmisten, reiten natürlich auch …“ Lore klang gut gelaunt. Charlie fühlte sich unwohl und bevormundet. Nicht nur, dass ihre Mutter sie hierher abgeschoben hatte, damit sie „klarkam“, nein, offenbar war auch jede einzelne Minute durchorganisiert! Und darüber hinaus durfte sie sich auch noch das Zimmer mit den anderen beiden Mädchen teilen. Na super – Dinge, die Charlie ganz sicher nicht gebrauchen konnte!

Grimmig stand Charlie nur wenig später mit den anderen auf der Koppel und betrachtete die hier grasenden Pferde. Jeder von ihnen sollte eine Patenschaft für eines der Tiere übernehmen. Oder eher andersherum, denn die Lilientals waren überzeugt davon, dass sich die Pferde ihren Menschen auswählten. Was für ein Quatsch! Das fand offenbar auch Tarik, der Typ im Hoodie. „Ihr lest unsere Namen vor und die Viecher diskutieren dann aus, wer mit wem und so?"

Richard antwortete schmunzelnd: „Ja, so ungefähr."

So ein Unsinn, dachte Charlie. Als jedoch ausgerechnet das größte der Pferde auf das schüchterne Mädchen – Dajana – zutrabte und sie vorsichtig anstupste, war sie überrascht. Hier schien tatsächlich einiges anders zu laufen.

„Du brauchst keine Angst zu haben, Dajana. Argos ist zwar groß, aber ganz sanft und friedlich", versuchte Lore, dem Mädchen Mut zu machen. „Er mag dich und hat dich ausgesucht – das ist toll!"

Charlie sah auf. Wenn es stimmte, dass die Pferde fühlten, wer für sie richtig war, was sagte das wohl über die so zurückhaltende Dajana aus?

„Das ist ein Zwergpferd, Mann! Vergiss es!", beschwerte sich kurz darauf der plötzlich gar nicht mehr so vorlaute Tarik. Er wurde ausgerechnet von dem kleinsten der Vierbeiner begeistert verfolgt. Doch weder der Zwerg noch die Gasteltern ließen locker.

„Das ist wohl Liebe auf den ersten Blick", sagte Richard grinsend und warf seiner Frau einen amüsierten Blick zu. „Wenn ich vorstellen darf, Tarik – das ist Milosch!"

Milosch hatte Tarik eingeholt und stand nun sichtlich zufrieden neben ihm. Tarik verdrehte die Augen und beäugte neidisch den stolzen Braunen, der auf Nils zutrabte und ihm herausfordernd zuwieherte.

„Das ist Timon", stellte Lore das Pferd vor. „Er ist mutig,

stark und treu, wenn du erst mal sein Vertrauen gewonnen hast." Interessiert beobachtete Charlie Nils, der nur mit den Schultern zuckte, als ginge ihn das alles nichts an. Bewegungslos stand er neben Timon, die blonden Haare fielen ihm ins Gesicht und verhinderten, dass er irgendwen ansehen musste. Was wohl bei ihm schiefgelaufen war?, fragte sich Charlie. Er sah gut aus, auf eine unangestrengte Art, so als müsste er sich nicht darum bemühen. Und grimmig. Wehe dem, der ihn fragte, weshalb er hier war. Charlie ertappte sich dabei, dass sie versuchte, die Farbe seiner Augen zu erkennen. Blau? Grün, braun?

„Nee. Das will ich nicht. Das ist hässlich!" Patrizia riss Charlie unsanft aus ihren Gedanken. Rückwärts lief sie vor dem Schecken davon, der sie auserkoren hatte.

Charlie musste grinsen. Geschah Miss Hochnäsig recht. Ihr vierbeiniger Verehrer, Jaron, wie Richard ihn nannte, war alles andere als ein elegantes Springpferd, das zu Patrizias Profi-Reit-Outfit gepasst hätte.

„Er ist manchmal ein wenig unsicher und braucht eine führende Hand", erklärte Richard und lächelte Patrizia an. „Anscheinend bist du genau die Richtige."

„Ganz toll. Aber no way!" Patrizia sah sich um und fand, wonach sie gesucht hatte. „Den da, den will ich!" Begeistert blickte sie in Richtung der angrenzenden Weide. Dorthin, wo Arman graste, jener wilde Rappe, der Charlie vorhin – ja, was? – direkt in die Augen gesehen hatte, als wollte er ihr etwas sagen?

Lore schüttelte den Kopf. „Das geht leider nicht, Patrizia, Arman lässt sich nicht bändigen, er ist kein Reitpferd."

Auch Charlie konnte sich nicht vorstellen, dass der wilde

schöne Rappe jemanden auf seinem Rücken duldete. Hieß es nicht immer, Pferd und Reiter sollten eine Einheit bilden? Niemand hier wäre dazu gemacht. Sie beobachtete den Hengst, der nun ganz still zu ihnen hinüberblickte.

Völlig recht hast du, dachte Charlie. Diese Patrizia würde nur versuchen, besonders gut auf dir auszusehen, koste es, was es wolle. Bewahr dir deine Freiheit!

„Jetzt bleibt nur noch Charlie“, erklärte Lore. Charlie verschränkte abweisend die Arme und versuchte, Patrizias Spitze, „Na, wenigstens habe ich überhaupt irgendein Pferd“, zu ignorieren. Trotzdem hinterließen Patrizias Worte einen kleinen Stich. Nicht einmal eines der Pferde wollte sie? Von ihr aus! Als würde das irgendetwas aussagen. Als glaubte jemand diesen Mist von wegen „ausgewählt“ und so! Als wäre sie nicht längst daran gewöhnt, die Einzelgängerin zu sein! War in ihrer Familie schließlich auch nicht anders.

Betont locker zuckte Charlie die Schultern, sah zu den verbleibenden Tieren hinüber und winkte ab. „So einen Quatsch brauche ich sowieso nicht!“

Da hörte sie ein Schnauben. Laut genug, als wollte ihr jemand widersprechen. Überrascht drehte sich Charlie zu dem Geräusch um. Arman?

Der große Hengst riss den Kopf hoch und wieherte. Wild seine Mähne schüttelnd fiel er in einen spontanen Galopp, Charlie fest im Blick – direkt auf das Gatter zu, das ihn von Charlie trennte. Charlie hielt den Atem an, als er zum Sprung ansetzte. Elegant und weit übersprang er die Holzbohlen, mit mindestens einem Meter Platz zwischen dem Gatter und seinen Hufen. Vor der langsam untergehenden Sonne sah seine Silhouette aus wie ein perfekter Scherenschnitt, der plötzlich zum Leben erwacht war. Charlies Augen wurden groß, als Arman nun sein Tempo verringerte und zielgerichtet auf sie zutrabte. Nichts anderes nahm sie mehr wahr. Nur die dunklen Augen des Hengstes, die ihr tief ins Herz zu sehen schienen. Sanft schnaubend blieb er vor ihr stehen und senkte leicht den Kopf. Fast so, als nicke er ihr zu.

Überrascht blickten alle auf den schwarzen Hengst, der abwartend vor Charlie stand. Wie magisch angezogen machte sie einen Schritt auf ihn zu und streckte vorsichtig eine Hand aus. Sein Fell fühlte sich noch samtiger an, als es aussah. Das erste Mal, seitdem sie hier angekommen war, musste Charlie lächeln. Zart strich sie ihm über den kleinen weißen Stern auf der Stirn. Arman schnaubte wohlig.

Richard machte große Augen. „Wie es aussieht, hat dich dein Pferd gefunden." Er ignorierte Patrizias Widerspruch: „Was, aber ich dachte, den darf man nicht nehmen?"

Selbst Lore schien von dem überrascht, was sich da gerade zugetragen hatte. Sie beugte sich zögernd zu ihrem Mann. „Bist du sicher?"

Richard nickte zu dem Paar hinüber. „Lass sie es einfach versuchen."

Charlie blickte in Armans Augen. Sich selbst sah sie dort, gespiegelt, und noch etwas. Etwas, das sie nicht in Worte fassen konnte. Vorsichtig strich sie ihm über die Seite. Arman hatte offensichtlich so seine eigene Idee davon, wer zu wem gehörte. Ein Dickkopf. Wie sie. Charlie entspannte sich. War das nun verrückt oder war das verrückt?

Als sie sich umdrehte, eine Hand in Armans Mähne, begegnete sie Nils' Augen. Sie waren grün! Nicht braun oder blau. Langsam hob er eine Augenbraue. War das Anerkennung in seinem Blick? Oder Ungläubigkeit darüber, dass ein solches Pferd ausgerechnet sie, Charlie, ausgewählt hatte. Verunsichert drehte sie sich wieder zurück.

Zu Arman.

Zu ihrem Pferd.

KAPITEL 5

Das Abendessen verlief ruhig. Alle waren mit ihren eigenen Gedanken beschäftigt, dachten über die Pferde nach oder über die Situation zu Hause.

Charlie war vor allem erschöpft. Müde rief sie sich die Begegnung mit Arman in Erinnerung. Es war, als bestünde eine besondere Verbindung zwischen ihnen. Was allerdings den Rest hier und die Menschen betraf…

Gähnend lehnte sie sich mit dem Rücken gegen den grünen Kachelofen im Essbereich. Ein Ofen wie aus einem Märchen. Die Klappe war groß genug, um eine ganze Hexe zu entsorgen. Das hätte ihrem Vater gefallen. Seufzend schlug Charlie ihr Tagebuch auf und blickte sich verstohlen im Raum um: Im hinteren Teil, der Leseecke, warfen an der Wand verschraubte Petroleumlampen ihr warmes Licht auf Tami, die sich an Rona geschmiegt hatte. Gemütlich sah das aus. So vertraut. Ihre eigene Großmutter kannte Charlie nicht. Nur ihr Vater hatte sie ab und an besucht.

„Mann, ich kann's nicht glauben, das geht einfach nicht!" Tarik, noch immer am Esstisch lümmelnd, fummelte am Akku seines Smartphones herum. Offenbar hatte er die Hoffnung auf eine funktionierende Verbindung zur Außenwelt noch immer nicht aufgegeben. Patrizia, auf dem Stuhl neben ihm, beachtete ihn nicht. Ihre ganze Aufmerksamkeit galt Nils neben ihr. Lächelnd lehnte sie sich immer wieder an ihn und versuchte, ihn in ein Gespräch zu verwickeln. Sie hatte sich fürs Abendessen mit einem Kleid schick gemacht. Die Haare waren mit einer Schleife verziert, so wirkte sie völlig fehl am Platz. Dajana dagegen kauerte auf einem Sofa und machte sich mit angezogenen Beinen so klein wie möglich. Lore setzte sich zu ihr, vermutlich, um sie aufzulockern. Und Nils ... Der blickte in die Ferne, als wäre er gar nicht hier.

Charlie nahm ihren Stift zur Hand und blätterte zum letzten Eintrag ihres Tagebuches. Früher hatte sie ihrem Vater alles erzählt, was ihr durch den Kopf gegangen war. Doch seit ... seit einiger Zeit vertraute sie ihre Gedanken diesem Buch an. Nur ihr Tagebuch kannte alle ihre Geheimnisse und Gefühle. Ihren Eintrag von heute begann Charlie mit denselben zwei Worten wie immer: „Lieber Papa“. Die Vorstellung, sich immer noch mit ihm unterhalten zu können, half ihr, wenn das Leben mal wieder aus den Fugen geriet.

„Tag eins auf dem Ponyhof“, schrieb sie. „Ich kann's noch immer nicht fassen, dass Mama mich einfach so abgeschoben hat!“ Tamis fröhlicher Protest ließ sie aufblicken. Lächelnd beobachtete sie, wie Richard Tami dazu überredete, ins Bett zu gehen. „Es war ein langer Tag“, erklärte er ebenso sanft wie fest. Die Kleine erinnerte Charlie an sich selbst: Auch sie hatte nie alleine schlafen gehen wollen, ihr Vater hatte sie immer bringen müssen. Und mindestens eine Gutenachtgeschichte erzählen. Richard zerstrubbelte seiner Tochter liebevoll die Haare und begleitete sie nach oben. Tami wünschte allen „Gute Nacht“ und Charlie lächelte ihr zu.

Als sie sich wieder ihrem Tagebuch widmen wollte, bemerkte sie, dass Nils sie interessiert betrachtete. Für einen etwas zu langen Moment sahen sie sich in die Augen. Verlegen wandte sich Charlie wieder ihrem Buch zu. Dass auch Patrizia dieser Blickwechsel nicht entgangen war, bemerkte sie nicht. Ihr Stift glitt über das Papier, immer mehr vertiefte sie sich in die Erinnerungen an die heutigen Geschehnisse. „Die Familie ist zwar ganz nett, aber ich habe noch immer keine Ahnung, was ich hier soll."

Da wurde ihr plötzlich mit einem Ruck das Buch entrissen. Charlie starrte Patrizia entgeistert an. Was zum Henker …?

„Das ist ja wohl nicht dein Ernst, oder?" Amüsiert hielt Patrizia das von Charlie mit persönlichen Zeichnungen und Worten verzierte Buch in die Höhe, stellte sich für alle gut hör- und sichtbar auf eine Treppenstufe, als wollte sie eine Rede halten, und legte los: „Hört mal, was die Emo-Tussi über uns schreibt!" Wütend sprang Charlie auf, doch Patrizia wich geschickt aus. Die anderen folgten ihnen mit verblüfften Blicken. Patrizias spöttische Stimme hallte durch den ganzen Raum, als sie mit gespielt leidendem Gesicht vorzulesen begann. „Mit den anderen kann ich irgendwie gar nichts anfangen." Charlie ging zum Gegenangriff über und versuchte, Patrizia ihr Tagebuch zu entreißen. Doch die brachte schnell den Tisch zwischen sie beide. Lores einlenkende Worte und die Bitte, damit aufzuhören, ignorierte Patrizia. „Ich würde alles dafür geben, wieder bei dir zu sein", rezitierte sie mit übertriebenem Tonfall und schadenfroher Miene. „Du fehlst mir, Papa! Ich wünschte, du wärst hier." Charlie starrte sie regungslos an. Es war Nils, der nun aufsprang und Patrizia das Tagebuch entriss.

Charlie sah rot. Mit fünf schnellen Schritten war sie bei Patrizia. Diese war voll in Fahrt. „Das kleine Baby vermisst ihren Papi, hm? Alle mal eine Runde Mitleid", höhnte sie Charlie entgegen. Ohne nachzudenken, holte Charlie aus. Die

Ohrfeige traf Patrizias Wange punktgenau. Das Klatschen war das einzige Geräusch im Raum. Als wären plötzlich alle erstarrt. Patrizias Hand flog fassungslos zu ihrem Gesicht. Charlie wirbelte herum und entwand Nils ihr Tagebuch, ohne ihn anzusehen. Aufgebracht stürmte sie die Treppe hinauf zum Schlafzimmer, vorbei an Richard, der ihr überrascht hinterhersah.

„Die hat sie wohl nicht mehr alle?!" Patrizia blickte Zustimmung heischend um sich. Doch Dajana hatte sich abgewandt, Tarik machte noch immer große Augen und Nils schüttelte nur ungläubig den Kopf. Lore warf Richard, der verwundert auf der untersten Treppenstufe stand, einen bittenden Blick zu. Dann legte sie Patrizia eine Hand auf die Schulter und dirigierte sie in Richtung Küche. Richard drehte sich fragend zu den anderen: „Was war hier los?"

Dajana zog die Knie bis ans Kinn und senkte den Kopf, als hoffe sie, unsichtbar zu werden. Tarik hob abwehrend die Hände: „Ich hab nichts damit zu tun!" Nur Nils stand noch immer wie angewachsen da und starrte auf die Treppe, über die Charlie verschwunden war. „Geht ja super los!", murmelte er.

In dem kleinen Schlafzimmer im ersten Stock hatte Charlie sich auf ihrem Bett eingerollt wie früher, als sie noch klein war. Die Knie angezogen, den Rücken zum Raum, versuchte sie, sich nicht zu bewegen. Dies und den Kopf auszuschalten war das Beste, um zu vergessen. Vorausgesetzt, die Gedanken hielten still. Fest konzentrierte sie sich auf die mattrot gestrichene Wand mit der Zierborte und das feine Grillenzirpen von draußen. Sie wollte nicht fühlen. Nicht denken. Nicht an die Ohrfeige, auch wenn Patrizia die wirklich verdient hatte. Nicht an die Gesichter der anderen! Und schon gar nicht daran, dass jeder einzelne der Anwesenden einen Blick in ihre Seele erhalten hatte. Von einer Sekunde auf die nächste hatte Charlie nur noch aus verzweifelter Wut bestanden. Nun allerdings fühlte sie sich, als steckte ein bodenloses Loch in ihr. Auf das vorsichtige Klopfen an der Tür reagierte sie nicht. Wenn sie eines jetzt nicht gebrauchen konnte, dann eine Standpauke.

Es klopfte ein zweites Mal und Richard trat zögernd ein. Seine Stimme war sanft und stockend, er suchte nach den richtigen Worten. „Lore redet gerade mit Patrizia", berichtete er schließlich. „Das war nicht in Ordnung von ihr, aber ... aber du kannst sie auch nicht einfach schlagen." Charlie kniff die Augen zu und verharrte regungslos. Patrizia hatte sie provoziert! Sie war selbst schuld, dass Charlie zugeschlagen hatte!

Richard trat näher. „Hier", sagte er, als würde er ihr etwas hinhalten, „die gehört Rona, du kannst sie aber haben, wenn du magst ... für dein Tagebuch ... zum Abschließen." Als Charlie noch immer keine Anstalten machte, sich umzudrehen, stellte er eine kleine verzierte Holzkiste auf das Fensterbrett an ihrem Bett. Charlie schluckte gegen die aufwallenden Tränen an. Damit hatte sie nicht gerechnet.

„Weißt du, morgen sieht die Welt schon wieder ganz anders aus", fügte Richard an. Charlie biss die Zähne aufeinander und atmete mühsam. Ihr Brustkorb zog sich zusammen. Was wusste Richard schon? Die anderen hielten sie nun sicher für ein weinerliches Baby, das nach ihrem Papa heulte. Wie sollte sie ihnen morgen unter die Augen treten – Patrizia, Tarik, Dajana und Nils. Vor allem dem? Niemand von ihnen wusste, was wirklich dahintersteckte. Dass sie wie jeden Morgen aufwachen würde und ihr Vater nicht mehr da wäre. Ihretwegen.

In ihrem Rücken entfernten sich Richards Schritte. Kurz hielt er inne. „Wenn du reden willst …“ Den Rest des Satzes ließ er in der Luft hängen. Mit einem sanften „Du weißt schon“ schloss er die Tür.

Charlie ließ ihren Tränen freien Lauf. Sie verschmierten ihre schwarze Wimperntusche und tropften auf das Kissen. Wie sehr sie sich wünschte, die Zeit zurückdrehen zu können. Wieder klein zu sein. Daran zu glauben, dass alles irgendwie gut werden würde. So wie in den Gutenachtgeschichten, von denen sie nie genug bekommen hatte.

„Nur noch eine“, hatte sie gebettelt, egal wie viele ihr Vater bereits erzählt hatte. Und sie hatte sich weggezaubert – die Bettdecke über den Kopf gezogen und sich vorgestellt, dass sie nun verschwunden war. Bis ihr Vater eingelenkt und mit einer weiteren Geschichte begonnen hatte.

Fast kam es Charlie vor, als könnte sie seine Stimme hören, mit der er für sie beide magische Welten entworfen hatte: „Es war einmal eine Schmetterlingselfe, die lebte in ganz fernen Landen. Und sie wünschte sich nichts sehnlicher, als endlich ihren Prinzen wiederzufinden …“ Atemlos hatte sie damals gelauscht, aufgeregt an dem Baumwollschlafanzug mit Sternenmuster herumgezupft und darauf gewartet, dass ihr Vater weitersprach. „Das war gar nicht so einfach, aber die Schmetterlingselfe war mutig – so wie du, Charlie. Und so machte sie sich auf, ihren Prinzen zu suchen …“

Charlie kuschelte sich tiefer in das karierte Flanellhemd, das sie so gerne trug, weil es sie an ihren Vater erinnerte, und zog sich die Bettdecke über den Kopf. Sie hatte einen Entschluss gefasst.

Ein sanfter Wind strich durch die Bäume, der Hof der Lilientals lag dunkel und still da, im Schlafzimmer der Mädchen war nur das gleichmäßige Atmen von Patrizia und Dajana zu hören. Charlie lauschte noch einen Moment, um sicherzugehen, dass niemand im Haus mehr wach war. Dann setzte sie sich auf. Völlig bekleidet war es unter der Bettdecke langsam etwas warm geworden. Sie warf einen vorsichtigen Blick auf die beiden Mädchen. Dajana hatte sich vorhin mäuschenstill hereingeschlichen und einen Moment gezögert, als überlege sie, etwas zu Charlie zu sagen, traue sich aber nicht so recht. Dann war Patrizia hereingepoltert und Dajana hatte sich schnell hingelegt. Charlie schlüpfte in ihre Schuhe und zog ihre gepackte Tasche unter dem Bett hervor. Wenn die beiden morgen aufwachten, wäre sie schon längst über alle Berge. Entschlossen verließ sie das Zimmer. Es gab nur einen Einzigen auf dem ganzen Hof, von dem sie sich verabschieden wollte: Arman. Irgendwie schuldete sie es ihm. Und sie wollte nicht einfach so verschwinden, er war etwas Besonderes. Unter anderen Umständen hätten sie mehr Zeit miteinander gehabt.

Die Tür zum Stall war nicht abgeschlossen. Charlie stieg der angenehme Heugeruch in die Nase. Das Schnauben der Pferde klang friedlich und das Mondlicht, das durch die Fensterscheiben fiel, erhellte ihren Weg. Vorsichtig lief sie den breiten Gang entlang zu der letzten Box: Armans Box. Leise schob sie den Riegel auf. Als hätte er auf sie gewartet, hob der Hengst seinen schönen Kopf. Vorsichtig strich Charlie über den Stern auf seiner Stirn und legte für einen Moment die Wange an sein warmes Fell.

„Es tut mir leid", flüsterte sie. „Es sollte einfach nicht sein."

Arman schnaubte, als wolle er ihr widersprechen, und für einen kurzen Moment hielt sie inne. Sollte sie wirklich gehen?

Das laute Klappern eines Fensters riss sie aus den Gedanken. Nein, sie gehörte nicht hierher! Und sie hatte keine Zeit zu verlieren!

Ein letzter entschuldigender Blick zurück zu Arman, und sie ließ die Tür seiner Box zufallen. Dann eilte sie aus dem Stall in Richtung Wald. Das Gras raschelte unter ihren Füßen. Bisher war sie immer gut alleine klargekommen, machte sie sich Mut. Weshalb sie sich auch von niemandem sagen lassen würde, was das Beste für sie war!

An der kleinen Weggabelung zögerte sie. Dann wandte sie sich entschlossen nach rechts. Das Rufen eines Uhus schallte durch die dunklen Bäume.

Außer dem Rauschen der Blätter war es sonst unheimlich still. Unwillkürlich legte Charlie einen Zahn zu. Die Stämme neben ihr schienen zusammenzurücken. Das Laub auf dem Weg dämpfte ihre Schritte, während sie die Augen zusammenkniff, um die Dunkelheit zu durchdringen. Sie dachte darüber nach, was ihr eigener Weg – jener, den sie mit ihrer Flucht eingeschlagen hatte – wohl mit sich bringen mochte, als sie erneut an eine Kreuzung kam. Komisch, sie konnte sich nicht erinnern, gestern zweimal abgebogen zu sein. Und wieder schrie der Nachtvogel. Charlie hob den Kopf, dann blieb sie überrascht stehen. Rechts ging es zurück zum Hof, weiter vorne erkannte sie die Pferdekoppel, an der sie vorhin erst entlanggelaufen war. War sie im Kreis gegangen? Aber warum hatte sie das nicht bemerkt?

Also dann, zweiter Versuch! Sie legte den Kopf in den Nacken, doch der Mond stand hoch oben am Himmel, von ihm war keine Orientierungshilfe zu erwarten. Es sah so aus, als hätte ihr Weg sie nirgendwohin geführt – oder besser: wieder zurück zum Ausgangspunkt.

Entschlossen rückte sie die weinrote Mütze über ihren blonden, langen Locken zurecht und fixierte den dunklen Pfad. Auch das zweite Mal sah er nicht besonders einladend aus. Nun gut, wenn ausgetretene Pfade nicht zum Ziel führten, dann musste man eben improvisieren. Zum Beispiel es einfach mal mit „Ab durch die Mitte" versuchen. Charlie atmete tief durch und trat zwischen die erste Reihe Bäume in den Wald. Sofort wurde es dunkler. Die Äste schirmten das Mondlicht ab. Charlie setzte einen Fuß vor den anderen. Jetzt bloß nicht aufgeben. Nebel waberte über den Boden und wirkte fast lebendig – als würde er sich mit den Schatten verbinden, um eine undurchdringliche Masse zu bilden. Sie fröstelte. Ihre hellblonden Locken kräuselten sich in der eisigen, feuchten und dunklen Luft und schienen fast zu leuchten. Da plötzlich: ein seltsames Geräusch! Ein Zischen oder Knistern, fast elektrisch.

Unwohl drehte Charlie sich im Kreis.

„Hallo? Hallo, ist da jemand?"

Keine Antwort. Kalt kroch die Gänsehaut Charlies Rücken hinauf, ihr Nacken kribbelte. Nur, weil sie niemanden entdecken konnte, musste das noch lange nicht bedeuten, dass sich nicht irgendwer in den Schatten verbarg. Ängstlich blickte sie um sich. Sie hatte keine Ahnung, warum, aber plötzlich war sie sich absolut sicher: Sie war nicht alleine. Als könne sie die Gegenwart einer weiteren Person spüren. Zu hören war nichts. Womöglich auch deshalb, weil ihr Herz so heftig hämmerte, dass es selbst das Windrauschen übertönte. Wer auch immer sie beobachtete, das war keiner der anderen! So einen miesen Scherz würde sich nicht einmal Patrizia erlauben.

Charlie fuhr zusammen, als der Wind nun ein Zischen an ihr Ohr trug. Mit weit aufgerissenen Augen schnellte sie herum und erstarrte: Nur wenig entfernt stand eine dunkle Gestalt, das Gesicht im Schatten einer Kapuze, die brennenden Augen fixierten sie.

Charlie wurde panisch. Sie musste hier weg!

Kopflos begann sie zu rennen. Mit eiskalten Fingern packte sie ihre Tasche, stob durch die dunklen Baumstämme und sprang über Wurzeln, die nach ihren Füßen zu schnappen schienen. Gehetzt warf sie einen Blick über die Schulter. Ihr Verfolger blieb ihr dicht auf den Fersen, ohne sie einzuholen. Fast, als spiele er mit ihr, als lege er es darauf an, ihr Angst zu machen – und es funktionierte! Ausgerechnet in dem Moment verfing sich Charlies Fuß in einer Wurzel, und ehe sie es sich versah, landete sie schmerzhaft auf dem Boden. Zitternd robbte sie rückwärts, weg von dem Kapuzenmann! Langsam trat er ins Mondlicht und Charlie konnte ihn das erste Mal richtig sehen. Seine Haut war weiß und matt, als absorbiere sie das Licht, seine stechenden Augen lagen in tiefen Höhlen, der bodenlange Mantel schleifte über die Erde. Charlie erstarrte. Was hatte er vor? Was würde er mit ihr machen?

Wind heulte auf, Blitze schossen zwischen den langen Fingern des dunklen Mannes hin und her, als wäre er elektrisch geladen, würde das Wetter kontrollieren. Was war hier los? Verzweifelt öffnete sie den Mund, um zu schreien. Aber wer sollte sie hören, hier mitten im Wald? Sein Gesicht war eine bewegungslose Maske, als er nun langsam die Arme hob. Die Blitze wurden heftiger. Die Luft heulte und schien sich um ihn zu drehen. Er selbst stand regungslos wie mitten im Auge eines Sturms und beobachtete sie mit spöttischem Lächeln. Charlies Zähne klapperten. Wer war das? Oder besser: Was?

Da hielt ihr Gegenüber inne und hob lauschend den Kopf. Charlie versuchte, sich zu konzentrieren. Und da hörte auch sie es: Wilde Hufschläge donnerten auf sie zu. Und plötzlich brach ein großer, dunkler Schatten durch das Gebüsch. Ungläubig riss Charlie die Augen auf: Arman! Wie von Geisterhand war Charlies Verfolger verschwunden, als wäre er in Sekundenschnelle mit seiner Umgebung verschmolzen.

Charlies Herz schlug schneller. War Arman gekommen, um ihr zu helfen? Wie war er aus dem Stall gekommen? Hatte sie den Riegel nicht vorgelegt? Wild bäumte der schwarze Hengst sich vor ihr auf. Und dann geschah etwas Unglaubliches. Charlie traute ihren Augen nicht …

KAPITEL 6

Völlig perplex sah Charlie zu, wie das sich vor ihr aufbäumende Pferd plötzlich … sich aufzulösen schien. Es veränderte die Gestalt, schmolz im Mondlicht zusammen und einen Wimpernschlag später stand ein Junge in ihrem Alter an der Stelle des Rappen. Verwundert blickte er an sich herab, als könne er selbst kaum glauben, was gerade mit ihm geschehen war. Dunkle Locken fielen ihm ins Gesicht. Seine schwarze Jacke verdeckte ein blütenweißes Hemd. Er wirkte, als sei er aus einer anderen Zeit gefallen. Oder aus einer anderen Welt. Seine rabenschwarzen Augen suchten besorgt ihre und er lief auf sie zu. Charlie zuckte zurück. Was für ein Irrsinn war das hier?

Er musste ihre Verwirrung bemerkt haben, denn er blieb kurz vor ihr stehen, zögerte und hielt ihr vorsichtig eine Hand entgegen.

„Ist alles in Ordnung mit dir?“ Seine Stimme war tief und weich. Doch Charlie fehlten die Worte. In Ordnung? In Ordnung schien hier überhaupt nichts zu sein. Und trotzdem – aus irgendeinem unverständlichen Grund – fühlte sie, dass sie diesem Jungen vertrauen konnte. Sie griff nach seiner Hand und ließ sich von ihm hochhelfen. Unsicher blickte sie in sein hübsches Gesicht mit den hohen Wangenknochen, der geraden Nase und einem Mund, der dazu gemacht schien, zu lächeln.

Charlie schüttelte langsam den Kopf. „Wer bist du?“

Doch bevor der Junge antworten konnte, dröhnte eine fassungslose Stimme durch die Bäume: „Arman?! Du existierst nicht mehr!“

Ungläubig starrte der dunkle Kapuzenmann Arman an, als er nun aus dem Schatten trat. Sein spöttisches Lächeln war verschwunden, stattdessen war sein Gesicht verkniffen, die Hände geballt und seine ganze Gestalt zitterte vor Wut. Charlie bemerkte die feinen weißen Blitze, die erneut aus seinen Handflächen hervorzuckten. Immer wilder schossen diese hin und her, fast als könne er sie bald selbst nicht mehr beherrschen. Langsam und bedrohlich hob er die Arme, die ganze Aufmerksamkeit und eiskalter Zorn auf Arman gerichtet.

Arman schob Charlie, ohne zu zögern, schützend hinter sich. „Lauf zum Hof, schnell!“, rief er über seine Schulter. Da explodierte der erste Feuerball, nur wenig hinter ihnen. Erde und Asche regneten Charlie ins Gesicht. Und schon schlug ein zweiter Blitz ein – wesentlich näher als der erste. Charlie duckte sich zitternd. Arman gab ihr einen Stoß. „Los, lauf!“, schrie er.

Endlich gehorchten ihre Füße. Charlie begann wie blind zu rennen. Hinter sich hörte sie ein verzweifeltes Wiehern. Das Echo wilder Hufschläge dröhnte in ihren Ohren, sie hörte das Zischen der Blitze und sie lief. Sie lief so schnell, wie sie noch nie in ihrem Leben gelaufen war.

Als sie endlich die Umrisse des Hofes vor sich erkannte, hätte sie vor Erleichterung beinahe geweint. Doch dafür war keine Zeit! Dunkle Wolken hatten sich am Himmel über dem Wald zusammengebraut und entluden nun Blitze. Charlie stürmte an der Koppel vorbei, auf der Arman sie vor wenigen Stunden ausgewählt hatte. Der stolze und wilde Rappe, der … ein Junge war?

Wie konnte das sein? Irgendwas lief hier völlig verquer. Ob sie bei dem Unfall mehr abbekommen hatte als gedacht? Anders waren die letzten Minuten kaum zu erklären.

Der aufgebrachte Wind riss an Charlies Haaren, als sie völlig außer Atem auf den Hof mit den alten Kastanienbäumen stolperte.

„Charlie?"

Erschrocken drehte sie sich um.

Auf der roh gezimmerten Bank unter dem großen Baum vor dem Wohnhaus saß Nils und blickte ihr überrascht entgegen. Er hielt ein Schnitzmesser in den Händen. Offenbar war sie nicht die Einzige, die noch immer wach war. Nils sah sie verständnisvoll an. „Wolltest du abhauen?"

Charlie folgte seinem Blick auf ihre gepackte Tasche, eine Antwort jedoch wollte ihr nicht über die Lippen kommen. Stumm und gehetzt lief sie an ihm vorbei – ins Haus und die Treppe hinauf.

Dajana rührte sich nicht, als Charlie die Tür zu ihrem Schlafzimmer aufdrückte. Patrizia drehte sich von einer Seite zur anderen. Charlie blieb bewegungslos stehen. Doch die beiden Mädchen schienen tief und fest zu schlafen. Von dem tobenden Sturm hatten sie offenbar nichts mitbekommen. Umso besser. So würde ihr kleiner Ausflug wenigstens unbemerkt bleiben.

Zitternd setzte sich Charlie auf ihr Bett. Ihre Lunge brannte immer noch von dem Sprint durch den Wald und sie fühlte sich fiebrig. Kraftlos wischte sie sich Erde und Staub aus dem Gesicht, stieg aus ihren Schuhen und ließ sich rücklings aufs Bett fallen.

Bilder tanzten vor ihren Augen. Árman, der Junge, der Kapuzenmann ... Mit schweren Augen blinzelte Charlie in das Mondlicht, das in den letzten Stunden weiter über die Wände gewandert war. Langsam ließ die Anspannung nach. Was sollte sie tun? Angstvoll horchte sie in die Stille. Kein Wiehern! Was war mit Arman? Hoffentlich hatte er fliehen können. Sie versuchte, die Augen offen zu halten. Jetzt nur nicht einschlafen! Sie musste wissen, ob Arman wieder zurückkommen würde. Dass alles in Ordnung mit ihm war! Doch die Erschöpfung war zu groß. Nur wenig später glitt sie in einen unruhigen Schlaf.

KAPITEL 7

Wenige Stunden später ging die Sonne groß und rot über den Weiden des Liliental-Hofes auf und die ersten Vögel begannen zu zwitschern, als wäre dies ein weiterer ganz normaler Tag.

Tami sprang gut gelaunt aus dem Bett und schlüpfte in ihre Klamotten. Die Astlöcher in den Holzstufen zählend und mit knurrendem Magen hüpfte sie die Treppe hinunter, bremste jedoch abrupt, als sie aus der Kammer hinter dem Esszimmer eine flüsternde Stimme hörte. „Mitten in der Nacht bin ich aufgewacht und habe gesehen, dass sie all ihre Klamotten mitgenommen hat", murmelte jemand verschwörerisch. Tami schlich näher. Diesen Etepetete-Tonfall kannte sie! Tatsächlich. Im angrenzenden Raum stand Patrizia selbstsicher vor Richard und schielte durch getuschte Wimpern zu ihm hoch. „Ich hab gedacht, vielleicht geht's ihr nicht gut", erklärte sie gespielt beunruhigt. „Vielleicht sollten Sie mal mit ihr reden."

Tami zog sich geräuschlos in die Küche zurück. Um wen mochte es in dieser heimlichen Unterredung gegangen sein? Kaum um Dajana, die würde nie etwas Verbotenes tun. Also blieb nur noch Charlie. Hoffentlich bekam sie keinen Ärger! Der blonde Lockenkopf war Tami von Anfang an sympathisch gewesen.

Charlie erschien nicht zum Frühstück. Die anderen saßen wie am Vorabend um den gedeckten Tisch herum. Patrizia verspeiste mit kleinen Bissen ein frisches Ei und knabberte an einer Brotkante. Dajana aß langsam und mit spitzen Fingern. Nils schob sich in Gedanken sein belegtes Brot in den Mund. Und Tarik schaufelte wie ein Scheunendrescher. Voll Hingabe kreierte er einen Dreifachdecker: viel Butter, vier Scheiben Käse, dazwischen Gurkenscheiben und löffelweise Marmelade.

„Hast du auch nur den Hauch einer Ahnung, wie viele Kalorien du gerade in dich hineinstopfst?" Patrizia schauderte, als Tarik sich auch noch genüsslich ein mit Marmelade vollgehäuftes Gurkenstück in den Mund schob.

„Willst du nicht eher was abhaben?", schoss er gut gelaunt zurück und beäugte die trockene Scheibe Brot auf Patrizias Teller. „Magermodels sind nicht mehr so angesagt, hab ich gehört."

Patrizia schnaubte auf. „Witzig!" Sie sah aus, als wolle sie noch einen bissigen Spruch hinterherjagen. Doch in diesem Moment kam Charlie die Treppe herunter.

Alle Gesichter wandten sich ihr zu. Charlie war völlig übermüdet, vergrub unwohl ihre Hände in den Taschen ihrer Wohlfühljeans und holte tief Luft. Ein „Guten Morgen" wäre sicher angebracht, oder? Doch Patrizia kam ihr zuvor. Naserümpfend ließ sie ihren Blick über Charlies rotes Oberteil und die Strickjacke wandern. „Ach", ätzte sie, „die Schlägertussi ist auch schon wach."

Charlie verbiss sich eine Entgegnung, die würde es auch nicht besser machen. Außerdem war etwas anderes gerade viel wichtiger. Die anderen ignorierend drehte Charlie sich zur Haustür. Hoffentlich war Arman wieder zurückgekommen. Hoffentlich ging es ihm gut!

Doch Richard hielt sie auf. „Kann ich dich einen Moment sprechen?“, bat er und lief Charlie in Richtung Hof voraus.

Seufzend folgte ihm Charlie. Ob es noch immer um die Ohrfeige von gestern ging?

Richard schloss die Tür und sah sie fest an. „Stimmt es, dass du gestern Nacht versucht hast abzuhauen?“

Woher wusste er das? Die Einzigen, die sie gestern Nacht gesehen hatten, waren Arman und dieser gefährliche Kapuzenmann! Halt! Noch jemandem war sie begegnet: Nils. Charlie versteifte. Sie hätte nicht gedacht, dass er sie verpetzen würde.

„Ich bin nicht freiwillig hier, okay?“, wehrte sie ab. „Nur weil mich meine Mutter hierher abgeschoben hat, heißt das noch lange nicht, dass ich bleiben muss.“

„Doch, genau das heißt es“, widersprach Richard. „Ob es dir nun passt oder nicht. Wir können uns hier alle eine gute Zeit miteinander machen, oder ...“ Vielsagend brach er ab und sah sie fest an. „Willst du mir vielleicht noch was sagen?“

Aus den Augenwinkeln nahm Charlie eine Bewegung wahr. Na super, da hatte sich die gesamte Mannschaft hinter dem Fenster versammelt, um dabei zuzusehen, wie sie einen Einlauf bekam! Grimmig drehte sie Patrizia, Tarik, Dajana und Nils – vor allem dem! – den Rücken zu. Kopfschüttelnd blickte sie Richard in die besorgten Augen. Wovon redete er? Da trat er einen Schritt auf sie zu und beugte sich vor. „Vielleicht, wie sich Arman verletzt hat?“

Angst schnürte Charlie die Kehle zu. Arman war verletzt? Hatte ihn ein Blitz erwischt? Oder dieser Kerl? Oh nein! Das war ihre Schuld! Nur weil er sie beschützen wollte, war er überhaupt in den Wald gerannt ... galoppiert ... was auch immer.

„Was ist mit ihm?“, brachte sie krächzend raus.

Richard seufzte tief. „Das würde ich gerne von dir hören, du hast ihn doch mitgenommen, oder? Er war in seiner Box, alleine kommt er da nicht raus. Was genau ist letzte Nacht passiert?“

Charlie blinzelte in die Morgensonne. Wie sollte sie Richards Frage beantworten, ohne völlig durchgeknallt zu klingen?

Durch das gekippte Fenster hinter ihr waren murmelnde Stimmen zu hören. Patrizias klang schadenfroh, Tariks überrascht. Nils nuschelte irgendwas. Ob er nun auch den anderen verriet, dass er sie gestern Abend hier gesehen hatte? Mit ihrer gepackten Tasche auf dem Rückweg ins Bett, weil sie den blöden Ausgang nicht gefunden hatte? Vielleicht sollte sie zumindest das Offensichtliche gestehen? Damit könnte sie durchkommen, ohne zu verraten, dass sie vermutete, dass Arman ein verzauberter Mensch war!

„Ich hab den Weg zum Tor nicht gefunden und bin wieder zurückgegangen“, seufzte Charlie also. „Ich weiß nicht, was mit Arman passiert ist, echt nicht.“ Zumindest nicht genau. Richards Blick konnte sie trotzdem nicht lange standhalten. „Wie geht es ihm denn, ist es schlimm?“ Sie hoffte, es hatte keinen Kampf mit dem dunklen Kapuzenmann gegeben!

Richards Gesichtsausdruck wurde sanfter. Ihre ehrliche Besorgtheit schien ihn zu rühren, langsam schüttelte er den Kopf. „Lore und Rona kümmern sich um ihn, aber es hätte auch anders ausgehen können. Besonders für dich. Es ist hier nicht wie bei dir zu Hause. Viele Dinge laufen hier anders.“ Charlie nickte vorsichtig. Ja, das hatte sie mitbekommen! Die Frage war: Wie viel wusste Richard wirklich? Bevor sie den Mut aufbringen konnte, ihm dazu eine Frage zu stellen, holte er schon Luft. „Mach das nicht noch mal, ja?" Ebenso ernst wie versöhnlich nickte er ihr zu. „Statt zu reiten, wirst du heute den Stall ausmisten, für alle anderen auch. Und danach wirst du die Wassertränken an der Koppel sauber machen. Und dann ist das Thema für mich erledigt."

Wenigstens war Richard nicht nachtragend. Nun gut, dann würde Charlie eben Pferdemist schaufeln und Tränken schrubben. Zumindest konnte sie sich währenddessen davon überzeugen, dass es Arman den Umständen entsprechend gut ging. Charlie nickte zustimmend und drehte sich in Richtung Stall. Frühstück fiel aus. Auf die anderen vier hatte sie keine gesteigerte Lust. Schon gar nicht auf Nils, den Verräter.

Nils stand nur wenig später wenig begeistert mit Patrizia, Dajana, Tarik und Lore auf der Pferdekoppel. „Wir fangen erst einmal ganz einfach an", hatte Lore erklärt. Eine Verbindung sollten sie zu den Pferden aufbauen, die sie nun an den Trensen hielten.

„Denkt dran, es sind ganz, ganz besondere Tiere. Das heißt, ihr müsst euch erst einmal aneinander gewöhnen, ein Vertrauensverhältnis aufbauen. Und je klarer ihr seid, desto einfacher wird es für die Pferde, euch zu folgen."

Doch das war leichter gesagt als getan. Patrizia, die sich bereits für eine ausgezeichnete Reiterin hielt, bemühte sich erst gar nicht, ihre Langweile zu verhehlen. Und darauf, sich an Jaron „zu gewöhnen", hatte sie ebenfalls keine gesteigerte Lust. Nils hielt Timon uninteressiert am kurzen Strick – das Pferd drehte ihm immer wieder den Rücken zu. Dajana bemühte sich ängstlich, so viel Abstand wie möglich zwischen sich und den riesigen Argos zu bringen. Und Tarik stand unsicher neben dem hellbraunen Milosch, der den Kopf voller Unsinn hatte und wesentlich interessierter an den Grashalmen vor seinen Nüstern war als an seiner menschlichen „besseren Hälfte".

„Ich dachte, wir sind zum Reiten hier, nicht zum Gassigehen", murrte Tarik, doch Lore blieb unerschütterlich.

„Ja, Tarik, aber wenn du dein Pferd nicht auf dem Boden kontrollieren kannst, wird es dir beim Reiten erst recht nicht gelingen. Milosch muss dich als sein Leittier akzeptieren. Lauft erst mal ein paar Schritte."

Tariks „Haste gehört, ich Leittier, du unter mir, kapisch?" machte allerdings keinen Eindruck auf sein Pferd. Milosch zerrte Tarik hinter sich her, wie es ihm gefiel, und setzte sich schließlich sogar dickköpfig auf seinen Hintern wie ein Hund, der Sitz machte.

Dajana erging es nicht viel besser. Der riesige Argos flößte ihr offensichtlich Angst ein. Als er von sich aus ein paar Schritte auf sie zu machte, flüchtete sie hektisch rückwärts. Patrizia dagegen zerrte Jaron unsanft am Zügel, um näher an Nils heranzukommen. Beifall heischend lächelte sie ihn an.

„Voll ätzend, was, Nils?" Doch er ignorierte sie gekonnt und nutzte schließlich die Möglichkeit zur Flucht, als Lore ihn nett bat, die Hufkratzer aus dem Stall zu holen. Kurzerhand drückte er Patrizia Timons Strick in die Hand und drehte sich um. Patrizia sah ihm enttäuscht hinterher.

KAPITEL 8

Charlie hatte einige der Ställe ausgemistet, nun stand sie bei Arman in der Box und schaute bedrückt auf seine Wunde am Hals. Sie war lang und gezackt wie von einem Blitz oder als wäre er an einem scharfen Gegenstand entlanggeschrammt. Geronnenes Blut verkrustete sein glänzendes Fell. Vorsichtig streichelte Charlie Arman, darauf bedacht, nicht zu nahe an seine Verletzung zu kommen. Was war nur mit ihm passiert? Das alles tat ihr unendlich leid und sie wünschte sich, er könnte ihr verraten, was gestern Nacht los gewesen war. Tief sah sie ihm in die Augen und holte zögernd Luft. Vielleicht sollte sie ihn einfach fragen? Als sie Schritte hörte, schloss sie jedoch schnell wieder den Mund. Wer auch immer das war, sie wollte nicht dabei erwischt werden, wie sie mit einem Pferd redete. Wie irre sah das denn aus?

Sie erkannte Nils' blonde Haare, die unter der schwarzen Kapuze seines Hoodies hervorspitzten. Suchend sah er sich um, dann entdeckte er auch sie.

„Hey, ich soll Hufkratzer holen, ich hab keine Ahnung, wie die Dinger aussehen." Charlie starrte ihn an. Erst verpfiff er sie und dann glaubte er, sie würde ihm suchen helfen? Überhaupt, wie konnte er so tun, als sei alles normal? Irritiert von ihrem Schweigen trat Nils näher. „Was ist los?"

Charlies Augen verengten sich. Tat er nur so oder war er wirklich so blöd? Betont ruhig, aber mit schneidender Stimme erklärte sie: „Du warst der Einzige, der mich gestern Nacht gesehen hat!"

Nils sah sie einen Moment an, schien dann zu begreifen und drehte sich um, sodass Charlie sein Gesicht nicht mehr sehen konnte. „Ja, ist klar!"

Doch das ließ Charlie nicht mit sich machen. Er wollte sie einfach so stehen lassen? „Gestern nach der Tagebuchaktion", hielt sie ihn auf, „dachte ich eigentlich, du wärst ganz okay, da hab ich mich wohl geirrt."

Nils ging nicht darauf ein. Mit einem „Glaub doch, was du willst!" lief er einfach weiter.

Charlie war hin und her gerissen. Er war es doch gewesen, oder? Wer sonst? Sein Gesicht hatte sich von einem Moment auf den anderen völlig verschlossen. Als ob sie diejenige wäre, die ihm unrecht tat, und nicht andersherum! Mit verwirrtem Kopfschütteln machte sich Charlie daran, die noch ausstehenden Ställe auszumisten.

Auf der Koppel herrschte noch immer generelle Unlust. Lores Vorschlag, die Hufe der Vierbeiner zu reinigen, war nicht gerade auf Begeisterung gestoßen. Unmotiviert folgten Nils, Tarik und Patrizia Lores Anweisungen. Einzig Patrizia beeilte sich, die unliebsame Aufgabe so schnell wie möglich hinter sich zu bringen. Das war schließlich nicht das erste Mal, dass sie Hufe auskratzen musste. Dajana dagegen verharrte noch immer bewegungslos in sicherem Abstand vor Argos. Lore beobachtete ihre Schützlinge nachdenklich. Die Abwehr, Unsicherheit, das Desinteresse und auch die Angst der Kinder waren an ihren Körperhaltungen abzulesen. Doch so schnell würde sie nicht aufgeben!

„Das klappt doch schon ganz gut", bemühte sich Richard um einen motivierenden Ton, als er sich von der anderen Seite über den Zaun zu Lore lehnte. Lore lächelte ihm zu. Seine Weste und der dazugehörige Hut sähen bei jedem anderen seltsam aus. Ihrem Mann jedoch stand beides ausgezeichnet. Beide drehten sich erneut zu den lustlosen Jugendlichen, da flatterte ein bunter Schmetterling auf sie zu und umrundete Richard. Richard legte lauschend den Kopf schief. Seine Miene wurde ernst.

„Ist was passiert?", wollte Lore unruhig wissen.

„Mick", erklärte ihr Mann. „Wir sollen zur hinteren Grenze kommen, es geht um den Sturm letzte Nacht." Lore nickte nur kurz und lief auf die Kinder zu.

„So, das war doch schon super für den Anfang", lobte sie die vier und erklärte abschließend: „Wir machen Schluss für heute und bringen die Pferde zurück in den Stall."

„Und dann", setzte Richard hinzu, „müssen Lore und ich noch mal in den Wald, um zu gucken, was der Sturm für Schäden angerichtet hat."

Seine Worte sorgten für zurückhaltendes Nicken. Tarik lächelte Nils verschwörerisch an. „Irgendetwas sagt mir, dass ich genau weiß, was du gerade denkst. Wenn es das ist, was ich denke, denken wir dasselbe." Doch Nils ließ Tarik stehen. „Ich denke nicht", wehrte er dessen Gesprächsangebot brüsk ab und verließ mit Jaron die Koppel.

Nur wenig später zeigte sich allerdings, dass drei von ihnen tatsächlich ähnliche Gedanken gehabt hatten, als sie hörten, dass Richard und Lore unterwegs waren. Patrizia, Nils und Tarik trafen überraschend bei der Treppe aufeinander – mitsamt ihrem ganzen Gepäck. Während die beiden Jungs ihre Rucksäcke geschultert hatten, zerrte Patrizia ihren schweren pinken Rollkoffer die Stufen hinab.

„Das wird ja ein richtiger Familienausflug heute", grinste Tarik, erhielt aber keine Reaktion. Patrizia hatte nur Augen für Nils, der stumm voranlief und selbst ihr zufriedenes „Von mir aus können wir!" ignorierte, als sie auf den leeren Hof hinaustraten. Entschlossen schlug er den Weg zum Wald ein, ohne sich darum zu kümmern, ob die anderen beiden ihm folgten.

Ihre Flucht blieb allerdings nicht unbemerkt. Rona beobachtete die drei durch ein Fenster und lächelte still in sich hinein, als wüsste sie etwas, das die drei Jugendlichen nicht ahnten.

„Wo sind denn alle hin?" Verwundert trat Dajana zu Rona, frisch geduscht und ein Handtuch um die nassen Haare geschlungen.

Rona winkte ab und drehte sich zu dem schüchternen Mädchen in ihrer blitzsauberen Kleidung um. „Die machen nur einen kleinen Ausflug."

Dajana horchte auf. „Wieso hat mir keiner Bescheid gesagt?" Sie sah betrübt zu Boden. Rona versuchte, sie aufzumuntern: „Die sind gleich wieder da, mach dir nichts draus." Dann drückte sie Dajana ein dickes Buch in die Hand. „Du könntest Tami und mir bei der Heilsalbe für Arman helfen?!"

Dajanas Gesicht hellte sich auf. Schon wesentlich besser gelaunt folgte sie Rona in Richtung Stall über den sonnenhellen Hof. Nichts erinnerte mehr an das Gewitter, das in der Nacht gewütet hatte.

Im Wald und auf den Feldern allerdings waren die Spuren des nächtlichen Unwetters noch immer unübersehbar, wie Lore und Richard bald herausfinden sollten. Am Rand jener Felder, die zu ihrem Hof gehörten, parierten sie ihre Pferde durch. Mick war bereits da und hielt seinen Schimmel. Erwartungsvoll stiegen Lore und Richard ab.

„Wie geht's euch?", begrüßte er sie. „Wie geht's den Kindern?"

Lore war zuversichtlich. „Ach, die brauchen noch ein bisschen, aber das wird schon." Richard kam gleich zur Sache. „Was ist los?", wollte er wissen.

Mick führte sie ein paar Meter weiter. „Schaut es euch selbst an." Er deutete auf einen Holzstamm, dessen oberes Ende bedrohlich schwarz und verkohlt in den Himmel ragte. Richard befühlte die Rinde, die Aschereste von dem, was einmal ein stattlicher Baum gewesen war, und sah die andern beiden verwundert an.

„Das passiert nicht bei einem normalen Blitzschlag." Er hielt inne, dann weiteten sich seine Augen. „Garwin!" Verwundert ließ er den Blick über die Verwüstung vor sich wandern. „Aber welchen Grund hätte er, uns anzugreifen. Wir haben nichts mit ihm zu tun?!"

Mick blickte unergründlich. „Er hat sich offenbar wieder beruhigt", fand er. Doch der besorgte Ausdruck seiner Augen sprach eine andere Sprache. „Wichtig ist nur, dass ihr den Schutzwall repariert."

Lore nickte tatkräftig. Sie wusste, was zu tun war: „Dazu brauchen wir Baumtränen. Richard, lass uns schnell los."

Garwin war für die Lilientals kein Unbekannter. Doch weshalb der Zauberer es auf sie abgesehen haben könnte, war für Lore und Richard ein Rätsel. Mick schaute Lore und Richard gedankenversunken hinterher. Er hatte zu dem Thema so seine eigenen Gedanken. Und doch konnte er diese nicht mit Lore und Richard teilen. Zumindest nicht, ohne sie in Gefahr zu bringen! Er hatte immer alles in seiner Macht Stehende getan, um dem Pferdehof und seinen Bewohnern Hilfe und Beistand zu leisten. Im Moment jedoch konnte er nur noch hoffen. Denn Garwin war nicht nur äußerst mächtig, er war auch untrennbar mit Lores und Richards Familie verknüpft. Noch wussten die Lilientals nicht, wie sehr. Mick seufzte besorgt. Sie mussten es alleine schaffen.

Tief im Wald trat mit weit ausholenden Schritten der Zauberer Garwin durch einen Felsen, als bestünde er aus purer Luft. Ohne anzuhalten, schritt er tiefer in die dahinterliegende Höhle, bis er vor einem großen Spiegel stand, aus dem ihm sein eigenes Zerrbild entgegensah.

„Nein!", schrie er sein Spiegelbild an. „Das kann nicht sein!"

„Der Fluch hat nicht gewirkt", stellte sein Spiegelbild zischend fest und machte den Zauberer noch wütender.

„Er müsste tot sein!" Garwins Stimme hallte von den Wänden wider.

„Du wurdest betrogen", zischte es wieder. Garwin hielt kurz inne. Dann begann er auf und ab zu laufen, als würde er explodieren, wenn er sich nicht bewegte.

„Ich konnte nichts gegen ihn ausrichten", erinnerte er sich an die gestrige Nacht und schäumte vor Wut. „Mein Zauber ist am Körper des Tieres abgeprallt."

„Es muss einen Weg geben", widersprach sein Spiegelbild und fragte drängend: „Das Mädchen, wer war das Mädchen?"

„Ich werde es herausfinden!" Garwins Worte klangen wie eine Drohung.

KAPITEL 9

Nur unweit von dem Versteck des Zauberers zerrte Patrizia neben Tarik mühevoll ihren schweren Koffer über den unebenen Weg einen Hügel hinauf. Nils lief den beiden leichtfüßig voraus. Er sah sich nicht einmal um, ob sie Schritt halten konnten. Patrizia ruckte die Rollen ihres pinken Ungetüms über eine Wurzel.

„Der Weg zum Tor war doch niemals so lang. Wir müssten doch längst da sein. Oder, Nils?“ Erleichtert bemerkte sie, wie Nils nun auf der Kuppel des Hügels stehen blieb. Doch als sie aufholte, musste sie erkennen, dass er nicht etwa auf sie gewartet hatte, sondern vor Verblüffung stehen geblieben war. Denn von hier oben war der Pferdehof wieder zu sehen. Nur einige hundert Meter entfernt.

„Wir müssen im Kreis gelaufen sein!“, erkannte Patrizia genervt. Ohne sie einer Antwort zu würdigen, drehte sich Nils um und stapfte erneut in Richtung des Waldes. Selbst Patrizias Rufen ignorierte er.

Tarik zuckte mit den Schultern. „Typischer Superheldenkomplex, keinem trauen, alles alleine machen. Ist normal, macht aber einsam.“ Mit einem Zwinkern trat er nahe an Patrizia und hauchte: „Einsam ist nicht meins.“

Patrizia wich zurück. „Was ist bei dir eigentlich schiefgelaufen?“ Eilig vergrößerte sie den Abstand zu Tarik und verkleinerte jenen zu Nils.

Erst als Tarik, ganz der Gentleman, Patrizia anbot, ihr mit ihrem Koffer zu helfen, hatte er ihre ungeteilte Aufmerksamkeit. Wenn auch nicht für lange. Mit hoheitsvollem Nicken ließ sie ihren unhandlichen Koffer neben ihm stehen und eilte Nils hinterher. „Nils, warte doch mal!" Tarik war perplex. So viel zu Dankbarkeit! Murrend schnappte er sich den Griff. Das Ding war wirklich extrem schwer! Ächzend folgte er den beiden anderen – nun doppelt beladen.

Dajanas Augen wurden immer größer, während sie verfolgte, wie Rona mit Tamis Hilfe die Wundsalbe für Arman herstellte. In einem Mörser zerstampfte sie Kräuter und Öle und rührte das Ganze so lange, bis ein zähflüssiger Brei entstand. Tami reichte auf die Bitten ihrer Großmutter hin die gewünschten Zutaten an. Dajana verzog das Gesicht, als sie den Brei betrachtete. Und hatte die alte Dame eben tatsächlich etwas von „Weidenkraut und Feensud" gemurmelt?

„Wie ist das eigentlich passiert?", wollte Tami wissen und sah mitfühlend zu Arman hinüber. Rona blickte kurz auf. „Na ja, du kennst ihn doch, wahrscheinlich ist er durch den Wald gerannt und hat sich an den Zweigen verletzt." Dann wandte sie sich an Dajana. „Dajana?"

Dajana riss ihren Blick von dem Mörser los. Die Brühe sah wirklich alles andere als hygienisch aus!

„Gibst du mir bitte die braune Schüssel?" Rona zeigte darauf. So vorsichtig wie möglich balancierte Dajana den randvoll mit einer schlammigen Flüssigkeit gefüllten Napf näher. Als trotzdem etwas davon überschwappte, stellte sie den Topf eilig ab und wischte angeekelt ihre Hände an einem der Feuchttücher sauber, die sie immer griffbereit hielt.

„Ist nicht schlimm“, versuchte Rona sie zu beruhigen. Aber was wusste sie schon? Sie hatte ja keine Ahnung, wie Dajanas körpereigenes Abwehrsystem auf ... Weidenkraut reagierte. Oder Feensud – was sollte das überhaupt sein?

Tami sah Dajana neugierig an. „Wieso machst du das immer, das mit den Tüchern?“ Dajana zuckte zusammen. Wie sollte sie es erklären? Doch bevor sie in eine unangenehme Situation kommen konnte, lenkte Rona die Kleine ab. „Tami, reichst du mir bitte die Salbei-Essenz?“

Eine feine Nebelwolke stieg aus dem Mörser auf, als Rona die Zutat daruntermischte. Dajana folgte verwundert, wie Rona das Gebräu nun zu Arman in die Box brachte. Der schöne Hengst schien unruhig zu sein, trat von einem Huf auf den anderen.

Rona griff besänftigend nach seiner Mähne. „Arman, mein Schöner, ganz ruhig, alles wird gut.“ Doch auch sie wirkte ein wenig verunsichert. Irgendetwas schien den Hengst äußerst zu beunruhigen.

Was Arman fühlte, hatte allerdings nichts mit seinen Verletzungen oder Schmerzen zu tun. Sondern mit Charlie. Die machte gerade eine Pause von dem Schrubben der vermoosten Pferdetränken, hatte sich auf einen Baumstamm gesetzt und schrieb in ihr Tagebuch. Das im Tageslicht so unwirklich scheinende Treffen mit Arman – dem Jungen – ließ sie nicht los. Umso besser, einmal ganz alleine zu sein und ihre Gedanken in Worte und Bilder zu fassen. Dass sie jedoch alles andere als alleine oder unbeobachtet war, bemerkte sie nicht, während ihr Stift über die Seiten flitzte. Nur wenige Meter hinter ihr stand völlig unbeweglich Garwin. Seine brennenden Augen verfolgten jede ihrer Bewegungen. Geräuschlos machte er einen Schritt auf sie zu, als Nils aus dem Waldrand trat und überrascht neben Charlie stehen blieb. Garwin blieb bewegungslos stehen.

Verwundert blickte Nils auf die Koppel, die nur wenig entfernt vom Pferdehof lag. „Mann, das gibt's doch nicht!"

Charlie bedachte ihn und seinen Rucksack mit einem kurzen Blick. „Wolltest du nicht eigentlich abhauen?"

Nils seufzte. „Eigentlich schon."

Trotz Charlies „Gut, Reisende soll man ja nicht aufhalten!" ließ er sich neben ihr nieder und sah sie fest an. „Du, ich hab dich nicht verpfiffen, ich mach so was nicht. Ich bin eigentlich ein ganz netter Typ."

Charlie sah nicht einmal auf. „Ist klar", murmelte sie und machte eine große Geste, die den Pferdehof einschloss. „Deshalb bist du auch hier."

„Ja, keine Ahnung, warum die mich hierhergeschickt haben", log Nils halb im Scherz, aber er musste schwer schlucken. Zu gut erinnerte er sich daran, wie ihn Polizeibeamte bei seiner Mutter abgeliefert hatten. Sie war betrunken gewesen – wie fast immer. Ein Zuhause war ihre Wohnung schon lange nicht mehr. „Tach, Frau Neuberg", hatte der Beamte runtergerattert, „Ihr Sohn wurde schon wieder beim Ladendiebstahl erwischt, die Prozedur kennen Sie ja, Vorladung folgt." Den Worten des Polizisten hatte Nils' Mutter kaum zugehört, dafür ihm die Hölle heißgemacht, kaum dass die Tür geschlossen war.

„Du bist so verblödet, dich ständig erwischen zu lassen, 'nen Anwalt zahl ich dir nicht! Das schwör ich dir! Und jetzt hau ab!" Das dürften in etwa ihre letzten Worte an ihn gewesen sein. Als eine leere Bierdose neben ihn an die Wand geflogen war, hatte er sich einfach umgedreht und war gegangen. Wohin auch immer. Überall, so hatte er gedacht, war es besser. Überall, wo er nicht ständig ein Störfaktor war und sonst nichts.

Charlie drehte sich von Nils weg. „Hau ab, du nervst!", murmelte sie, ohne zu ahnen, dass sie damit gerade seinen wunden Punkt erwischte. Sie schlug ihr Buch zu, stand auf und ging, ohne ihn eines Blickes zu würdigen, los.

„Ich war das nicht!", rief Nils ihr hinterher, dann gab er es auf. „Glaub mir oder lass es bleiben. Ach, ist mir eigentlich auch egal!" Er stand ebenfalls auf und machte sich auf den Weg. Irgendwohin. Bloß weg.

Garwins Blick wechselte zwischen Nils und Charlie – ihm entging kein Detail.

Dajana sah zu, wie Rona und Tami die schmierige Creme auf Armans Wunde verteilten. Behutsam trugen sie mehr und mehr davon auf. Das Pferd war nun ruhiger, sein Blick in sich gekehrt. Still stand Arman da und ließ zu, dass sein Hals versorgt wurde, bis die gezackte Wunde völlig von der dunklen Salbe bedeckt war. Dajana schüttelte sich. Die Vorstellung, dass jemand sie mit dieser Creme beschmierte, war in etwa das Schlimmste, was sie sich vorstellen konnte! Wie konnte Arman das einfach so über sich ergehen lassen? Sie warf einen vorsichtigen Blick auf das Fell des Rappen und zog überrascht die Luft ein. Dort, wo vorhin noch eine lange Wunde geklafft hatte, war plötzlich alles verheilt!

„Wow", brach es aus ihr heraus. „Das ist ja wie Phoenixtränen!"

Rona sah verwirrt auf: „Wie was?"

Und auch Tami schien noch nie davon gehört zu haben.

„Harry Potter", erklärte Dajana aufgeregt. „Zweiter Teil, also, der Basilisk, die Riesen-Schlange, ganz am Ende?" Dann versandeten ihre Worte. Offenbar wussten die beiden noch immer nicht, wovon sie sprach. Verrückt! Wie konnten sie noch nie von Harry Potter gehört haben?

Einen Zauberer hätten Patrizia und Tarik momentan sehr gut gebrauchen können: Zum wiederholten Mal erreichten sie hoffnungsfroh das Ende der dichten Waldgrenze, nur um zu erkennen, dass sie wie zuvor an derselben Stelle gelandet waren: Vor ihnen erstreckten sich die Pferdekoppeln, über die Charlie gerade rannte, rechts sah man den Stall, aus dem Rona, Tami und Dajana traten. Links daneben stand das Wohnhaus.

Patrizia verlor die Geduld. „Das kann doch nicht wahr sein!" Und auch Tarik hatte genug. „Ich hab echt keinen Bock mehr. Mein Magen auch nicht."

Wütend funkelte Patrizia ihn an. „Du willst doch nicht wieder zurück? Nils ist bestimmt schon so gut wie zu Hause."

„Mir doch egal!" Tarik lief ein paar zögernde Schritte auf den Hof zu und schob seinen Rucksack höher. Die letzten Stunden hatten ihn ausgepowert – nicht nur sein Gepäck durch die Gegend zu schleifen, sondern auch noch Patrizias Koffer –, dafür hatte er sich definitiv eine doppelte und dreifache Portion Abendessen verdient! Apropos Patrizias Koffer: Genervt drehte er sich danach um. Überrascht wandte er den Kopf hin und her. Wo war er hin? Er hatte ihn doch dort vorne stehen gelassen?

„Was?", motzte Patrizia ihn genervt an und Tarik verzog entschuldigend das Gesicht. „Dein Koffer ..." Nun drehte sich auch Patrizia um die eigene Achse, doch nirgendwo war auch nur ein Fitzelchen Pink zu entdecken.

„Wie bitte?", kreischte sie empört auf. „Du hast meinen Koffer verloren? Bist du bescheuert? Da sind meine ganzen Klamotten drin, überhaupt alles ist da drin!" Tarik nahm die Beine in die Hand und rannte den Weg zurück, um das seltsame Verschwinden von Patrizias Koffer aufzudecken. Patrizias Beschimpfungen wurden immer leiser.

Was er nicht mitbekam: Auch tief im Unterholz zog jemand unhörbar über ihn her. „Trottel!", kicherte eine piepsige Stimme erfreut. „Dickwanst!", und damit wurde der Koffer, der mindestens drei Mal so groß war wie sein Entführer, energiegeladen über Stock und Stein gewuchtet, immer weiter weg von den zwei Jugendlichen ...

Das Wohnhaus fest im Blick, verließ Charlie die Koppel und eilte über den Lehmweg. Sollte sie Nils glauben? Er hatte sich ehrlich angehört und offensichtlich war es ihm wichtig gewesen, dass sie ihm glaubte. Auf der anderen Seite: Er war der einzige Zeuge ihres Fluchtversuchs, oder? Wenn er sie nicht verpfiffen hatte, wer dann? Nachdenklich durchquerte sie den Hof, als sich ihr plötzlich Dajana mitten in den Weg stellte.

„Wo warst du denn?", wollte Dajana wissen. „Ich dachte schon, ihr hättet mich alle allein gelassen." Charlie starrte sie verblüfft an. Wo sie gewesen war? Na, hier, ihre Strafaufgaben abarbeiten, wo denn sonst? Immerhin hatte sie letzte Nacht herausgefunden, dass es keinen Sinn machte, das Gelände verlassen zu wollen. Aber gerade die ängstliche Dajana wollte sie damit nicht belasten. Diese allerdings überraschte Charlie, indem sie sie energisch am Arm packte und in Richtung Stall zerrte.

„Komm mit, ich muss dir was zeigen. Du glaubst nie, wie Rona das gemacht hat!"

Verwundert ließ sich Charlie mitziehen. Als sie Arman sah, völlig gesund und voller Leben, fiel ihr ein Stein vom Herzen. Mit einer Mischung aus Erleichterung und Verwirrung strich Charlie vorsichtig über die Stelle an Armans Hals, die bis vor ein paar Stunden noch mit einer Wunde geziert gewesen war. Noch immer hatte sie keine Ahnung, wo sie hier gelandet waren, was hier wirklich abging oder ob das alles nur ein Traum war. Einiges davon fühlte sich definitiv so an. Doch obwohl sie eigentlich von hier hatte verschwinden wollen – vielleicht lohnte es sich ja, noch ein wenig zu bleiben? Arman stupste sanft gegen ihre Hand, als wollte er ihr zustimmen. Durch das Stallfenster sah Charlie Tami ihr Pony striegeln. Die beiden sahen sehr zufrieden und wie ein perfektes Team aus und als wären sie sich beide genug. Selbst die etwas mitgenommene Patrizia, gefolgt von Tarik, schien diesen gemeinsamen Frieden nicht zu stören, als sie auf Tami zuhielt. Ihr Mund ging in einem fort auf und ab. Charlie lächelte. Vielleicht ganz gut, dass sie jetzt nicht hören konnte, worüber sich Miss Etepetete schon wieder beschwerte. Das würde ihr nur die Laune verderben.

„Wir sind ständig wieder an diesem bekloppten Hof angekommen", zeterte Patrizia und machte eine große Show für Tami und die hinzutretende Dajana. Dann drehte sie sich anklagend zu Tarik. „Und dieser Blödmann hat meinen Koffer verloren und behauptet, er sei geklaut worden."

„Kann doch sein", warf Tami ein und streichelte ihrem Pony beruhigend über die Nüstern. „Hier gibt's Zwerge, die sind eine echte Plage, die klauen alles."

Erleichtert stieg nun auch Tarik ein: „Ja, Zwerge genau, ich hab Stimmen gehört."

Zwerge?! Patrizia hatte mehr als genug gehört. „Ihr habt sie doch nicht mehr alle!", schrie sie die anderen drei entnervt an. „Einer dämlicher als der andere." Damit stapfte sie wütend davon.

„Blöde Kuh!", murmelte Tami voller Ingrimm, als Charlie aus dem Stall trat. Diese sah sie verwundert an. „Meinst du mich?"

Tami schüttelte wild den Kopf: „Nee, die da!", und deutete auf Patrizia, die nun die Tür zum Wohnhaus knallte. „Bist du nicht auch sauer, dass sie dich bei Papa verpetzt hat?"

Charlie blieb der Mund offen stehen. Patrizia? Patrizia hatte Richard gesteckt, dass sie versucht hatte abzuhauen? Nicht Nils? Aber wie ... natürlich! Wahrscheinlich hatte sie nur so getan, als schlafe sie, als Charlie wieder zurückgekommen war, und hatte alles gesehen: das Gepäck und Charlies Verzweiflung. Sie biss sich auf die Lippen. Also hatte Nils die ganze Zeit die Wahrheit gesagt. Und sie ihm nicht geglaubt!

Nach dem Abendessen verdrückte sich Nils auffällig still und schnell nach draußen. Charlie öffnete die Tür und sah sich suchend in dem kleinen Hof um. In sich gekehrt kauerte Nils auf derselben Bank unter dem Baum wie gestern Nacht. Er schnitt einen Apfel in mundgerechte Stücke. Unsicher zupfte Charlie sich die Mütze über den Locken zurecht, holte tief Luft, machte sich selbst Mut und trat auf ihn zu. „Hey!"

Als Nils nur nickte, ließ sie sich neben ihn sinken und zögerte. Was sollte sie sagen? Was wären die richtigen Worte? Charlie war nicht gut in so was. Aber es war ihr wichtig, dass Nils wusste, dass es ihr leidtat, ihn zu Unrecht verdächtigt zu haben. „Ich ...", stotterte Charlie also und gab sich schließlich einen Ruck. Die Worte überstürzten sich: „Ich muss mich bei dir entschuldigen, Patrizia hat mich verpfiffen. Tami hat's heute Morgen mitbekommen."

Nicht besonders beeindruckt zuckte Nils mit den Schultern und biss in ein Apfelstück. „Mir hast du ja nicht geglaubt."

„Ja." Vorsichtig sah sie ihn von der Seite an. „Wie gesagt, es tut mir leid."

Er reagierte noch immer nicht, kaute nur weiter, offenbar war das ein extrem interessanter Apfel. Charlie seufzte schwer. Sie war froh, es gesagt zu haben, es fühlte sich richtig an. Aber wenn er ihre Entschuldigung nicht annehmen wollte, konnte sie nichts dran ändern. Dass diese Vorstellung wehtat, überraschte sie. Irgendwie hatte sie das Gefühl, dass sie beide etwas gemeinsam hatten. Und es war ihr wichtig, was er über sie dachte. Allerdings konnte sie ihn kaum zwingen, ihr zu verzeihen. Seufzend stand Charlie auf, um ihn in Ruhe zu lassen, da griff er nach ihrer Hand. Ein verschmitztes Lächeln umspielte seine Mundwinkel, als er sie zurückzog, wieder neben sich. Ohne ein weiteres Wort rückte Charlie etwas näher und grinste ihn an. „Krieg' ich auch so einen Apfel?"

Nils nahm das Messer zur Hand und begann zu schälen. „Ich mach dir das."

Charlie hielt die Hand auf und beobachtete Nils versteckt. Ja, vielleicht war es doch nicht so übel, dass ihr gestern die Flucht nicht gelungen war. Schließlich hätte sie sonst nicht herausgefunden, dass Arman ein Junge war. Oder wie Nils' grüne Augen im Dämmerlicht leuchteten. Vielleicht würde es ihnen sogar gemeinsam gelingen, herauszufinden, was hier los war?

Lächelnd blickte sie in den Abendhimmel, an dem kein einziger Stern zu sehen war. Doch was war das? Mit einem Mal zog ein goldener, leuchtender Schimmer über den Himmel, erhellte ihn für einige Sekunden und verschwand dann wieder …

Auch Richard und Lore beobachteten das Leuchten zufrieden. Ihr Schutzwall war wieder intakt. Sie hatten die verkohlten Stämme mit Baumtränen behandelt. Mick nickte zufrieden. „Jetzt seid ihr wieder geschützt!"

Garwin jedoch, der sie aus der Ferne beobachtete, lächelte böse in sich hinein. Und nur er konnte sein Spiegelbild hören, das Unheil verkündend in seiner Höhle lachte. „Da seid euch mal nicht so sicher!"

KAPITEL 10

Am nächsten Morgen trat Charlie in den Stall und lief direkt bis zur hintersten Box, aus der ihr Arman fröhlich entgegenwieherte. Zart fuhr sie ihm über den Hals – noch immer schien es ihr wie ein Wunder, dass nichts mehr von seiner bösartigen Verletzung übrig geblieben war. Ronas Kräuterkunde sei Dank.

„Na?", fragte sie lächelnd. „Gut geschlafen?" Und schüttelte sofort den Kopf über sich. Da stand sie und versuchte tatsächlich, mit einem Pferd zu reden. Das Geheimnis um den stolzen Arman hatte sie keine Sekunde losgelassen. Es musste doch eine Möglichkeit geben, mehr darüber in Erfahrung zu bringen! Entschlossen trat sie einen Schritt zurück und sah ihn fest an. „Nun schön, nur ein Versuch. Wenn du wirklich verwandelt bist, musst du mir ein Zeichen geben. Ich habe das Gefühl, ich werde verrückt!"

Armans Kopf war gesenkt, als lausche er ihren Worten. Sein Atem ging ruhig. Dann drehte er den Kopf hin und her. Doch das war auch alles. Das konnte man nicht wirklich als eindeutiges Zeichen interpretieren, oder? Charlie wurde genauer: „Hufescharren?", schlug sie unsicher vor. „Schnauben? Irgendwas?"

Doch Arman sah sie nur aus sanften Augen an und spitzte die Ohren. Charlie holte tief Luft und ging einen weiteren Schritt zurück. „Okay", schlug sie dann vor und bat etwas verlegen: „Aber nicht lachen!" Dann ließ sie ihre Arme auf Arman zuschnellen und zischte: „Pferd, verwandle dich!" Nichts geschah. Charlie versuchte es mit allem, was sie aus Filmen und Büchern im Repertoire hatte. Mit „Hexhex" und „Abrakadabra", ja, sie machte sogar einen tänzerischen Ausfallschritt und befahl: „Sesam, öffne dich!"

„Morgen!", unterbrach sie da eine amüsierte Stimme. Charlie fuhr herum. Mit breitem Lächeln trat Nils auf sie zu. In seinem ausgewaschenen T-Shirt sah er heute irgendwie noch besser aus als gestern. Oh, oh – wie lange hatte er sie schon beobachtet? Spontan war Charlie froh, ihr rot meliertes Shirt zu tragen, das prima zu ihren blonden Locken passte. Verlegen griff sie nach Armans Mähne und legte den Kopf schief. „Stalkst du mich?" Ihr spontanes Grinsen nahm ihren Worten die Spitze.

Nils lehnte sich an die Box neben Armans und machte eine kleine Kopfbewegung auf Timon zu. „Das Ding da ist zufällig mein Pferd", erklärte er sein Auftauchen. Dann fragte er interessiert: „Hast du schon mit Patrizia geredet?"

Charlie schüttelte den Kopf. „Nein, wozu?"

„Sie hat dich an Richard verpfiffen", rief Nils ihr in Erinnerung, doch Charlie winkte ab.

„Ich will nichts mehr mit der zu tun haben. Es reicht schon, dass ich mit ihr ein Zimmer teilen muss."

Nils' Verwunderung war offensichtlich. „Mich hast du fast umgebracht, als du gedacht hast, ich wäre es gewesen."

„Von Patrizia habe ich ja auch nichts anderes erwartet."

„Ach so." Nils' Gesicht hellte sich auf. Seine grünen Augen leuchteten herausfordernd. „Von mir also schon?"

Sein Lächeln war ansteckend. „Bild' dir ja nichts darauf ein." Charlie grinste zurück. Sie konnte nur schwer die Augen von ihm lösen. So also sah er aus, wenn er sich nicht in sich zurückzog und eine Schutzmauer aus „Ist mir doch egal" um sich zog. Der Anblick gefiel ihr. Und noch viel mehr, dass sie nicht ganz unbeteiligt daran war.

Nur wenig später, die Jugendlichen waren gerade mit dem Frühstück fertig, wartete Lore vor dem Stall auf ihre Schützlinge. Heute, hatte sie entschieden, würden sie reiten. Es war an der Zeit, dass die fünf sich weiter mit ihren Pferden vertraut machten. Ein Reiter und sein Pferd – das ging nur als Team. Und dies wiederum bedeutete, sorgsam auf die Wünsche und Gefühle des jeweils anderen zu achten. Wie viel es da zu lernen gab, würde sich heute herausstellen. Aufmerksam beobachtete sie, wie nun alle nacheinander aus der Haustür traten: Tarik mal wieder in seiner gelben Jacke, Nils, der heute irgendwie aufgeweckter wirkte als bisher, Charlie, deren blonde Locken in der Sonne glänzten, und Dajana – wie immer etwas verschüchtert. Verwundert sah Lore die vier an. „Und wo ist Patrizia?"

„Die kommt gleich", antwortete Dajana, wie Patrizia ihr aufgetragen hatte.

Besonders weit war diese allerdings bei ihrer Kleiderwahl für heute nicht gekommen. Unzufrieden und noch immer nur mit einem Duschhandtuch bekleidet, stand sie vor ihrem Bett. Was sollte sie anziehen? Ihre ganzen Kleider waren in dem Koffer, den Tarik, dieser Blödmann, im Wald verloren hatte. Und die Klamotten ihrer beiden Mitbewohnerinnen waren nun wirklich niemandem zuzumuten. Kein bisschen Modegeschmack! Dajanas brave „Hallo, ich bin eine kleine Maus und habe vor allem Angst"-Sachen würde Patrizia nicht einmal anziehen, wenn die das Letzte auf Erden wären. Und Charlies Look Marke „Vampires Diary" – meine Güte! Damit würde sich Patrizia nicht einmal untot erwischen lassen! Wer trug schwarz-weiß karierte Männerflanellhemden? Patrizia rümpfte die Nase und schlüpfte in ihr Outfit von gestern. Die flachen Ballerinas und der bunt getupfte kurze Rock waren nun wirklich nicht die idealste Kombination, um zu reiten – aber was blieb ihr anderes übrig? Grimmig lief sie die Treppe hinunter, vorbei an der Küche, in der Rona konzentriert mit etlichen Tinkturen und getrockneten Kräutern hantierte. Dann trat sie nach draußen.

Rona hatte eine außergewöhnliche Begabung für Kräuterkunde. Doch nicht nur dafür. Denn auch die heimlichen Schritte ihrer Enkelin, die sich angeschlichen hatte, um eine Handvoll Äpfel zu mopsen, hatte sie sofort gehört. Blitzschnell drehte sie sich um. „Tami", schmunzelte sie, „willst du mir bei einem besonderen Rezept helfen?"

„Kann grad nicht!" Die Kleine grinste ertappt.

Rona betrachtete sie warnend über ihre Brillengläser hinweg. „Aber du bleibst auf dem Hof?! Du weißt, alleine in den Wald gehen ist zurzeit verboten."

Tami schob sich Schritt für Schritt rückwärts auf die Tür zu und nickte, als könne sie kein Wässerchen trüben.

„Natürlich, Omi", erklärte sie beruhigend. Rona musste lächeln. Ihre Tami hatte immer etwas vor. Vermutlich hatte sie das Obst als Leckereien für die Pferde gemopst – vor allem für ihren Liebling, das kleine Pony Krümel. Tami eilte aufgeregt nach draußen, vorbei an ihrer Mutter und den Jugendlichen. „Yieha!", hörte sie gerade noch von Tarik, als sie sich Krümel schnappte.

Tarik klatschte erfreut in die Hände. Endlich durften sie mehr tun, als ihre Pferde Gassi zu führen.

„Auf dem Rücken der Pferde", rezitierte er groß, „liegt das Glück dieser Erde." Lore musste schmunzeln. In diesem Spruch steckte ein ordentliches Quäntchen Wahrheit. Das würden auch die fünf Jugendlichen noch begreifen. Früher oder später.

„Wunderbar", sagte sie also grinsend und hielt den vieren ihre Helme entgegen. Tarik rümpfte die Nase. „Muss das sein?", beschwerte er sich, „das ist voll wendymäßig!"

„Das ist zu deiner eigenen Sicherheit!" Lore duldete keinen Widerspruch und stülpte Tarik kurzerhand die schwarzsamtene Kopfbedeckung über, lief voran und winkte den Kindern, ihr zu folgen. „Bevor ihr nachher aufsteigt, müsst ihr ein paar Dinge beachten", erklärte sie und öffnete die Boxen. „Die Pferde spüren, was in euch vorgeht, sie spüren auch Ängste und Unsicherheit. Und sie können wie ein Spiegel eurer Seele sein." Einer nach dem anderen führte sein Pferd hinaus auf den sonnigen Hof. „Deswegen ist es auch so wichtig", schärfte Lore ihnen ein, „dass ihr auf die Signale eurer Pferde achtet. Sie haben euch nicht ohne Grund ausgesucht."

Alle vier machten sich daran, ihre Tiere für den heutigen Ausflug zu striegeln. Selbst Dajana, der der riesige Argos offenbar noch immer suspekt war. Nils' Bewegungen ließen dagegen etwas Gefühl vermissen. Fast mechanisch zog er den Striegel über Timons braunes Fell. Lore holte die Sättel aus dem Stall, während Patrizia über den Hof schlenderte und sich zu Nils gesellte.

„Hast du gut geschlafen?", eröffnete sie das Gespräch und erhielt nichts weiter als einen irritierten Blick. Er trat einen

Schritt zur Seite und striegelte weiter, als hätte sie nichts gesagt. Patrizia warf ihren Zopf über die Schultern und spitzte die perfekt nachgezogenen Lippen. Wenn sie schon heute dasselbe tragen musste wie gestern, dann – so hatte sie beschlossen – jedenfalls mit so viel Stil wie möglich. Das musste doch auch Nils auffallen! Sie lehnte sich etwas näher zu ihm.

„Was haben die Esos eigentlich heute mit uns vor?" Doch auch das war ihm weder ein Lächeln noch eine Antwort wert. Stumm blickte er sie an. Patrizia zuckte mit den Schultern, als mache ihr das nichts aus. „Du bist einer der Schweigsamen, hm?" Sie gab ihm einen aufmunternden Stups mit der Schulter. „Find ich aber cool."

Endlich drehte er sich zu ihr und hob eine Augenbraue. „Hat eben nicht jeder so viel zu sagen wie du." Und damit ließ er sie stehen. Patrizia sah ihm nach, wie er mit dem Striegel in der Hand in Richtung Stall lief. Seine breiten Schultern entgingen ihr dabei ebenso wenig wie das spontan ehrliche Lächeln, das sich auf seinem Gesicht ausbreitete, als ihm Charlie entgegenkam. Patrizia schüttelte irritiert den Kopf und gesellte sich zu Tarik und seinem kleinen Pony. Mit einem genervten Seufzen ließ sie sich zwischen ihm und Dajana, die mit Argos beschäftigt war, gegen einen Holzpfeiler sinken.

„Was ist heute mit Nils los, irgendwie ist der heute extrem schräg drauf!" Dajana starrte sie nur an, ohne den Mund aufzukriegen, doch Tarik warf ihr einen sarkastischen Blick zu. „Wow, du redest wieder mit mir, dem Clown, der deinen Koffer verloren hat? Sorry, Babe, aber der Zug ist abgefahren." Energisch zog er den Striegel über Miloschs Fell. Patrizias perfekt gezupfte Augenbrauen verschwanden fast in ihrem Haaransatz. „Was geht denn bei dir?"

„Mit Petzen will ich nichts zu tun haben!“ Er drehte ihr vielsagend den Rücken zu. Nun wurde auch Dajana neugierig. „Was hast du gemacht?“

Tarik stellte Patrizias abwehrendes „Nichts!“ sofort richtig. „Sie hat Richard gesteckt, dass Charlie abgehauen ist“, erklärte er und schoss einen grimmigen Blick über seine Schulter. „Fiese Nummer, echt!“

Bevor Patrizia darauf reagieren konnte, rief Lore nach ihr und bat sie, ihr Pferd zu holen. Mit wütenden Schritten stürmte Patrizia in den Stall und zog Jaron hinter sich her. Auf ihrer Skala war dieser Tag jetzt schon unterirdisch!

Heftig zerrte sie ihr Pferd aus dem Stall. Dass Lore sie ermahnte, nicht so grob zu sein, besserte ihre Laune nicht im Geringsten. Mit ihr ging ja gerade auch niemand zartfühlend um, oder? Keiner schien sich darum zu kümmern, dass ihr Koffer verschwunden war, und ... überhaupt! Als Lore sich jetzt auch noch über ihre Kleidung mokierte und Patrizia bat, sich umzuziehen, verlor sie die Geduld. Ungeduldig riss sie an Jarons Zügel. Bockig blieb Jaron stehen. Und dann passierte es: Patrizia verlor das Gleichgewicht, rutschte mit den glatten Sohlen ihrer Ballerinas aus und landete ... mitten in einem Haufen Pferdeäpfel. Tarik brach in ein wieherndes Gelächter aus. „Wie war das? Spiegel der Seele?“ Er prustete und nun lachten auch die anderen. Nils, ja selbst Dajana. Ein Geräusch, das Patrizia nie wieder in ihrem Leben hatte hören wollen. Gepaart mit einem Gefühl, das den Großteil ihrer Kindheit ausgemacht hatte: das Wissen darum, dass sie nicht dazugehörte, dass sie sich für sich schämen musste! Eine alte, schmerzhafte Erinnerung kam in ihr hoch. Patrizia biss die Zähne aufeinander. Das war jetzt wie lange her – ein, zwei Jahre? Und noch immer brannte es wie

Feuer, wenn sich jemand über sie lustig machte. Langsam rappelte sie sich auf und sorgte dafür, dass keiner der anderen ihr Gesicht sah. Während ihr eine Träne über das Gesicht lief, flüchtete sie mit hochaufgerichtetem Kopf und starren Schultern in Richtung Wald. Entweder würde sie diesen blöden Ausgang finden oder aber ihren Koffer. Und noch besser: Hier war sie alleine!

Es hatte nur eine gegeben, die zu ihr gehalten hatte: ihre Freundin Jana. Selbst mit ein paar Pfunden zu viel und einer dicken Brille, aber auch mit einer ordentlichen Portion Courage gesegnet.

Noch heute schrillte Patrizia das gemeine Lachen ihrer Schulkameradinnen in den Ohren: Dabei hatte sie mit Jana einfach nur vor dem Schaufenster eines Secondhandshops gestanden und wie so oft auf dem Nachhauseweg die Spieluhr mit der elfengleichen Ballerina darauf bewundert. Rank und schlank war sie, wie Patrizia es sich selbst immer erträumte. Sie trug einen Tutu aus Federn und Patrizia hatte sich vorgestellt, wie anmutig sie sich im Kreis zu der Musik drehen würde.

„Hey, Fettbacke", hatte eine kichernde Stimme ihren Traum unterbrochen. Und als sie sich umgedreht hatte, standen die drei Grazien ihrer Schule, die angesagtesten Mädchen vor ihr wie eine Wand.

„Sorry", flötete eine von ihnen gemein, „aber eine Ballerina wird wohl nicht mehr aus dir." Ihr abfälliger Blick war über Patrizias mollige Figur gewandert. Trotz ihrer Schreckstarre und der fiesen Bemerkungen hatte Patrizia die drei bewundernd angesehen: Ihre Figuren waren perfekt, ihre Haare nach der neuesten Mode gestylt. Und ihre hübschen Gesichter hatten sie angesehen, als wäre sie irgendeine Art ekliges Insekt. Jana war – wie so oft – ihr zu Hilfe geeilt.

„Lasst sie in Ruhe!“, hatte sie mutig erklärt und sich von dem arroganten „Ach Gottchen, noch so ein Klops!“ nicht erschrecken lassen. Im Gegenteil.

„Einer, der dir den Hintern versohlt, wenn ihr nicht gleich abhaut“, hatte sie schlagfertig zurückgegeben und sich auch nichts daraus gemacht, als die drei Schönheiten im Abgehen noch eine letzte fiese Bemerkung machten: „Lassen wir die Speckis unter sich!“

Stattdessen hatte Jana Patrizia an die Hand genommen, „Blöde Bohnenstangen“ geknurrt und sie in das Geschäft gezogen. „Komm mit, ich schenk dir die Spieluhr.“

Tami verfolgte ein eigenes Ziel. Ja, Rona hatte sie davor gewarnt, in den Wald zu reiten, aber sie hatte nicht versprochen, das Gelände zu meiden. Sie hatte lediglich „Ja“ gesagt, als ihre Großmutter sie gefragt hatte, ob sie wisse, dass es zurzeit verboten sei, in den Wald zu gehen. Mehr nicht. Also: Ja, es war eigentlich verboten. Aber: Tami hatte eine Verabredung. Und zwar mit jemand Besonderem: Adrian. Den konnte sie nicht einfach zu Hause besuchen. Ihre Verabredungen im Wald waren die einzige Möglichkeit, sich zu sehen. Niemand wusste von der heimlichen Freundschaft zwischen ihnen. Tami trieb Krümel an und lauschte. Vögel zwitscherten fröhlich, ein Waldvogel rief laut, dann: ein schriller Pfiff. Nur wenige Meter über ihr am Hang winkte Adrian. Seine verwuschelte Lockenmähne stand ihm vom Kopf ab, die Schöße seiner altertümlichen, viel zu großen Jacke wehten hinter ihm her, als er ihr entgegenkam, seine dunkelrote Hose war ein paar Handbreit zu kurz, als wäre er zu schnell aus ihr herausgewachsen. Tami kannte ihn nicht anders. Und sie mochte ihn genau so, wie er war. Auch wenn sie weder genau wusste, wo er wohnte, noch, woher er kam. Eilig kletterte sie ihm entgegen. Mal sehen, was er heute Lustiges vorbereitet hatte! Adrian deutete auf ein kleines Lagerfeuer, das er aus trockenen Ästen gebaut hatte. Kaum hatte sich Tami, sein einziges Publikum, hingesetzt, erklärte er auch schon stolz: „Ich zünde es an – mit nur einer Handbewegung!" Aufmunternd nickte Tami ihm zu und wurde Zeuge, wie er einen Schritt zurücktrat. Sein Lausbubengesicht verzog sich in höchster Konzentration, er hob die Hände befehlend. „Reu effff Sssszcid eufuuuur, Hciiii..." Tami sah ihm nicht besonders überzeugt dabei zu. Nichts veränderte sich. Doch Adrian gab nicht auf. Er gab alles. „Reu effff Sssszcid eufuuuur, Hciiii...", befahl er, diesmal lauter. Und tatsächlich, nun tat sich etwas. Als ob sich der Wald verschöbe, erhob sich plötzlich ein Wind um Tamis Freund. Eine dunkle, mächtigere Stimme war plötzlich zeitgleich mit seiner zu hören. Tami hielt den Atem an. Doch dann legte sich plötzlich der Wind wieder und auch die zweite Stimme verschwand. Adrian sah enttäuscht auf den kleinen Haufen trockener Äste, aus dem nicht einmal ein kleines Knistern drang. Kopfschüttelnd und enttäuscht beugte er sich darüber. Ein puffendes Geräusch erklang und eine Ladung Ruß landete genau in seinem Gesicht.

Tami schüttelte sich vor Lachen. Doch als sie Adrians bedrücktes Gesicht sah, verbiss sie es sich schnell. Als Friedensangebot hielt sie ihm einen der Äpfel hin. „Das wird schon", machte sie ihrem Freund Mut, „du musst nur mehr üben." Sie verpasste ihm einen kleinen Stoß mit der Schulter und stand auf. „Aber ich muss jetzt leider los!"

„Schon?“ Adrian klang derart enttäuscht, dass Tami eine wunderbare Idee kam. „Komm doch mit“, schlug sie eifrig vor, „dann kann ich dir auch gleich Charlie vorstellen, die ist echt supernett.“

Adrian schüttelte wild die Locken. „Ich kann nicht, das weißt du doch“, seufzte er tief. „Dass wir uns hier treffen, muss unser Geheimnis bleiben.“ Dann bedachte er sie mit einem bittenden Blick. „Versprich es.“

Tami seufzte lautlos. Das hatte sie doch schon, mehr als einmal. Doch nun gut, irgendwie schien Adrian das besonders wichtig.

„Versprochen!“, erklärte sie und machte sich an den Abstieg. Adrian sah ihrem Rücken hinterher. Dann lief er drei vorsichtige Schritte rückwärts. Hätte sich Tami in dem Moment umgedreht, hätte sie sehen können, wie ihr Freund plötzlich einfach im Nichts verschwand …

KAPITEL 11

Auf der Koppel in der Nähe des Hofes sah Lore zu, wie die fünf Jugendlichen sich mehr oder weniger erfolgreich darum bemühten, auf ihre Pferde zu steigen. Nils gelang es als Erstem. Doch er schien nicht viel Interesse daran zu haben, Timon wirklich zu reiten. Etwas ungelenk saß er im Sattel und sah sich um, als wollte er sagen: „Und das soll jetzt toll sein?"

„Das sieht doch schon ganz gut aus", bemühte sich Lore, den Jungen zu ermutigen. „Nimm die Zügel kürzer, schaffst du es in die Steigbügel? Dann reite ein paar Schritte!"

Nils stupste Timon mit den Fersen in die Flanken. „Los!", befahl er ohne Nachdruck. Nichts tat sich. Timon begann zu grasen. „Der hört doch gar nicht", beschwerte sich Nils. „Der frisst doch schon wieder. Kann ich wieder runter?"

Lore betrachtete das Gespann nachdenklich. Besonders viel Biss schien Nils nicht zu haben. Jedenfalls nicht, wenn es darum ging, zu reiten oder zu Timon eine Verbindung aufzubauen. „Nein", beantwortete sie also möglichst streng seine Frage und erklärte: „Wenn du dich nicht für ihn interessierst, wird er sich auch nicht für dich interessieren. Probier's aus, nimm die Zügel kürzer." Nils tat wie geraten, doch Timon schüttelte nicht gerade begeistert den Kopf gegen den unwillkommenen Zwang. Lore unterdrückte ein Seufzen. Solange Nils kein Interesse an seinem Pferd hatte, würde sich nichts ändern. Wie sollte sie ihm nur begreiflich machen, dass es auf Vertrauen ankam? Und Vertrauen setzte voraus, dass man sich ernsthaft miteinander auseinandersetzte.

Und auch zwischen Tarik und Milosch lief es alles andere als vielversprechend: Tarik sprang an Miloschs einer Seite hinauf, rutschte auf der anderen wieder herab und hing wie ein ungelenker Käfer an der rechten Flanke des Pferdes. Wüsste sie es nicht besser, sie würde fast vermuten, das sei Absicht, um mal wieder den Pausenclown zu machen. Immerhin gab Tarik sich wenigstens ein bisschen Mühe.

Dajana fiel es ganz offensichtlich auf ihre eigene Weise schwer, sich auf Argos einzulassen. Das Mädchen wirkte, als würde sie vor Angst am liebsten wegrennen – oder im Boden versinken. Dabei stand der riesige Argos völlig friedlich vor ihr und wehrte sich nicht dagegen, dass sie ihn am Zügel hielt. Lore lief zu ihr. Vielleicht wäre es das Beste, wenn Dajana das große Shire-Horse einfach einmal über die Koppel führte.

Charlie, die die andern vier ebenfalls nachdenklich beobachtet hatte, wandte sich zu Arman. Ruhig und abwartend stand er neben ihr. Dabei ging es ihr nicht ums Reiten. Schon als Kind war sie darauf nicht besonders versessen gewesen. Doch Lores Worte über das Aufbauen einer Verbindung ließen sie nicht los. Wenn sie eine Möglichkeit fand, mit Arman zu kommunizieren, vielleicht könnte er ihr dann etwas mitteilen. Irgendetwas. Damit sie endlich Gewissheit hatte, ob sie durchdrehte oder nicht. Ob er wirklich ein verwandelter Junge war? Konzentriert beobachtete sie jede seiner Bewegungen, doch keine davon schien mehr zu sein als ein Schnauben oder ein Kopfschütteln oder das Schlagen mit dem Schweif, um Fliegen zu vertreiben. Als Lore nun von Dajana zu ihr herüberkam, nahm sie ihren ganzen Mut zusammen.

„Das mit dem Verbindungaufbauen …", begann sie zögernd. „Er kann mir doch nicht wirklich etwas sagen, oder?", und war selbst davon überrascht, wie sehr sie hoffte, dass Lore ihr widersprach. Tatsächlich legte Lore sanft einen Arm um Charlie.

„Ihr könnt trotzdem kommunizieren", erklärte sie überzeugt. „Schau ihn dir genau an und versuche, ein Gefühl für seine Sprache zu entwickeln." Charlie seufzte. Seine Sprache, ja klar. Ohren hin und her bewegen, Schnauben und so. Das hatte sie probiert, das sagte ihr gar nichts. Lore lächelte sie ermutigend an. „Probier's einfach, lass dich auf ihn ein. Dann klappt das schon."

Charlie betrachtete ihren Rappen, wie er dastand und sie ansah. Nun gut, was hatte sie schon zu verlieren. Also mal sehen …

Patrizia reichte es allmählich. Es fühlte sich an, als hätte sie diesen Wald nun schon x-mal kreuz und quer nach ihrem Koffer durchsucht. Doch nirgendwo auch nur eine Spur. Das blöde Teil konnte doch nicht einfach verschwunden sein! Ausgelaugt lief sie die Kurve des Weges entlang. Wenn sie noch einmal an der gleichen kleinen Kreuzung vor dem Hof ankommen würde, begänne sie zu schreien, so viel war sicher! Doch diesmal war etwas anders: Wasser plätscherte. Ein Bach? An dem waren sie gestern auf dem Weg zum Ausgang sicher nicht entlanggekommen. Sie beschleunigte ihre Schritte und blieb wie angewurzelt stehen. Sie war nicht alleine! Am Ufer des kleinen Stroms kniete ein Junge, etwas älter als sie selbst, schöpfte in der hohlen Hand Wasser und trank. Patrizia starrte ihn an. So wie alle hier war er etwas seltsam gekleidet – ein offen stehendes weißes Hemd mit Schnüren statt Knöpfen und eine schwarze altertümliche Hose. Stadtschick sah anders aus. Doch als er sich nun umdrehte, als habe er ihren Blick bemerkt, bekam sie große Augen. Dunkle Haare fielen ihm ins kantige Gesicht, seine Schultern waren breit und seine Haut leicht gebräunt. Patrizia bekam Herzflattern. Schnell hob sie entschuldigend die Hände. „Ich bin schon wieder weg!"

Er richtete sich auf und kam ihr entgegen. „Nein, bleib doch."

Interessiert ließ er die dunklen Augen über sie wandern und Patrizia war sich nur allzu sehr bewusst, dass sie noch immer die gleichen Klamotten trug wie gestern. Die gleichen, mit denen sie sich in einen Haufen Pferdeäpfel gesetzt hatte ...

„Ich bin Patrizia", sagte sie und lächelte ihn an. „Aus Köln." Und verfluchte sich sofort für diese Zusatzinformation. Nicht dass er jetzt noch dachte, sie sei ein Plappermaul! Doch seine einzige Antwort war: „Schöner Name."

Vor Freude entging es Patrizia völlig, dass er ihr seinen nicht verriet. Stattdessen legte er den Kopf schief und fragte: „Gehörst du zu den Menschen, die von den Lilientals aufgenommen wurden?"

Patrizia seufzte tief auf: „Ja, leider!"

Er runzelte die dunklen Brauen. „Wieso denn leider?"

„Es ist alles schrecklich hier", brach es aus ihr heraus. „Ich bin nur von Idioten umgeben, mein Koffer ist weg mit allen Sachen drin und ich sehe aus wie ..." Bevor sie einen passenden – und womöglich peinlichen – Vergleich finden konnte, unterbrach er sie nett. „Ich finde, du siehst wunderschön aus." Patrizia blieb die Luft weg. Er fand sie wunderschön? So mitgenommen, wie sie war? Das tat wirklich gut!

„Wie sah denn dein Koffer aus?“, hakte er nach und hielt seine Hände auf Hüfthöhe, „zufällig so groß und mit Rollen?“

Aufgeregt nickte sie. „Ja, genau, in Pink!“ Konnte es wirklich sein, dass dieser seltsame Junge, der da plötzlich aus dem Nichts aufgetaucht war, wusste, wo ihr Koffer war? So etwas darstellte wie ihren ... Retter in der Not?

„Ahhhh“, sagte er nickend und begann dann den Kopf zu schütteln. „Nee, tut mir leid.“

Patrizia biss die Zähne aufeinander. Zu früh gefreut. Noch einer, der sich unbedingt über sie lustig machen musste, ein Witzbold, wenn auch ein attraktiver. Na gut, dann eben nicht.

„Das war ein Scherz“, unterbrach er mit nettem Lächeln ihre Enttäuschung. „Ich glaube, ich weiß, wo er ist.“ Damit drehte er sich um und lief los. Verblüfft sah Patrizia ihm nach, wie er leichtfüßig zum Ufer des Baches hinuntereilte, sich umdrehte und ihr auffordernd eine Hand entgegenstreckte. „Komm mit, es ist gleich dahinten.“

Ihre Hand in seiner, half er ihr, das Wasser von einem Stein zum nächsten zu überspringen. Und als er sie schließlich losließ, um am anderen Ufer vorauszulaufen, war sie fast etwas enttäuscht. Doch einige hundert Meter weiter hielt er an und deutete vor sich. Patrizia traute ihren Augen kaum. Da war er! Ihr Koffer! Der Deckel war geöffnet, doch es sah aus, als wäre noch alles da! Mit einem Juchzen stürzte sie darauf zu und ging den Inhalt durch.

„Gott, die Schuhe“, rief sie erleichtert, „wenn ich die verloren hätte! Und hier: mein Lieblingstop!“ Erfreut hielt sie es hoch und strahlte ihren amüsierten Begleiter erleichtert an. „Danke!“ Sie sprang auf und überrumpelte ihn, als sie ihm überschwänglich um den Hals fiel. Seine Arme schlossen sich für den Bruchteil der Sekunde um sie, bevor Patrizia peinlich berührt einen Schritt zurücktrat. „Kann ich das irgendwie wiedergutmachen?"

„Da fällt mir bestimmt etwas ein." So ernst sah er sie an, dass ihr fast ein wenig unwohl unter seinem intensiven Blick wurde. Doch dann verzogen sich seine Lippen erneut zu seinem schönen Lächeln. Gefangen genommen lächelte Patrizia zurück. Dass er ihre Aufmerksamkeit ablenkte, damit in ihrem Rücken eine handtellergroße, haarige Spinne in ihren Koffer kroch, ahnte sie nicht. Das Tier wühlte sich zwischen ihre Kleidung und war unter einem weißen Blazer verschwunden, bevor Patrizia endlich den Reißverschluss zuzog und ihren Koffer auf die Rollen wuchtete. Mit schüchternem Lächeln lief sie an ihm vorbei, mehr als erfreut, als er sie kurz aufhielt. „Ich wohne hier ganz in der Nähe. Vielleicht laufen wir uns ja bald mal wieder über den Weg?"

„Ja, das wäre toll!" Sie strahlte ihn an, für einen Moment versank sie in seinen Augen, dann riss sie sich los. „Na gut, dann werde ich jetzt auch ... Danke noch mal!", und lief in den Wald hinein. Hinter ihr machte ihr Retter drei wohlbedachte Schritte rückwärts und verschwand so plötzlich, als hätte ihn die Luft verschluckt ...

KAPITEL 12

Charlie sah den anderen hinterher, wie sie, ihre Pferde am Zügel führend, die Koppel verließen. Dann drehte sie sich wieder zurück zu Arman und strich ihm sanft über die Nüstern.

„Okay, lass uns reden", schlug sie grinsend vor. Ohne Zuschauer, nur mit ihm, fühlte sie sich freier. Nur: Womit sollte sie beginnen? Nachdenklich legte sie den Kopf schief und betrachtete ihn. Auch Armans Kopf neigte sich zur Seite. Charlie lachte überrascht auf. War das Zufall gewesen oder ... Sie versuchte es gleich noch mal: Sie legte ihren Kopf schräg, er spiegelte ihre Bewegung. Sie lief ein paar Schritte vorwärts – er rückwärts. Sie drehte einen Kreis, er blieb an ihrer Seite. Sie hob die Beine wie ein Storch, Arman machte es ihr elegant nach. Charlie lachte. Sie lachte und drehte sich, lief vor und zurück, ja sie machte sogar eine Verbeugung – und Arman machte mit. Es war, als vollführten sie hier auf der leeren Koppel einen Tanz, der nur für sie war und niemand anderen brauchte.

Spielerisch hob sie die Arme und Arman stieg auf die Hinterbeine. Charlie strahlte und legte ihre Stirn an seine, kaum dass er wieder auf der Erde stand. Vielleicht konnte er ihr also nicht in Menschensprache sagen, was sie wissen wollte. Aber eines war klar: Sie verstanden sich auch ohne Worte. Aus einem Impuls heraus griff sie in seine Mähne. Und als würde er ahnen, was sie vorhatte, knickte er ein Vorderbein ein. Mit klopfendem Herzen griff Charlie fester zu und zog sich auf seinen starken Rücken. Ihr blieb fast die Luft weg, als Arman sich nun aufrichtete. Sie spürte all seine Würde und seinen Stolz durch ihren Körper fließen. Kraftvoll trabte er an und nur wenige Augenblicke später galoppierten sie über die grüne Weide. Die Erde flog nur so unter Armans Hufen dahin, Charlies Herz schlug im Einklang. Sie fühlte sich so sicher, dass sie für einen Moment die Augen schloss. Sie spürte, wie der Wind durch ihre Haare wehte, und musste laut aufjauchzen. Das erste Mal seit sehr, sehr langer Zeit. Das erste Mal seit langer Zeit fühlte sie sich frei, unbeschwert und ... einfach glücklich.

Der Ritt zurück zum Hof war das Schönste gewesen, was Charlie in den letzten Jahren erlebt hatte. Noch völlig darin gefangen, stieg sie ab und führte Arman zu dem kleinen Brunnen, der bis zum Rand mit klarem Wasser gefüllt war. Sicher war er durstig! Neugierig beugte sie sich hinunter. Die Wasseroberfläche spiegelte den Himmel, unmöglich, zu erkennen, wie tief er war. Charlies Halskette mit Anhänger, ein Geschenk ihres Vaters, schwang vorwärts. Gerade wollte sie danach greifen, als sie eine Stimme hörte, die ebenso leise wie drängend ihren Namen flüsterte: „Charlie!"

Neben ihrem im Wasser gespiegelten Gesicht tauchte plötzlich das von Arman auf. Das des Jungen, nicht das des Rappen. Überrascht schnellte sie hoch und drehte sich um. Neben ihr stand ihr Pferd. Stolz und elegant, rabenschwarz und schön – aber stumm. Ihr Blick flog zurück zum Wasser. Doch diesmal konnte sie in der stillen Wasseroberfläche nur Pferdenüstern sehen. Hatte sie sich geirrt? Er hatte doch nach ihr gerufen? Was wollte er? Und wohin war er plötzlich verschwunden? Zentimeter für Zentimeter beugte sie sich tiefer ...

„Hey, alles klar bei dir?" Nils beäugte Charlie besorgt. Sie sah irgendwie seltsam aus. Als hätte sie einen Geist gesehen. Und was war so spannend an dem Brunnen, dass sie es nicht einmal schaffte, zu antworten, sondern nur abgelenkt nickte, ohne den Blick zu wenden?

„Du sollst Arman in den Stall bringen und füttern, hat Lore gesagt", gab er seinen Auftrag weiter, doch Charlie rührte sich noch immer nicht. „Charlie?"

Jetzt endlich sah sie auf, ihn an – oder besser irgendwie durch ihn durch – und führte Arman in Richtung Stall. Nachdenklich blickte er ihr hinterher und ignorierte Patrizia, die strahlend und anscheinend äußerst gut gelaunt die Tür zum Haus aufstieß. Hinter sich zog sie ihren Koffer her. Doch Nils' Gedanken waren woanders. Nämlich bei dem kratzbürstigen, schlagfertigen, irgendwie sehr interessanten und gleichzeitig etwas seltsamen Mädchen mit blonden Locken, das nun im Stall verschwand. Was für ein Glück, dass er heute Stalldienst hatte ...

Charlie ließ die Beine baumeln. Sie saß rittlings auf dem Tor zu Armans Box, in der er zufrieden Heu fraß, und schrieb in ihr Tagebuch. Hin und wieder lauschte sie auf die regelmäßigen Geräusche, die Nils machte, während er den Boden fegte.

„Ich verstehe es einfach nicht", notierte sie auf die weiße Seite Papier, „da fängt es gerade an, mir hier zu gefallen, und schon geschieht wieder irgendwas Abgedrehtes. Langsam glaub ich wirklich, dass ich mal zum Arzt sollte." Wie anders ließ es sich erklären, dass sie vorhin gedacht hatte, Armans menschliches Gesicht zu sehen und seine Stimme zu hören. Das war doch Irrsinn! Oder nicht? Immerhin: Arman und sie lagen auf einer Wellenlänge, als würden sie jeden Schritt des anderen vorausahnen. Dass das real war, konnte Charlie spüren. Aber dieses Gesicht im Brunnen ... Charlie warf einen Blick auf den ruhig kauenden Rappen. Es konnte nur so sein, dass sie sich das alles einbildete.

„Ich finde, du könntest mir ruhig mal helfen", riss Nils sie aus ihren Gedanken und hielt im Fegen inne. Charlie winkte ab. „Ich war gestern schon dran." Dann warf sie ihm einen herausfordernden Blick zu. „Außerdem, finde ich, machst du das super." Frech grinste sie ihn an. Er schmunzelte und ließ sie nicht aus den Augen, bis sie sich schließlich überdeutlich wieder ihrem Tagebuch zuwandte. Doch mit der Konzentration war es jetzt vorbei. Aus den Augenwinkeln verfolgte sie den Fortschritt seiner Saubermach-Aktion. Und jedes Mal, wenn sie aufsah, schien er es irgendwie mitzubekommen und sah ebenfalls lächelnd hoch. Als würden sie ... ja, flirten. Moment mal. Ehrlich jetzt? Flirtete sie etwa mit Nils?

Da war doch irgendetwas gewesen zwischen ihnen, oder? Patrizia saß auf dem Boden vor ihrem geöffneten Koffer und starrte vor sich hin. Die Begegnung mit dem namenlosen Jungen im Wald ging ihr nicht aus dem Kopf. Als ihre Finger die Spieluhr mit der Ballerina berührten, die sie mitgebracht hatte, musste sie für eine Sekunde daran denken, dass sie hier garantiert niemandem von ihrem Ausflug in den Wald erzählen würde. Es gab niemanden wie Jana, der man alles anvertrauen konnte. Mit zugeschnürter Kehle hob Patrizia die zerbrechlich aussehende Ballerina aus ihrem Koffer, zog den Spieluhrmechanismus auf und biss die Zähne zusammen. Jana. Das letzte Mal, als sie sich begegnet waren oder besser gesehen hatten, war sie alles andere als eine gute Freundin gewesen. Sie war shoppen, zusammen mit ihren neuen Freundinnen aus ihrer Schule. Stylisch, die richtigen Klamotten, Haarprodukte, Body-Mass-Index. Das Geschäft hatten sie lachend und gut gelaunt verlassen, das gleiche, in dessen Schaufenster Patrizia einige Monate vorher nicht einmal gewagt hatte hineinzusehen. Denn keines der hier ausgestellten Kleider hätte ihr gepasst. Stattdessen war sie nur wenige Meter daneben vor dem Secondhandladen stehen geblieben. Jenem, in dessen Schaufenster die Spieluhr gestanden hatte, die Jana ihr geschenkt hatte …

Doch das lag hinter ihr wie ein anderes Leben, das Kleid in ihrer Tüte war Größe 34, sie selbst mittlerweile angesagt, das Leben schön und problemlos. Bis Jana sie aufgehalten hatte. Jana, die noch immer aussah wie eh und je: rundlich, Brille, Sommersprossen auf der Nase und ein Gesicht, das vor Freude strahlen konnte.

„Patrizia", hatte sie ihr hinterhergerufen, „ich habe versucht, dich anzurufen, hast du eine neue Nummer?" Und Patrizia hatte nur geschockt stillgestanden, nicht wissend, wie sie reagieren sollte. „Du siehst toll aus", hatte Jana Patrizias neuem Ich bescheinigt und gelächelt. „Erinnerst du dich nicht mehr, ich bin's, Jana!"

Jana, die sie auf die pikierte Frage ihrer neuen Freundinnen, ob sie „diese Person" etwa kenne, mit einem „Ähh, nee!" hatte stehen lassen. Und die ihr verletzt hinterhergesehen hatte, weil sie geahnt hatte, warum Patrizia log. Aber ganz entgegen ihrer sonstigen Schlagfertigkeit einfach nichts gesagt hatte.

Patrizia sah zu, wie die Ballerina langsam zum Stillstand kam. Dann seufzte sie leise. An Jana hatte sie schon lange nicht mehr gedacht. Entschlossen stand sie auf und zog einige Kleidungsstücke aus dem Koffer. Sie würde sich jetzt darauf konzentrieren, das richtige Outfit fürs Abendessen zu wählen. Sie hob ihren weißen Blazer hoch, ja, der wäre das Richtige. Den blinden Passagier mit acht haarigen Beinen, der sich aus ihrem Koffer stahl und unter ihrem Bett in Deckung ging, bemerkte Patrizia nicht …

Dafür war die Reaktion auf ihren Auftritt nur wenig später genau wie gewünscht. Mit strahlendem Lächeln, als wäre nichts weiter gewesen, stolzierte Patrizia die Treppe hinab ins Esszimmer.

Als sich alle nach ihr umdrehten, machte sie unschuldige Augen und fragte: „Hab ich was verpasst?" Einen Moment war es still, dann folgte ein begeistertes „Wow!" von Tarik, der offensichtlich seine Augen nicht von ihr abwenden konnte. Patrizia atmete auf und trat näher.

„Komm, setz dich", Richard zog auffordernd einen Stuhl zwischen sich und Tarik hervor, der sie noch immer mit großen Augen anstarrte.

„Patrizia", erklärte Tarik schließlich, „du siehst … du siehst …" Er suchte nach Worten. Und fand schließlich welche: „Du siehst gut aus!" Patrizia lächelte ihn an. Das war nicht das am schönsten formulierte Kompliment, das sie jemals erhalten hatte, aber nach einem Tag wie heute war es Gold wert. „Danke", flüsterte sie ihm zu.

Charlie lag in ihrem Bett und wälzte sich hin und her. Die Frage, wie sie Arman helfen konnte, wie sie ihn „zum Sprechen bringen" sollte, hatte sie auch während des Abendessens nicht losgelassen. Sie gähnte. Vielleicht musste sie einfach aufhören, sich darüber den Kopf zu zerbrechen, und es ignorieren. Vielleicht war das die Lösung? Auf eine andere kam sie jedenfalls nicht. Vielleicht, weil sie das Gefühl hatte, irgendetwas zu übersehen, aber es einfach nicht greifen konnte.

Charlies Augen wurden schwer. Irgendeine Verbindung … Sie rollte sich ein und seufzte müde. Eine Art Schlüssel … Und plötzlich war sie wieder draußen im Hof am Brunnen, Arman neben sich. Sie beugte sich über die Wasseroberfläche, ihre Kette baumelte von ihrem Hals. Dann tauchte der Anhänger ins Wasser und alles veränderte sich. Aus Arman, dem Pferd, wurde Arman, der Junge. Seine Augen suchten ihre und er öffnete den Mund. „Komm zu mir, Charlie, komm zu mir!"

Charlie schreckte hoch.

Die Morgensonne schien schräg durch das Fenster vor ihrem Bett. Auf den Wiesen draußen verwandelten sich Tautropfen zu Nebel. Charlie setzte sich auf und bemühte sich, den letzten Rest ihres fliehenden Traumes zu erhaschen. Wie war das noch einmal genau gewesen? Armans Stimme und … ja! Ihre Kette! Was, wenn ihr Anhänger das fehlende Bindeglied war?

Charlie warf einen vorsichtigen Blick auf die schlafende Dajana und Patrizia und lauschte konzentriert. Alles war still, offenbar war sie die Erste, die wach war. Perfekt. Sie hatte etwas Wichtiges zu überprüfen! Mit viel Glück wüsste sie schon bald, was hier eigentlich lief und welches Geheimnis hinter Armans Verzauberung steckte.

Eilig schlüpfte sie in ihre Klamotten und schlich die Treppe hinunter. Sie musste Arman aus seiner Box holen und mit ihm zum Brunnen …

Doch so weit kam sie nicht. Richard, Lore und Rona saßen

bereits mit einem Tee um den Esstisch, sahen ihr freundlich entgegen und wünschten ihr einen guten Morgen.

Charlie atmete hörbar aus. „Schlaft ihr eigentlich auch mal?"

Richard unterdrückte ein Grinsen. „Tja, wir sind hier auf einem Reiterhof, da steht man früh auf." Und Rona deutete auf die Teekanne. „Auch einen?"

Charlie winkte ab, sie hatte keine Zeit für Tee, sie musste etwas herausfinden. Unbewusst schlossen sich ihre Finger um ihren ovalen Kettenanhänger. „Ich wollte eigentlich raus zu Arman."

„Der wartet nach dem Frühstück auch noch auf dich", bestimmte Lore. „Du kannst mir helfen, den Tisch zu decken."

Seufzend folgte Charlie ihr in die Küche und streckte sich nach allen Seiten. Der gestrige Tag steckte ihr noch in den Knochen.

„Mann, ich krieg nicht mal die Beine auseinander", beschwerte sich Tarik, dessen Bett glatte 20 Zentimeter zu kurz für ihn war, und rekelte sich stöhnend. „Voll der Muskelkater."

Nils warf ihm einen abschätzigen Blick zu. „Ey, du saßt nicht mal zehn Minuten auf deinem Pferd!"

„Aber das sind Frauenmuskeln", widersprach Tarik leidend. „Gebärmuskeln oder so, das haben Männer nicht, und ich hab auch das Recht auf einen freien Tag!"

Nils quälte sich aus dem Bett und grinste schräg. „Ja, da haben die hier sicher Verständnis für." Doch Tarik hatte offenbar nicht vor aufzustehen.

„Keine Sorge, ich hab voll den Masterplan", sagte er mit einem breiten Grinsen und ließ sich zurücksinken. „Mach dich auf ’ne gute Show gefasst.“ Zufrieden kuschelte er sich wieder ein, während Lores Stimme von unten zum Frühstück rief und die anderen die Treppe hinunterliefen.

Unbemerkt krabbelte die haarige Spinne aus ihrem Versteck und folgte den Jugendlichen die Treppe hinunter, flitzte über den Dielenboden und versteckte sich unter dem Sofa. Von dort aus beobachtete sie die gemütliche Frühstücksgesellschaft, nur wenig von ihr entfernt.

Kaum saßen alle am Esstisch, wandte sich Rona gut gelaunt an Tami: „Was wünschst du dir eigentlich für einen Kuchen zu deinem Geburtstag, mein Schatz?“, wollte sie wissen. Tami zögerte keine Sekunde. „Rubeerentorte!“

Charlie lächelte das Mädchen an. „Du hast Geburtstag?“

„In zwei Tagen.“

„Na, dann“, entschied Lore kurzerhand, „müssen wir wohl heute Rubeeren sammeln gehen.“ Charlie schüttelte verwundert den Kopf – von Rubeeren hatte sie noch nie gehört.

Diesen Moment wählte Tarik für seinen großen Auftritt. Ächzend, stöhnend und aufs Treppengeländer gestützt kam er die Treppe herunter. Um den Hals hatte er einen Schal geschlungen, wehleidig quetschte er ein „Morgen! Mir geht’s nicht so gut!“ heraus. „Ich glaub, ich muss heute im Bett bleiben.“

Nils verbiss sich ein Grinsen, Tarik zog ein erbärmliches Gesicht – und es schien zu funktionieren. „Dann leg dich wieder hin, sollen wir dir was zu essen hochbringen?“, wollte Lore wissen.

„Nur wenn’s keine Umstände macht“, keuchte Tarik scheinbar erschöpft. „Ein Marmeladentoast wäre schön und ein Tee. Vier Stück Zucker ... ich mag’s gern süß.“ Mit einem geseufzten „Danke schön!“ schlurfte er wieder in Richtung Schlafzimmer. Ob die Erwachsenen sein kleines Schauspiel geschluckt hatten, war nicht ganz auszumachen, aber Rona zwinkerte ihrem Sohn und ihrer Schwiegertochter zu. „Ich kümmere mich um ihn.“

„Gut“, entschied Richard, „dann würde ich vorschlagen, Lore nimmt Dajana und Patrizia mit zum Rubeerensammeln und ich Nils und Charlie mit auf die Koppel.“

Patrizia passte das gar nicht. „Warum denn nicht andersherum?“, verlangte sie zu wissen und schien Lores Versprechen, dass es ihr sicher gefallen würde, keinen Glauben zu schenken. Während sich die gesamte Aufmerksamkeit auf Patrizia konzentrierte, erhob sich Charlie vorsichtig. Womöglich war das ihre Gelegenheit, zu verschwinden. „Ich geh dann schon mal vor zu Arman.“ Doch leider waren sowohl Richard als auch Nils abflugbereit und hefteten sich an ihre Fersen. Zu dritt liefen sie hinaus auf den Hof und in Richtung Stall.

Garwins Spinne krabbelte währenddessen unter dem Sofa hervor, unter dem Tisch hindurch, aus der Tür hinaus ... So schnell ihre acht Beine sie tragen konnten, folgte sie Nils, Richard und Charlie und bewegte sich damit zielgerichtet in Richtung der Pferde.

Konzentriert starrte der Zauberer Garwin auf seinen Spiegel. Seine Höhle war finster und Feuchtigkeit lag auf den kühlen Steinen. Durch die Augen seiner Spinne konnte er das komplette Geschehen auf dem Hof verfolgen. Bisher leistete seine Kreatur gute Arbeit. Zufrieden beobachtete er, wie sich die Spinne langsam Nils und dem unruhig neben ihm stehenden Timon näherte und anschließend einen Holzpfeiler hochkletterte. Von dort aus war Garwins Sicht wesentlich besser. Vor allem auf Arman in der letzten Box, den Charlie zum Ausreiten fertig machte. Ihre blonden Locken glänzten neben seinem schwarzen Fell besonders hell.

Im Stall streichelte Charlie Arman beruhigend über den Hals und lächelte stolz, als Richard näher trat. „Erstaunlich, wie gut du mit ihm zurechtkommst, Charlie", fand er. „Seitdem du hier bist, ist er wie verwandelt."

Wenn Richard ahnen würde, was sie wusste – „verwandelt" traf den Punkt, oder? Und sosehr sie sich auch freute, wieder auf ihm reiten zu dürfen, noch viel ungeduldiger wartete sie darauf, endlich mit ihm allein zu sein. Sobald sich eine Chance ergab, würde sie ihren Verdacht überprüfen, dass sie durch die Kette ihrer Großmutter tatsächlich mit Arman reden konnte. Sie hatte so viele Fragen an ihn!

Plötzlich allerdings begann Arman unruhig zu tänzeln und zu wiehern. Charlie sah ihn nachdenklich an. Was hatte er denn?

Garwin ballte die Fäuste. Jetzt oder nie! Bis aufs Äußerste gespannt, spornte er seine Spinne an, die sich vom Dachbalken in Richtung Arman herabließ. Gleich, gleich würde sie direkt auf seinem Kopf landen. Gleich würde Garwin erreichen, was er sich ersehnte! Nur wenige Zentimeter noch und sie könnte zubeißen!

„Ich glaube, wir müssen ihn jetzt mal ein wenig bewegen", forderte Richard Charlie da auf. Und ohne zu wissen, welch großer Gefahr sie gerade entgangen waren, führte Charlie Arman hinter sich aus dem Stall.

Zurück blieb die große Spinne. Garwin knirschte wütend mit den Zähnen. Aber Arman würde nicht immer so ein Glück haben, da war sich der Zauberer sicher.

Charlie führte ihren Hengst auf die Koppel. Kaum hatten sie den Stall verlassen, war er entspannter geworden. Charlie war beruhigt. Richard hatte sich für heute etwas Besonderes ausgedacht: Seine beiden Schützlinge sollten ohne Sattel reiten. Kein einfaches Unterfangen, wie Nils schnell merkte. Denn ohne Sattel bedeutete auch ohne Steigbügel.

„Wie soll das denn gehen?“, wollte er wissen. Richards herausforderndes „Überleg dir was“ hob nicht gerade seine Stimmung. Und es wurde nicht besser. Nachdem mehrere Versuche gescheitert waren, schlug Richard vor, als wäre es das Logischste der Welt: „Lass dir doch von Timon helfen! Wir machen so lange weiter, bis ihr gemeinsam eine Lösung gefunden habt.“

Nils betrachtete sein Pferd grimmig. Timon stand unbeteiligt da, als ginge ihn das alles nichts an. Also versuchte Nils es mit der ersten Idee, die ihm in den Sinn kam: Er nahm Anlauf, um seitlich auf Timons Rücken zu springen. Umsonst. Der Hengst war einfach zu groß. Und er hielt nicht einmal still!

„Der hat überhaupt keinen Bock!“, beschwerte sich Nils missgelaunt.

„Wir haben Zeit“, erklärte Richard und blickte ihn aufmunternd an. Nils runzelte frustriert die Stirn, Charlie beobachtete ihn, leise vor sich hin lächelnd. Dem coolen Nils schien also doch nicht alles so egal zu sein, wie er alle glauben machen wollte. Kaum bemerkte Nils Charlies Blick, biss er die Zähne aufeinander und sah sich suchend um. Charlie war gespannt, was er nun wohl vorhatte.

Dajana, Patrizia, Tami und Lore waren zu Fuß gegangen. Während sich die Pferde wohlig auf der angrenzenden Weide im Gras wälzten, führte Lore die Mädchen in Richtung der Baumgrenze. Lore schob einen hölzernen Karren vor sich her, auf den sie alles geladen hatte, was sie zum Rubeerensammeln benötigten. Fachmännisch ließ Lore den Blick an den hier stehenden Rubeerbäumen hinaufwandern. Hoch oben in ihren Kronen leuchteten in Bündeln die saftigen hellroten Früchte durchs Laub.

Tami lief neben Patrizia und sah dieser interessiert ins Gesicht. „Warum bist du eigentlich immer so angemalt?"

Patrizia schmunzelte. „Das ist Schminke, Schätzchen", erklärte sie und zählte auf: „Wimperntusche, Lidschatten, Lippenstift, Rouge." Dann besah sie sich das Outfit der Kleinen: gelber Rock, altrosafarbenes Oberteil, zerzauster Zopf. Damit ließ sich nun wirklich kein Blumentopf gewinnen. Geschweige denn die Aufmerksamkeit eines attraktiven Jungen!

„All das könntest du langsam auch mal gebrauchen, wenn du mich fragst", fügte sie also freundlich hinzu. Doch Tami sah sie nur perplex an. „Wieso?"

Patrizia strich sich zufrieden über ihre makellose weiße Hose, das taillierte Jackett und das signalrote Oberteil.

„Na ja", antwortete sie geheimnisvoll lächelnd, „man weiß nie, wen man so trifft im Wald." Sie jedenfalls hätte nichts dagegen, ihrem attraktiven Retter in der Not möglichst bald wieder über den Weg zu laufen!

„Wen willst du denn treffen?", hakte Tami da auch schon nach und Patrizia bemühte sich schnell um ein abweisendes Schulterzucken. „Du nervst, zisch ab!", knurrte sie. Sie musste der Kleinen ja nicht alles auf die Nase binden, oder?

„So, meine Lieben, wir sind da", sagte Lore plötzlich und machte eine weit ausholende Armbewegung. Während Dajana sich neugierig umblickte, krauste Patrizia die Nase. „Also, ich werde ganz sicher nicht in irgendwelche Sträucher kriechen, um diese Beeren zu pflücken."

„Wer hat denn was von Pflücken gesagt?" Patrizia bekam große Augen, als Lore unter eine der Decken auf dem Karren griff und eine große Armbrust hervorzog. „Das Besondere an den Rubeeren ist, dass sie ganz oben in den Bäumen wachsen", erklärte sie. „Und da wir da mit einer Leiter nicht rankommen, müssen sie zu uns." Mit diesen Worten spannte sie die Armbrust, zielte konzentriert und schoss. Der Pfeil sauste in hohem Bogen durch die Luft, direkt in die Krone des nächststehenden Baumes, und durchtrennte einen Ast, an dem ein Bündel der roten Beeren hing. Es rauschte, als dieses herabfiel. Tami rannte entzückt los und sammelte es ein.

Lore hielt der sprachlosen Dajana die Armbrust entgegen. „Möchtest du?" Doch das schüchterne Mädchen schüttelte schnell den Kopf und trat einen unsicheren Schritt zurück. „Na gut", lenkte Lore schnell ein, „dann sammel du mit Tami die Beeren ein." Fragend drehte sie sich zu Patrizia. Doch auch die winkte ab. „Damit versau ich mir nur meine Nägel!" Diesmal ließ Lore jedoch nicht locker. Angst war ein Grund, etwas nicht zu tun, Nägel nicht! „Ich zeig's dir."

Sie trat neben Patrizia und drückte ihr die Armbrust in die Hand. „Du spannst sie, dann legst du an und zielst ein bisschen unterhalb des Astes, den du treffen willst." Patrizia tat seufzend wie geheißen, legte den Kopf schief und peilte einen weiteren Ast mit von ihm herabhängenden Früchten an. Lore trat hinter sie. „Denk daran", ermutigte sie Patrizia, „es ist dein erster Schuss, sei nicht enttäuscht, wenn er danebengeht."

Lässig, als hätte sie nie etwas anderes getan, drückte Patrizia ab. In einer perfekten Kurve zischte der Pfeil durch die Luft und durchtrennte sauber den Ast. Das pralle Beerenbündel fiel direkt in Tamis Korb.

Lore blieb der Mund offen stehen. Nachdem sie sich gefangen hatte, jubelte sie: „Das war fantastisch!" Und auch Dajana und Tami starrten Patrizia überrascht an. Fast ein wenig verlegen inspizierte Patrizia ihre Nägel und bemühte sich, ihr stolzes Lächeln zu unterdrücken.

Zur gleichen Zeit kam Nils auf eine vielleicht verrückte, vielleicht gute Idee. Von der Seite war es schier unmöglich, auf Timons Rücken zu springen. Das hatte er erfolglos mehrmals versucht. Außerdem drehte das Pferd Nils immer wieder das Hinterteil zu. Was wäre, wenn das gar kein Zeichen von Desinteresse war, sondern es versuchte, ihm damit etwas deutlich zu machen? Nils betrachtete seinen Braunen, der nun auffordernd mit dem Schweif zuckte.

„Also, ich bin mir nicht sicher, ob du meinst, was ich glaube, dass du meinst ...", murmelte Nils unsicher. Dann nahm er Anlauf. Er würde es ausprobieren! Charlie redete ja schließlich auch mit Arman und behauptete, umgekehrt wäre es auch so! Nils sprintete von hinten auf Timon zu, der abwartend ruhig stehen blieb, und sprang. Wie beim Bockspringen im Sportunterricht nutzte er die Hände, um seinen Schwung in die richtige Richtung zu dirigieren und ... landete sicher auf Timons Rücken. Dieser schnaubte leise. Als wollte er sagen ...

„Na also, geht doch", übernahm Richard. „Vielleicht solltest du Timon in Zukunft etwas mehr Aufmerksamkeit schenken, Nils."

Nils strahlte und klopfte dem Pferd begeistert den Hals. Nun gut, es hatte ein bisschen gedauert, aber er hatte ja auch nicht ahnen können, dass der Hengst mit seiner „Du kannst mich mal von hinten angucken"-Haltung eigentlich die Lösung parat hatte, oder? Langsam ritt er los. Nils drehte sich stolz zu Charlie, die sich nun, da Richard sie aufforderte, Arman zu besteigen, den Helm festzurrte.

Charlie strich sich eine Haarsträhne aus dem Gesicht und richtete ihre ganze Aufmerksamkeit auf Arman. Gestern hatte es geklappt, sie war sich sicher, heute wäre es nicht anders. Zwischen ihr und Arman war schließlich eine besondere Verbindung! Fest sah sie ihm in die dunklen Augen und machte einen Knicks, als fordere sie zum Tanzen auf. Sie schickte all ihre Konzentration zu Arman. Würde es wieder funktionieren? Erfreut sah sie, wie Arman elegant die Vorderbeine einknickte. Es klappte! Hinter sich hörte sie, wie Nils überrascht die Luft einzog, als sie nun problemlos ein Bein über den Rücken des Pferdes schwang und Arman mit ihr aufstand.

„Das ist gemein!", maulte Nils kopfschüttelnd. Doch sein bewunderndes Lächeln sprach Bände. Charlies Herz klopfte ein paar Takte schneller. Ob wegen des Blicks aus Nils' grünen Augen oder des herrlichen Gefühls, wieder auf Armans Rücken zu sitzen, konnte sie schwer einordnen. Aber: Es war wundervoll. Mit beiden Händen griff sie in Armans Mähne. Und als ob er fühlte, was sie vorhatte, trabte er mit ihr auf seinem Rücken an Nils und Richard vorbei. Glücklich atmete Charlie ein, als er in den Galopp wechselte und ihr wie gestern der Wind ins Gesicht fuhr. Nils und Richard sahen den beiden beeindruckt nach. „Tja", Richard zwinkerte Nils zu, „jeder hat eben seine eigene Technik."

Tarik war derweil äußerst zufrieden. Die anderen waren unterwegs – diese komischen Beeren sammeln oder reiten –, er hatte seine Ruhe. Und ein dick beschmiertes Marmeladenbrot, während er gemütlich im Bett lag. So konnte der Tag weitergehen! Wohlig rekelte er sich und nahm noch einen Bissen, als plötzlich leise Schritte auf der Treppe zu hören waren. Eilig schnappte er sich seinen Schal, wickelte ihn um den Hals und setzte ein leidendes Gesicht auf. Als Rona den Kopf in das Zimmer steckte, um sich nach seinem Befinden zu erkundigen, stöhnte er auf. „Mein Kopf, mein Hals, es ist wirklich schlimm, Pferdegrippe oder so!"

„Pferdegrippe ...", mit einem mitfühlendem Gesichtsausdruck betrachtete Rona ihren Schützling. „Das kann gut sein." Rona fühlte seine Stirn und riss die Augen auf. „Oh Gott, du hast Fieber." Tarik nickte. Je kränker, desto besser, oder? Doch ihre nächsten Worte ließen ihn vor Entsetzen erstarren. „Ich hole gleich mal Pferde-Urin", erklärte sie voller Tatendrang. „Der hilft sofort. Zieh dich schon mal aus, ich reib dich dann kräftig damit ein." Tarik schüttelte sich. Pferde-Urin? „Ähm, Rona", wiedersprach er panisch, „das ist sehr nett von dir, aber ich glaube, ich schaff das schon!"

Schon an der Tür, drehte sich die alte Dame zu ihm um und grinste ihn an. „Ja, das denke ich auch."

Tarik hielt einen Moment inne und hielt Ronas amüsiertem Blick stand. Dann begriff er ertappt. „Och, du hast mich veräppelt!"

„Habe ich.“ Sie zog das Schachbrett hervor, an dem sie gespielt hatte, als Tarik sie das erste Mal gesehen hatte, und zog fragend eine Augenbraue nach oben. „Hast du Lust? Ich hab deinen Zug nicht vergessen, aber vielleicht war das ja alles nur Glück oder Zufall?!“

Nun völlig bei der Sache, wickelte Tarik sich aus dem kratzigen Schal und setzte sich auf.

„Glück? Mit Glück hatte das nichts zu tun, alte Frau“, entgegnete er breit grinsend.

„Na, dann“, schlug Rona vor und setzte sich zu ihm, „zeig mal, was du kannst, junger Mann!“

Und das tat er. Binnen wenigen Zügen hatte er sie in die Enge gedrängt. Nachdenklich betrachtete er das schön geschnitzte Brett und die Figuren, ohne jedoch einen Gedanken an die Kunstfertigkeit zu verschwenden. Er war höchst konzentriert. Je nachdem, für welchen Zug sich Rona als Nächstes entschied, könnte er ... Da öffnete sie ihre Verteidigungslinie, ganz wie er vorausgeahnt hatte. Um Tariks Mundwinkel spielte ein Lächeln, als er ihren König fällte. „Schachmatt!“

„Moment mal!“ Rona blickte verwundert zuerst auf das Brett und dann in Tariks Gesicht, das einen fast verletzten Ausdruck angenommen hatte.

„Ich weiß, was jetzt kommt“, sagte er wegwerfend, aber seine Miene strafte seine Stimme Lügen. „Das hättest du mir nicht zugetraut.“ Er vermied den Augenkontakt. „Hör ich öfter.“

Sanft beugte sie sich vor. „Nein, du beeindruckst mich“, widersprach sie ihm. „Dieser Zug war wirklich gut, aus dir wird mal was, das weiß ich!“

Tarik zwang sich, nicht aufzusehen. Aus ihm würde mal was werden? Na, mit der Überzeugung stand Rona aber alleine da.

Auch wenn es einmal eine Zeit gegeben hatte, zu der auch er noch an sich und eine Zukunft geglaubt hatte!

Damals, als er noch freiwillig Hausaufgaben gemacht hatte. Kurz nachdem seine Eltern ihn aus Syrien zu seinen Verwandten hier nach Deutschland geschickt hatten.

Natürlich war ihm da aufgefallen, wie unterschiedlich sein Cousin und er waren. Während der seine Zeit mit der Playstation verbracht hatte, hatte Tarik sich voller Vorfreude auf die Schule vorbereitet. Lernen war ihm nie schwergefallen. Aber den Zahn hatte ihm sein Onkel während ihres ersten gemeinsamen Abendessens gezogen! Tarik hatte seinen vollgehäuften Teller betrachtet und die Frage gestellt, die ihn am meisten interessierte: „Wann fängt die Schule an?"

Sein Onkel hatte schnaubend gelacht. „Schule?"

Irritiert hatte Tarik aufgesehen. „Mama hat gesagt, dass ich hier wieder auf eine Privatschule gehen kann?!"

Sein Onkel hatte sich die Gabel vollgehäuft. „Meine Schwester hat sich schon immer für etwas Besseres gehalten", hatte er kopfschüttelnd gemurmelt. Sein Ton hatte keine Widerrede geduldet, als er erklärte: „Du bist hier nicht mehr in Syrien, wir sind in Deutschland, hier wird gearbeitet!"

Ronas leise Stimme unterbrach Tariks Gedanken: „Wenn du mal einen Tag für dich brauchst, dann sag es, du musst nicht krankspielen", sagte sie und klang ehrlich. „Und wenn ... du ... mal reden möchtest, dann ..."

Tarik riss sich zusammen und grinste schief. „Dann komm ich auf dich zurück, alte Frau", versprach er dankbar, aber nicht ganz überzeugt. So ungewohnt und nett es war, dass sie sich für ihn interessierte, was sollte es nützen? Tarik hob eine der Schachfiguren auf, die auf dem Boden gelandet war, und hielt sie Rona entgegen. „Mir geht es gut – abgesehen von der Grippe natürlich."

Sie nickte nachdenklich und packte das Schachspiel ein. „Natürlich", antwortete sie sanft, ganz so, als wisse sie, dass er ihr nicht die ganze Wahrheit erzählte, aber auch, dass er dafür womöglich noch etwas mehr Zeit und Vertrauen brauchte.

Kaum hatte sie das Zimmer verlassen, öffnete Tarik eine Tasche, setzte seine Brille auf und zog ein Album mit Fotos hervor; darauf zu sehen: er selbst als kleiner Junge, seine Schwester, seine Mutter ... Zwischen den letzten Seiten klemmte ein zerknitterter Zettel. „Heike, Köln", stand darauf. Und eine Handynummer. Eine Handynummer, die er nie gewählt hatte ...

Er war Teil der Universitäts-Putzkolonne gewesen. Näher war er der Ausbildung, die er einmal für sich erträumt hatte, nie gekommen. Eigentlich hätte er den Vorlesungssaal der Naturwissenschaftler saugen und wischen sollen, aber die Formel an der Tafel hatte sein Interesse geweckt. Mathematik war schon immer sein Steckenpferd gewesen. Eine Sprache, in der es keine Missverständnisse gab. Entweder etwas war richtig oder falsch. So einfach. Und die Lösung an der Tafel war definitiv falsch. Also hatte er die letzten Zeilen kurzerhand weggewischt und die richtige Lösung notiert.

Das war der Moment, als Heike ihn erwischt hatte, die Assistentin des Mathematikprofessors. „Was machst du da?", hatte sie fast schon abwehrend gefaucht. Tarik war stumm geblieben, was hätte er darauf schon antworten sollen? Aber er hatte beobachtet, wie ihre intelligenten Augen hinter den dicken Brillengläsern über die Tafel und seine Lösung hin- und hergeflitzt waren.

Und auf einmal hatte sie ihn angestrahlt. „Du hast es gelöst! Damit haben selbst die oberen Semester Schwierigkeiten!" Offensichtlich war ihr völlig entgangen, dass er in einem grauen Putzkittel steckte, der allzu deutlich machte, dass er nicht hierhergehörte. Jedenfalls hatte sie kurzerhand ihren Namen und ihre Telefonnummer in ihr Notizbuch gekritzelt, die Seite rausgerissen und ihm hingehalten. „Ruf mich morgen an", hatte sie vorgeschlagen, „ich stell dich dem Professor vor."

Verdattert hatte Tarik nach dem Zettel gegriffen, doch ausgerechnet in diesem Moment waren sein Cousin und der Dritte in ihrem Putzteam mit dem Mülleimerwagen im Vorlesungssaal erschienen.

„Ey, Tarik", hatte sein Cousin spöttisch gerufen und Heike herablassend beäugt. „Willst du uns deine neue Freundin nicht vorstellen?"

Tarik hatte sich eilig ein paar Schritte von Heike zurückgezogen und schnell großspurig erklärt: „Denkst du, ich steh auf so eine?"

Das hämische Lachen der Jungs, als er sich zu ihnen gesellte und Heike ohne ein Wort stehen ließ, hatte er noch gut in Erinnerung. Das schlechte Gewissen und das Gefühl, etwas zu verpassen, versuchte er zu ignorieren. Dennoch hatte er ihre Telefonnummer behalten. Warum eigentlich? Als Erinnerung daran, was für ihn nicht infrage kam?

Wütend zerknüllte Tarik den Zettel und schleuderte ihn in Richtung des Abfalleimers. Da gehörte er hin! Zusammen mit seinen dummen Träumen! Er beobachtete, wie der Papierball gegen die Wand schlug und nach unten trudelte. Doch kurz vor dem Abfallkorb hielt er plötzlich still. Hing einfach so in der Luft! Tarik riss entgeistert die Augen auf. Was war das denn jetzt?

Endlich war Charlie mit Arman allein. Sie führte den Hengst zu dem Brunnen, in dessen Wasserspiegelung sie gestern das Gesicht des Jungen gesehen hatte. Wenn sie sich richtig an den Traum heute Nacht erinnerte und er ihr wirklich einen Hinweis gegeben hatte, würde die Kette ihrer Großmutter ihr dabei helfen, mit Arman Kontakt aufzunehmen, ja, mit ihm zu sprechen! Weshalb Charlie, als sie neben dem Rappen vor dem Brunnen stand, keine Sekunde zögerte: Sie zog ihr Amulett unter dem Pulli hervor, beugte sich tiefer und ließ es an der Kette ins Wasser baumeln.

Überrascht sah Charlie auf das Bild, das sich ihr bot. Ja, sie hatte gehofft, Arman in Jungengestalt wiederzusehen und mit ihm reden zu können. Doch sie hatte nicht mit diesem drängenden Gefühl gerechnet, das sie nun ergriff, als sie ihn tatsächlich auf der anderen Seite der Wasseroberfläche entdeckte. Hilfe suchend streckte er seine Hand nach ihr aus.

„Charlie!“, wisperte seine Stimme. „Charlie, komm zu mir. Hab keine Angst!“

Charlie holte tief Luft. Ohne einen weiteren Gedanken streckte sie ihm eine Hand entgegen. Zunächst spürte sie einfach nur das kühle Wasser, doch dann fanden Armans Finger ihre, er zog sie auf sich zu und …

Kopfüber tauchte Charlie in das klare Wasser des Brunnens.

KAPITEL 13

Es war, als schwebe sie in einem zeitlosen Raum. Charlie sank tiefer, Arman entgegen. Er ergriff ihre andere Hand. Verwundert sah sie um sich. Von oben flirrten Sonnenstrahlen durch das Wasser, ansonsten umfing sie grünliches Dämmerlicht.

„Wo sind wir?", fragte sie atemlos und für einen Moment überrascht, dass sie reden konnte, doch vielleicht tat sie das gar nicht, womöglich kommunizierten sie über Gedanken?

„Wir haben nicht viel Zeit!" Armans tiefe Stimme klang drängend. „Es ist ein Fluch, du musst uns helfen!"

„Ein Fluch, was soll ich machen?"

Arman sah sie eindringlich an. Charlie spürte, wie seine Augen sie festhielten. „Geh in den Raum der Erinnerung."

Der Raum der Erinnerung? Was sollte das sein? Doch bevor sie nachhaken konnte, wurde sie plötzlich nach oben gezogen, in Richtung Wasseroberfläche. Ihre Hände glitten aus seinen. Hilflos sah sie ihm in die flehenden Augen. „Arman!"

„Charlie!" Ihr Name war das Letzte, was sie von ihm hörte, dann landete sie auf der Erde neben dem Brunnen. Völlig durchnässt und mit Wasser in Nase und Mund. Sie hustete und drehte sich mit tränenden Augen um. Nils hockte schwer atmend und mit aufgerissenen Augen hinter ihr, seine Arme um sie geschlungen. Das Pferd Arman stand regungslos neben ihm – sein Fell glänzte in der Sonne. Es wieherte leise. Charlie machte sich aus Nils' Armen los.

„Sag mal, spinnst du?“ Sie eilte zum Brunnen. Doch bevor sie sich erneut darüberbeugen konnte und ihr Amulett hineinhalten konnte, versickerte das Wasser. Von dem Jungen, mit dem sie gerade noch gesprochen hatte, war nichts mehr zu sehen.

Nils betrachtete den sich verringernden Wasserstand überrascht. „Seit wann hat so ein Ding einen Abfluss?“

Enttäuscht richtete sich Charlie auf und sah ihn anklagend an. „Das hast du ja super hinbekommen!“ Er hatte sie da rausgezerrt und ihr Gespräch mit Arman unterbrochen. Nils starrte sie an, als wäre sie nicht mehr ganz dicht. „Ich? Du wärst fast ertrunken!“

Verzweifelt ließ sich Charlie auf den steinigen Rand des nun völlig trockenen Brunnens sinken. Was sollte sie tun?

Nils schüttelte den Kopf. „Wie konntest du da überhaupt reinfallen?“, wollte er wissen und strich sich das Wasser von den Armen. Charlie sah ihn nicht an. „Das verstehst du eh nicht.“

Doch er ließ nicht locker. „Dann erklär's mir!“, verlangte er und trat einen Schritt näher. Charlie biss sich auf die Lippen und zögerte. Hinter Nils stand Arman, er wieherte. Sagen konnte er in seiner Pferdegestalt nichts. Und wirklich viel hatte Charlie nicht erfahren. Nur, dass es irgendeinen Fluch gab und sie den Raum der Erinnerung finden musste – wo und was der auch immer sein sollte. Schon der Name klang nach einer Erfindung. Trotzdem ahnte sie, dass er irgendwie wichtig sein musste, auch wenn sie keine Ahnung hatte, weshalb. Also brauchte sie womöglich Hilfe dabei, all das zu verstehen, was in den letzten Tagen Seltsames geschehen war!

Fest sah sie Nils in die besorgten Augen. „Aber du darfst es niemandem erzählen, wirklich niemandem!“ Einen Moment tat er nichts. Sah einfach nur zurück. Dann nickte er. Ohne die Stirn zu runzeln, ohne skeptisch zu gucken, ohne zu lachen. Mehr brauchte Charlie nicht.

Und so saßen sie nur wenig später zu zweit auf der Koppel. Arman graste friedlich hinter ihnen, auch er schien nichts dagegen zu haben, dass Charlie Nils von seinem Geheimnis berichtete. Denn genau das tat sie. Erst langsam und zögernd, dann immer schneller, froh, dass sie ihre Verwirrung über die seltsamen Vorgänge hier auf dem Hof endlich mit jemandem teilen konnte. Als sie fertig war, zupfte sie verlegen an den Ärmeln ihres weiß-schwarz karierten Hemdes und sah Nils abwartend an. Nun war er an der Reihe. Nils zog seine nachtblaue Sweatshirtjacke zurecht und fasste etwas ungläubig zusammen: „Mit anderen Worten, du willst mir sagen, dein Pferd ist eigentlich ein Typ?"

Charlie wandte sich ab. „Ich wusste, du glaubst mir nicht! Ich hätte es dir nicht erzählen sollen, mein Fehler!" Doch bevor sie aufstehen konnte, hielt Nils sie grinsend auf.

„Das ist halt echt eine abgefahrene Geschichte. Hat er dir denn gesagt, wo dieser Raum der Erinnerung ist?"

Charlie zuckte mit den Schultern. „Ich hoffe, auf dem Hof, also entweder im Haus oder im Stall?!" Sie wusste, wie komisch das klang. Vor allem, wenn Nils noch nichts Merkwürdiges hier erlebt hatte. Aber Armans Verwandlung im Wald und dann die Sache mit dem Brunnen, das hatte sie sich doch nicht eingebildet. Wenn er ihr also nicht glauben wollte, müsste sie eben alleine suchen ...

„Okay!" Nils nickte und betrachtete nachdenklich den Mond, der nun über der Weide aufging. „Okay, wir suchen diesen Raum."

Am liebsten hätte Charlie ihn spontan umarmt. Aufatmend lehnte sie sich kurz an ihn. Zu zweit hätten sie sicherlich eine bessere Chance, Armans Geheimnis zu lösen. Wo befand sich wohl der Raum der Erinnerung? Nachdenklich ließ Charlie ihren Blick über die Stallungen und den Hof schweifen. Dann blieb er an dem hell erleuchteten Schlafzimmerfenster ihres Mädchenzimmers hängen. Überrascht kniff Charlie die Augen zusammen: War das Patrizias Silhouette vor dem Fenster? Weshalb riss sie nur die Arme in die Höhe und schüttelte sich?

„Ihhhhh! Ist das eklig!" Patrizia hatte so viel Platz wie möglich zwischen sich und ihren Koffer gebracht und sah ihn schaudernd an. Aufgeschreckt von ihrem entsetzten Kreischen stürzten Richard, Rona, Lore und Dajana in das Zimmer. Angewidert und zitternd wies Patrizia auf ihren Koffer. Er war über und über mit Spinnweben bedeckt.

„Wir brauchen sofort einen Kammerjäger oder so was", brachte sie entsetzt heraus. „Der soll die Mistviecher erledigen, das müssen 100 oder sogar 1000 sein."

Die anderen beugten sich überrascht über das enge Netz, das über Patrizias Kleider gespannt war. Schließlich richtete Rona sich auf. „Nein, das war nur eine", erklärte sie und wandte sich besorgt an ihren Schwiegersohn. „Richard, bring sofort die Pferde in Sicherheit, der Biss dieser Spinne kann für sie tödlich sein." Richard zögerte keine Sekunde und lief zur Treppe. Schon über die Schulter befahl er: „Ich geh mit Rona in den Stall und ihr anderen lauft sofort zur Koppel!"

Charlie und Nils bekamen von der Aufregung im Haus nichts mit. Charlie warf einen erleichterten Blick auf Arman, der hinter ihr unter einem der Bäume der Koppel stand, und lächelte Nils dann dankbar an.

„Also", fasste sie zusammen, „wir suchen erst im Haus und arbeiten uns dann Stück für Stück vor, bis wir den Raum gefunden haben." Das schien eine gute Lösung zu sein. Über ihr raschelte das Laub des Baumes leise in der windstillen Abendluft. Gemeinsam, da war sich Charlie sicher, würden sie den Eingang entdecken. Gerade wollte sie Nils eine Hand hinstrecken, um einzuschlagen, da stutzte sie. Irgendetwas hörte sich seltsam an. Ein leises Zirpen und Ratschen wie von einem Reißverschluss. Auch Arman hob den Kopf und blähte die Nüstern. Da knallte die Tür des Hofes auf. Lore rannte ins Freie, sich panisch umblickend.

„Charlie?", rief sie laut. „Charlie, Arman zurück in den Stall, schnell!"

Charlie sprang auf. Was war los? Irritiert sah sie zu Arman, der mit unruhig spielenden Ohren noch immer am selben Fleck stand.

„Charlie, pass auf", gellte da auch Dajanas erschrockene Stimme herüber und Charlie folgte ihrer ausgestreckten Hand. Exakt über Armans Rücken baumelte eine riesige haarige und gefährlich aussehende Spinne an einem Faden von dem Baum herunter. Ihre acht Beine ausgestreckt, sah sie aus, als mache sie sich bereit, zum Sprung auf den Nacken des Pferdes anzusetzen. Selbst aus der Entfernung konnte Charlie erkennen, wie tödlich sie aussah, und hechtete los. Ihr Herz schlug heftig, sie musste Arman erreichen, bevor sich die Spinne fallen ließ! Doch sie hatte nicht einmal die Hälfte des Weges zurückgelegt, als sie ein Surren hörte. Entgeistert sah Charlie, wie in letzter Sekunde ein Pfeil den Körper der Spinne durchschlug, ihn zurückschleuderte und an den Stamm des Baumes nagelte. Perplex riss Charlie den Kopf herum. Viele Meter entfernt stand Patrizia und nahm eine Armbrust von der Schulter.

„Das ist für meine Klamotten, Miststück!“, knurrte sie. Verwundert sah Charlie zu, wie nun Bewegung in die kleine Gruppe auf dem Hof kam.

„Patrizia, was für ein Schuss!“, rief jemand. „Wie hast du das gemacht?“, jemand anderer. „Du hast Arman das Leben gerettet, ist dir das eigentlich klar?“ Lore zog die überraschte Patrizia in eine herzliche Umarmung und auch Nils betrachtete die Schützin mit Bewunderung. „Krasser Schuss!“

Charlie dagegen fehlten die Worte. Sie steckten allesamt in ihrer Kehle fest. Zusammen mit den entsetzten Tränen. Das Leben gerettet!? Was hätte sie getan, wenn die Spinne Arman erreicht hätte? Und das hätte sie, wäre Patrizia nicht gewesen! Charlie schlang ihre Arme um den Hals des Rappen und ließ ihren Tränen freien Lauf.

Tarik hatte von der aufregenden Rettungsaktion nichts mitbekommen. Er hatte den Kopf über diverse Bücher gebeugt und rechnete. Dann schüttelte er seufzend den Kopf. „Weder die Erhöhung der Masse noch der Winkel stimmt. Verdammt, was übersehe ich? Die Zeit?“ Ein weiteres zerknülltes Blatt Papier landete auf dem inzwischen mit Papierkugeln übersäten Boden des Schlafzimmers. Tarik vertiefte sich erneut. Dass sich die Tür öffnete und Nils überrascht das Chaos in ihrem Zimmer beäugte, war ihm nur einen kurzen Blick wert. Er hatte Wichtigeres zu tun!

„Nils!“, rief er nur kurz aus und beugte sich sofort wieder zu seiner Zeichnung. „Ich glaube, wir sind in einem Wurmloch!

Im Knick des Universums, es hat geschwebt, mitten in der Luft. Aber ... es ergibt immer noch keinen Sinn."

Nils schüttelte überfordert den Kopf. Knick des Universums? Wurmloch? Wovon faselte sein Mitbewohner da?

„Alter, kommst du klar?", fragte er grinsend. „Du ergibst keinen Sinn!" Doch anstatt eine Antwort oder Erklärung zu geben, ließ sich Tarik zurück auf sein Bett fallen. Vergessen war der Schal oder die Tatsache, dass er doch angeblich so krank war. Stattdessen kritzelte er Formeln auf das Papier, zeichnete Kreise und dazwischen Fragezeichen – viele Fragezeichen! Nils schnappte sich seine Jacke, wegen der er gekommen war, und zog sich leise kopfschüttelnd zurück.

Draußen auf dem Hof saß der Rest der Hofbewohner bei Tee und brennenden Kerzen beisammen und unterhielt sich leise über Patrizias guten Schuss.

„Das ist Talent!", erklärte Richard, und Patrizia nutzte die Gunst der Stunde und wandte sich zu Charlie.

„Ich hab dein blödes Pferd gerettet", flüsterte sie. „Ich glaube, jetzt sind wir quitt?!" Charlie nickte. Ohne Patrizia, so viel war sicher, wäre Arman heute von dieser giftigen Spinne gebissen worden. Und natürlich war sie ihr dafür dankbar. Trotzdem verpasste es ihr einen Stich, als Patrizia nun zu dem aus der Tür tretenden Nils hinüberschlenderte.

„Du wolltest doch wissen, wie ich das mit dem Schießen gemacht habe, oder?", fragte sie strahlend. „Wenn du willst, kann ich's dir morgen zeigen." Charlie hielt die Luft an. Warum war ihr seine Antwort nur so wichtig?

„Oh, ja!", antwortete Nils, als könne er sich nichts Schöneres vorstellen. Wie zum Beispiel wie versprochen mit Charlie morgen auf die Suche nach dem Raum der Erinnerungen zu gehen? Als er auch noch mit seinem Tee mit Patrizia anstieß, seufzte Charlie lautlos. Tja, nicht immer lief im Leben alles nach Plan. Manchmal konnte man sich anstrengen, wie man wollte, aber es klappte einfach nicht. Dann blieben nur zwei Möglichkeiten: aufgeben oder weitermachen.

Nur wenig später beobachtete Charlie, wie Nils Patrizia fürsorglich eine Decke um die Schultern legte, und stand leise auf. Ohne dass es jemand bemerkte, verzog sich Charlie in den Stall zu Arman.

Er sah ihr entgegen und senkte den Kopf, als sie vorsichtig über seine Stirn strich. Charlie holte tief Luft, um Nils und Patrizia aus ihrem Kopf zu verscheuchen. Wenn man das Gefühl hatte, eine Aufgabe zu haben, dann sollte man sich von nichts und niemandem aufhalten lassen! Sie war so froh, dass Arman nichts passiert war. Und durch die Geschehnisse heute war sie noch entschlossener, den Raum der Erinnerung zu finden. Morgen. Morgen würde sie den gesamten Hof danach durchsuchen. Zur Not auch ohne Nils' Hilfe, falls der mit Patrizia wichtigere Dinge zu tun hatte. Sie streichelte Arman ein letztes Mal und riss sich los.

Die anderen räumten gerade auf, um ins Bett zu gehen, als Charlie in Richtung Hof lief. Tarik, der etwas entfernt unter einen Baum saß, murmelte vor sich hin und schaute mit einem nachdenklichen Gesichtsausdruck abwechselnd von seinen Zeichnungen in dem Notizheft zum Himmel.

„Wo sind eigentlich die Sterne?", wunderte er sich und stand auf, um Charlie zu folgen. Dann lenkte ihn ein missmutiges, leises Gegrummel ab. Überrascht drehte er sich um. Bewegte sich da ein Stück Fleisch vom Abendessen wie von Geisterhand durch das Gras? Nein, Moment! Da waren zwei Beine unter dem Kotelett. Wenn auch zwei außergewöhnlich kleine! Tarik beugte sich vor. Eindeutig: Jemand schleppte einen Teil ihres Abendessens davon. Jemand sehr, sehr Kleines. Jemand, dessen Schultern in etwa genauso breit waren wie das Fleischstück! Tarik machte einen Schritt vorwärts, um besser sehen zu können. Da verharrte auch der Räuber. Ein Gesicht drehte sich zu Tarik, dem der Mund offen stehen blieb. Ein Zwerg? Der kleine Kerl nahm die Beine in die Hand und verschwand. Mitsamt dem Essen. Tarik blinzelte. War er in den letzten Stunden so sehr in seinen Berechnungen abgetaucht, dass er jetzt schon Geister sah? Oder besser Zwerge? Wild schüttelte er sich und riss dann die Augen auf: nichts. Nichts mehr war zu sehen. Aber auf dem Tablett des Abendessens fehlte etwas! Da war er sich sicher!

„Tarik, kommst du, es ist spät!" Lore streckte den Kopf aus der Tür des Wohnhauses und winkte ihm. Tarik nickte stumm. Vielleicht gelänge es ihm morgen, einen Sinn in all den komischen Begebenheiten des heutigen Tages zu finden?!

KAPITEL 14

Dajana seufzte. Es war mitten in der Nacht und sie sollte schlafen! Doch der Mond schien viel zu hell durch das Fenster des Schlafzimmers und ein raspelndes Geräusch drang an ihre Ohren. Manchmal setzte es kurz aus, begann jedoch gleich darauf mit nerviger Gleichmäßigkeit aufs Neue. Dajana gab auf und setzte sich auf. Charlie lag still im Bett neben ihr, ihre Atemzüge gingen tief und ruhig. Von gegenüber starrten Dajana die aufgemalten Augen von Patrizias Schlafmaske unheimlich an. Dann öffnete Patrizia die Lippen und begann zu schnarchen. Als Dajana sie leise ansprach, drehte sie sich, ohne aufzuwachen, um. Für einen Moment war es ruhig. Schon wollte Dajana sich wieder hinlegen, da schlug aus dem Erdgeschoss eine Uhr, es klang hohl und bedrohlich. Fast, als würde sie jemand rufen.

Vorsichtig stieg Dajana aus dem Bett und schlich die Treppen hinunter. Sie wusste selbst nicht, woher sie den Mut nahm. Nachts durch fremde alte Häuser zu laufen gehörte definitiv nicht zu ihren Hobbys. Mit jedem Schritt wurde das Dröhnen lauter. Unwohl wischte sie sich die Hände an ihrem rosa-weiß gestreiften Pyjama ab, über den Patrizia am ersten Abend die Nase gerümpft hatte. Dann kam die alte Standuhr in Sicht. Sie schlug noch immer. Dajana atmete auf. Wahrscheinlich war es einfach zwölf, also kein Wunder, dass das alte Ding in einem fort Krach machte. Doch halt! Das letzte Mal, als sie auf ihren Wecker geblickt hatte, hatte der kurz nach drei gezeigt. Irgendetwas stimmte hier nicht. Sie zählte mit. Vielleicht ging die Standuhr nach, und nach dem zwölften Schlag würde wieder Ruhe einkehren? Aber stattdessen veränderte sich der Rhythmus – immer schneller folgte ein Schlag auf den nächsten. Das Pendel schoss in rasendem Tempo hin und her. Es sah fast aus, als würde die gesamte hölzerne Standuhr gleich explodieren. Entschlossen öffnete Dajana den Uhrenkasten und griff hinein, um den Mechanismus anzuhalten. Kaum berührten ihre Fingerspitzen das wild schwingende Pendel, zischte es laut – und Dajana verschwand …

Nur Sekunden später kroch sie orientierungslos aus der großen Klappe des grünen Kachelofens im Esszimmer und sah sich verwirrt um. Was war das denn gewesen? Träumte sie? Kein Stäubchen war auf ihrem Pyjama zu entdecken. Die Standuhr tickte ruhig und gleichmäßig. Nichts deutete darauf hin, was soeben hier stattgefunden hatte. Dajana schüttelte verwundert den Kopf und flüchtete so schnell wie möglich zurück ins Schlafzimmer.

Es war noch sehr früh, als Rona vor dem Baum, unter dem Arman am Vorabend gegrast hatte, stand und rätselnd dessen Äste und Stamm betrachtete. Sie waren über und über mit Spinnweben bedeckt. Gestern hatten sie Glück gehabt. Dank Patrizias unglaublichem Schuss. Aber etwas Bedrohliches ballte sich zusammen, da war sich Rona sicher. Unruhig nahm sie die weißen, dicken Fäden unter die Lupe und blätterte in ihrem Buch, bis sie fand, wonach sie suchte. Ihre Augen weiteten sich erschrocken. Plötzlich flatterte ein bunter Schmetterling auf sie zu und ein erleichtertes Lächeln breitete sich auf ihrem Gesicht aus.

„Fenja!“, flüsterte sie dem Insekt dringlich zu. „Hol Mick! Ich muss mit ihm reden, es geht um Garwin. Ich glaube, er bedroht immer noch unseren Hof. Beeil dich!“

Als hätte der Schmetterling jedes Wort verstanden, drehte er um und flatterte in Richtung des dunklen Waldes. Rona sah ihm hinterher. Nur ein genauer Beobachter hätte erkennen können, dass das Buch zur Spinnenbestimmung in ihren Händen leicht zitterte. Dann warf sie einen prüfenden Blick auf die aufgehende Sonne. Ob die Kinder schon wach waren?

Mindestens zwei von ihnen waren nicht nur schon wach, sondern bereits äußerst aktiv: Unter Nils' fragendem Blick kauerte Charlie auf dem Boden des Wohnzimmers und klopfte konzentriert auf die Dielen. Den Kopf schräg gelegt, sodass ihre Locken um ihr aufmerksames Gesicht fielen, lauschte sie dem gleichbleibenden Geräusch, bis Nils sie schließlich unterbrach. „Meinst du wirklich, dass das Sinn macht? Wir haben jetzt schon den ganzen Hof und das ganze Haus nach diesem Raum der Erinnerung abgesucht, wo sollen wir denn jetzt noch suchen?“

Doch Charlie wollte nicht aufgeben. „Wir müssen ihn finden!“ Entschlossen machte sie weiter. Charlie warf Nils einen auffordernden Blick zu. Anstatt zu gaffen, könnte er ruhig mal helfen! Immerhin hatte er ihr das vor nicht einmal zwölf Stunden versprochen! Sein nächster Satz allerdings brachte sie aus dem Konzept.

„Meinst du nicht, dass du gestern vielleicht ein bisschen viel Sonne abgekriegt hast?“ Verwundert sah sie zu ihm auf. Mit den Händen in den Hosentaschen trat er näher. Was sollte das denn jetzt? Er hatte sie gestern aus dem Brunnen gezogen, ihrer Erklärung gelauscht. Sie hatte ihm gesagt, dass auf Arman, dem Jungen in Pferdegestalt, ein Fluch lastet! Und er hatte ihr geglaubt, oder? Sie spürte, wie sich ihre Brust zusammenzog. Das hatte sie schon ein paar Tage nicht mehr gespürt. Sie atmete gegen die aufkommende Enge an und bedachte Nils mit einem wütenden Blick. „Das ist jetzt nicht dein Ernst! Du hast doch gesagt, dass du mir glaubst."

„Was hätte ich denn sagen sollen?"

Charlie stand langsam auf. Sie war so erleichtert gewesen, einen Mitstreiter zu haben. Vor allem Nils! Dabei hatte er nur so getan, als wolle er ihr helfen! Kühl sah sie ihm ins Gesicht. „Du kannst mich mal!"

„Ey, weißt du was ..." Einen Moment sah es aus, als wollte Nils etwas entgegnen, doch dann verbiss er sich jedes weitere Wort und verließ das Zimmer. Wütend sah Charlie ihm hinterher.

Kaum draußen, knallte Nils die Tür hinter sich zu und sah sich einem verwunderten Tarik gegenüber. Sein Mitbewohner trug sein Käppi lässig falsch herum, saß auf einem Baumstamm und kritzelte mal wieder in sein Notizbuch – ob er immer noch Formeln notierte und glaubte, er könne ein Wurmloch bemessen? Nils setzte sich zu ihm und warf einen vorsichtigen Blick auf das Papier in Tariks Händen – gar nicht mal so schlecht! Tarik hatte sämtliche Proportionen und die Perspektiven des Hofes perfekt hingekriegt!

„Und seit wann gehörst du zu den Frühaufstehern?", bemühte sich Nils zu witzeln; wenn er eines nicht wollte, dann, gefragt zu werden, was ihm über die Leber gelaufen war. Ja, er wollte Charlie gerne helfen, aber ihre Geschichte klang nun wirklich mehr als irre. Und dass sie ihn gleich derart rüde abgebügelt hatte, machte ihm zu schaffen. Tariks Antwort allerdings kam nicht nur mit sehr viel Schmackes, sondern machte einen kleinen Small Talk unmöglich.

„Seit der Zwerg mein Essen geklaut hat", erklärte er grimmig. Nils starrte ihn an. Drehten eigentlich gerade alle durch?

Tarik wandte sich ab. „Genau auf das Gesicht hab ich gewartet."

Nils gab sich einen Ruck. Tarik machte einen Witz! Nun gut, dann würde er eben mitspielen. Breit grinste er den anderen an. „Wo ist denn dein Zwerg?"

„Na, weggelaufen!" Tarik schüttelte in Erinnerung den Kopf. „Ich war völlig gelähmt, Mann. Man sieht ja nicht alle Tage so 'nen verfressenen Zwerg."

Aber klar doch! Nils zwang sich zu einem Nicken. „Verstehe ich." Und wurde damit belohnt, dass Tarik ihn mit großen Augen hoffnungsvoll anblickte. „Du glaubst mir?"

„Ja klar, ein Zwerg ..." Nils schnaubte lachend auf. Hatten Tarik und Charlie eigentlich was Falsches gegessen? „Verwunschene Pferde, ein Raum der Erinnerung ..." Er stand auf und ließ Tarik sitzen. „Das ergibt alles total Sinn." War er eigentlich der einzige Normale in diesem Haufen Märchenerzähler?

Wie Tarik und Charlie zermarterte sich auch Dajana den Kopf. Es musste eine Erklärung für das Geschehen heute Nacht geben. Egal, wie seltsam sie klingen mochte! Dajana verknotete das Handtuch auf ihren nassen rotblonden Haaren und setzte sich im Schneidersitz aufs Bett. War sie heute Nacht wirklich in der Uhr verschwunden und aus dem rußigen Ofen wieder herausgekommen? Automatisch griff sie nach einer Flasche

Desinfektionsmittel und verteilte einen ordentlichen Schuss der Flüssigkeit auf ihre Hände. Langsam atmete sie ein und aus. Der klinische Geruch beruhigte sie. Vielleicht sollte sie die letzte Nacht einfach vergessen: die Uhr, alles, was gefolgt war, aber auch den Schmutz und all die Bakterien, die sich dort sicherlich befunden hatten. Sie hatte lange geduscht, fühlte sich sauber, einigermaßen sicher ...

Als Lore eintrat, bemühte sie sich um einen normalen Gesichtsausdruck. „Hier bist du." Lore lächelte ihr freundlich entgegen. „Willst du gar nichts frühstücken?"

„Keinen Hunger."

Lore ließ sich neben Dajana aufs Bett sinken und sah sie aufmerksam an. „Was ist denn los?"

Dajana zögerte einen Moment. Dann tat sie das, was sie seit Jahren tat: Sie schob eine logische Erklärung vor, eine, die nichts mit ihren eigentlichen Gedanken und Sorgen zu tun hatte: „Schlecht geschlafen." Doch ihre einsilbige Antwort schien an Lore abzuprallen. Anstatt zu nicken und zu gehen, beugte sie sich vor und lächelte Dajana an. „Vielleicht tut dir frische Luft gut? Wir haben uns überlegt, dass wir heute mit euch ausreiten gehen."

Dajana verkrampfte. „Muss ich wirklich mit?"

„Willst du nicht?"

Heftig schüttelte Dajana den Kopf, drehte unsicher ihr Desinfektionsmittel in ihren Händen und stellte es dann neben die anderen auf die Fensterbank in Reichweite.

Lore betrachtete die Ansammlung nachdenklich, dann kam ihr eine Idee. „Pass auf. Wir lassen die anderen alleine ausreiten und machen uns mit Argos einen schönen Tag. Was hältst du davon?"

Argos. Dajana nickte zögernd. Sie hatte einen Höllenrespekt vor dem großen Pferd.

Und so begleitete Richard Charlie, Nils, Patrizia, Tarik und Tami bald ohne Lore und Dajana auf ihrem Ausritt. Charlie hielt sich von Nils fern, sie war immer noch enttäuscht von seiner Reaktion. Und mehr getroffen, als sie es sich eingestehen wollte. Sie mochte ihn. Seine ruhige Art, die grünen Augen, dass sie, wenn er sie ansah, das Gefühl hatte, er würde sie verstehen. Na ja, manchmal zumindest. Heute Morgen hatte er ihr das Gegenteil bewiesen! Und so ließ sie ihn auch links liegen, als sie schließlich auf einer Weide anhielten, um die Pferde grasen zu lassen. Während die Pferde sich zufrieden über das Gras hermachten, führte Richard das Grüppchen zum Rand des Waldes. Charlie passte ihre Schritte der kleinen Tami an. Vielleicht konnte die ihr weiterhelfen?!

„Sag mal, Tami, gibt es auf dem Hof irgendwelche versteckten Räume oder Orte, die wir noch nicht gesehen haben?"

Tami schien von der Frage nicht besonders überrascht, weiterhelfen konnte sie jedoch auch nicht. „Nicht, dass ich wüsste." Also wurde Charlie etwas spezifischer: „Und von einem Raum der Erinnerung hast du auch noch nichts gehört?"

„Nee, wieso?" Nun machte Tami doch ein neugieriges Gesicht. Charlie winkte schnell ab. „Nicht so wichtig." Sie musste die Kleine ja nicht unbedingt da mit hineinziehen. Plötzlich raschelte es auffällig aus einer der Baumkronen. Charlie und Tami reckten suchend die Hälse. Doch Tamis Freund Adrian, der sie von dort oben im Auge behielt, hatte sich bereits ins dichte Laub zurückgezogen, sodass sie ihn nicht sehen konnten. Von weiter vorne rief Richard nach ihnen und sie gingen weiter.

„Das ist der Baum der Zeit", erklärte er und wies auf einen knorrigen Stamm. „Sein rotes Holz übersteht Jahrhunderte." Charlie ließ abgelenkt den Blick wandern. Patrizia, schick gemacht wie eh und je in einem lila T-Shirt mit körperbetonter Weste, lehnte sich zu Nils und gab mit ihren Surfkenntnissen an. Charlie biss die Zähne aufeinander. Mussten die so dicht nebeneinanderstehen? Jetzt blickte Nils auch noch auf, bemerkte, dass Charlie ihn beobachtete, und machte offenbar einen guten Witz, denn Patrizia lachte hell und flirtend auf. Charlie drehte sich weg. Sollten sie doch! Um den kleinen Stich in ihrem Herzen zu ignorieren, konzentrierte sie sich auf Richard und Tarik, die in ein Gespräch über den Baum vertieft waren.

„Unsere Standuhr in der Küche wurde daraus geschnitzt", meinte Richard lächelnd und strich liebevoll über die raue Rinde. „Dank der speziellen Beschaffenheit des Holzes wird auch die Uhr die Zeit überdauern und bald voller Erinnerungen sein."

Und plötzlich waren Nils und Patrizia für Charlie vergessen. Zumindest fast. „Die Uhr!", entfuhr es ihr aufgeregt.

„Was?" Richard und Tarik sahen sie verwirrt an. Charlie winkte ab. „Ach, nichts, können wir weiter?" Sie musste zurück und die Standuhr unter die Lupe nehmen! Wenn es stimmte, dass diese aus dem besonderen Holz geschnitzt war, hatte sie vielleicht auch etwas mit dem Raum der Erinnerungen zu tun, von dem Arman im Brunnen gesprochen hatte?! Charlie drehte sich um. Sie wünschte, sie könnte die anderen dazu bringen, sich zu beeilen, doch die ließen sich Zeit. Ungeduldig lief sie zu Arman.

Dajana sah sich neugierig um. Hinter ihr rauschten die Waldbäume, die Halme der Wiese bewegten sich im Wind fast wie die Wellen des Teiches vor ihr. Argos, der hinter dem gefällten Baumstamm stand, auf dem sie neben Lore saß, schnaubte zufrieden. Friedlich war es hier. Dajana entspannte sich etwas.

„Das ist mein Lieblingsort", verriet Lore, als würde sie ein Geheimnis teilen, und vielleicht stimmte das ja auch. „Hier geh ich immer hin, wenn ich mal ein bisschen für mich sein möchte." Dajana musste lächeln. Es passte zu der warmherzigen Pferdehofbesitzerin, dass sie Dajana hierhin mitnahm. Tief atmete sie ein. Es roch gut. Nach Gras und Blüten, nach Wasser und Schilf.

„Gefällt es dir eigentlich bei uns?", unterbrach Lore da sanft ihre Gedanken. Dajana traute sich nicht aufzusehen. Aber sie nickte.

„Ich find das toll, wie du das mit Argos machst", schob Lore hinterher und nun blickte Dajana überrascht auf. „Echt?"

„Natürlich. Ihr kennt euch ja noch nicht so lange, aber man spürt, dass ihr eine Verbindung habt." Dajana warf dem friedlich hinter ihr stehenden Argos einen Blick zu. Sein Schopf fiel ihm in die großen, freundlichen Augen und er schüttelte ihn zur Seite, als wollte er ihrem Blick begegnen.

Lore legte eine Hand auf Dajanas Schulter. „Willst du nachher mal aufsteigen? Ich glaube, du bist so weit."

Dajana zog die Schultern hoch. „Ich kann nicht!", flüsterte sie leise und blinzelte gegen die Tränen an. Lore wiegte den Kopf hin und her und fasste nach.

„Willst du es denn überhaupt?" Dajana gab sich einen Ruck. „Doch, schon, aber das geht nicht so einfach, ich muss vorsichtig sein. Ich bin nicht wie die anderen."

Lore nickte ihr aufmunternd zu. „Ich weiß von deiner Herz-OP. Mick hat es uns erzählt. Aber das ist jetzt schon eine ganze Weile her und alles ist gut gegangen, oder?“ Und als Dajana vorsichtig nickte, fügte sie an: „Ich mache dir einen Vorschlag. Ich bin nachher mit Argos auf der Koppel und warte auf dich. Du überlegst es dir einfach.“

Dajana lächelte dankbar. Ja, das war eine gute Idee. Dann konnte sie selbst entscheiden, ob sie sich mutig genug dafür fühlte. Mit Druck hatte sie noch nie besonders gut umgehen können. Und die Zeit nach der Operation war dafür nicht gerade förderlich gewesen. Erleichtert stand sie auf und folgte Lore zurück zum Hof.

Währenddessen stand Charlie im Wohnzimmer und inspizierte die Standuhr. Ihre Fingerspitzen fuhren über das glatte rötliche Holz des Baums der Zeit. Wie sollte sie herausfinden, ob dieses Möbelstück tatsächlich etwas mit dem Raum der Erinnerung zu tun hatte, von dem Arman gesprochen hatte? Das glänzende Pendel schwang geruhsam hin und her, keinerlei geheime Zeichen oder Zahlen waren auf dem Ziffernblatt zu entdecken. Vielleicht verriet das Innere des Uhrenkastens mehr? Charlie streckte die Hand nach dem Griff aus, als ein atemloses „Mach das nicht, Charlie!“ sie herumfahren ließ. Dajana schüttelte warnend den Kopf. Mit nur drei Schritten war Charlie bei ihr.

„Warum nicht? Weißt du etwas über die Uhr und ihr Geheimnis?“ Charlie sah Dajana eindringlich an. Dajana schien mit sich zu hadern, doch dann schaute sie Charlie ungewohnt fest in die Augen. Was sie erzählte, war kaum zu glauben! Charlie wurde bei Dajanas Bericht immer zappeliger.

„Und du bist einfach aus dem Backofen wieder rausgekommen?“ Dajana nickte. „Hast du irgendwem davon erzählt?“

Nun schüttelte sie den Kopf. „Ich dachte nicht, dass mir irgendwer glauben würde!“ Charlie hatte damit keine Probleme. Im Gegenteil, sie grinste schief. „Das Gefühl kenn ich.“ Dann konzentrierte sie sich wieder auf das eigentlich Spannende: „Wie sah der Raum genau aus?“ Dajana winkte ab. „Ich habe nicht wirklich darauf geachtet.“ Charlie eilte aufgeregt auf die Uhr zu und öffnete sie.

„Okay“, entschied sie, „zeig mir, wie das funktioniert! Du hast das Pendel einfach nur angefasst?“ Charlie stählte sich und schloss die Finger darum. Doch nichts geschah.

„Vielleicht spinn ich ja auch nur“, kam Dajanas Stimme von hinten. Doch das glaubte Charlie nicht. Dazu gab es zu viele Übereinstimmungen. Das konnte alles kein Zufall sein. Womöglich war jetzt – mitten am Tag – einfach nicht die richtige Zeit. Hatte Dajana nicht gesagt, es sei mitten in der Nacht gewesen und die Uhr habe zwölf geschlagen und dann immer weiter? Geisterstunde. Nicht dass Charlie an Geister glaubte. Daran jedoch, dass hier etwas nicht mit rechten Dingen zuging, sehr wohl. Und auch daran, dass sie es war, die das Geheimnis entschlüsseln konnte. Warum sonst hatte sich Arman vor ihren Augen in seine Menschengestalt verwandelt? Warum sonst hatte die alte Kette ihrer Großmutter es ihr ermöglicht, in dem Brunnen mit ihm Kontakt aufzunehmen?

„Lass es uns noch mal probieren“, schlug sie Dajana vor. „Wenn die Zeiger genauso stehen wie letzte Nacht.“

Dajana trat schnell ein paar Schritte zurück. „Ich will da aber nicht wieder rein.“

Zunächst war Charlie verblüfft. Wie konnte jemand Zeuge

von etwas derart Magischem werden und dem nicht auf den Grund kommen wollen? Doch dann sah sie Dajanas Gesichtsausdruck. „Du hast Angst?“, verstand sie und zuckte mit den Schultern. „Dann geh ich da heute Nacht alleine rein.“

Kaum war Dajana wieder in ihrem Schlafzimmer zurück, rieb sie sich tief in Gedanken die desinfizierende Lotion auf ihre Hände und blickte aus dem Fenster. Charlies Stimme hatte ebenso wild entschlossen geklungen, wie sie aussah. Ein wenig neidisch blickte Dajana auf ihre Hände. Charlie war furchtlos. Ganz anders als sie selbst! Aber Charlies Kindheit war sicher auch eine ganz andere als ihre gewesen ...

Gedankenverloren trat sie ans Fenster. Tarik baute draußen irgendwas aus Holz. Charlie rannte in Richtung Stall. Sicher auf dem Weg zu Arman. Ihre Locken wehten im Wind. Dajana seufzte unglücklich. Mal wieder war sie nur die Beobachterin, sah anderen beim Leben zu, beim Spielen und Rennen, beim Normalsein. So wie die ganzen letzten Jahre. Wie oft hatte sie auf ihrem Bett zu Hause gesessen und heimlich durch den Vorhang auf den Spielplatz und das Fußballfeld hinter ihrer Wohnung geschielt. Dorthin, wo die anderen aus dem Haus kletterten und gegeneinander antraten, Tore schossen, nach Bällen sprangen und sich lachend auf dem Boden wälzten. Wie oft hatte ihre Mutter den Kopf durch ihre Tür gesteckt und ihr geraten mitzumachen? Ihr Lieblingsspruch war: „Du kannst doch nicht ewig in deinem Zimmer sitzen und DVDs gucken. Du bist komplett gesund. Du verpasst dein ganzes Leben.“

Doch das war so leicht gesagt. Dajana seufzte. Sie hatte sich so sehr daran gewöhnt, übervorsichtig zu sein, das konnte sie einfach nicht von heute auf morgen abschalten. Sosehr sie es sich wünschte! Aber vielleicht sollte sie es hier mal angehen. Langsam und mit der Hilfe eines riesigen, gemütlichen Vierbeiners ... Nur: Reichte dazu wirklich ihr Mut? Schon bei dem Gedanken daran begann Dajanas Herz heftig zu klopfen. Mit großen Augen sah sie aus dem Fenster und stellte sich vor, wie es wohl wäre, dort auf dem Rücken des sanften Riesen Argos über die weiten Wiesen zu reiten. Das musste sich unglaublich anfühlen ...

Als Charlie auf den Hof hinaustrat, sah sie verwundert, wie Tarik einige letzte Schläge mit einem Hammer machte und zufrieden zurücktrat, um das Ergebnis zu begutachten. Es sah aus wie eine roh gezimmerte Falle. Nur: Für was? Rätselnd trat sie näher und nahm das seltsame Gebilde in Augenschein. „Willst du Waschbären fangen?"

„Nicht ganz", hielt Tarik sich zurück.

Charlie beobachtete ihn neugierig. Im Wald hatte er Richard ganz schön ausgefragt. Über den Baum der Zeit und die Umgebung. Und seit Dajana sie vor der Uhr überrascht hatte, fragte sich Charlie, ob womöglich auch die anderen ahnten, dass hier etwas seltsam war. Oder sogar etwas gesehen hatten, das sie nicht an die große Glocke hängen wollten. Doch Tarik erklärte seine selbst gebaute Falle nicht weiter. „Check bloß was aus", wiegelte er ab. „Wissenschaftliche Zusammenhänge. Nicht definierbar. Brauch erst mal ein Gesamtbild." Charlie nickte. Genau das brauchte sie auch: ein Gesamtbild. Wenn sie mehr hatte als wilde Spekulationen, würde Nils einsehen müssen, dass sie recht gehabt hatte. Und dann würde er vielleicht ...

Genau diesen Moment suchten sich Nils und Patrizia aus, um lachend um die Ecke zu biegen. Charlies Herz verkrampfte.

Seit der Szene im Wald schienen die beiden unzertrennlich zu sein. Warum machte ihr das nur so viel aus? Dicht nebeneinander liefen die beiden weiter, so in ihr Gespräch vertieft, dass sie Charlie und Tarik nicht einmal bemerkten. Charlie zwang sich wegzusehen. Tarik dagegen verfolgte die beiden mit seinem Blick und verdrehte die Augen. „War klar, dass Nils die heißeste Schnecke hier abkriegt ..."

Charlie biss sich auf die Lippe. Dass Tarik Patrizia als die heißeste Schnecke hier ansah – geschenkt. Von Nils aber hatte sie irgendwie etwas anderes erwartet. Dass er tiefer sah als schicke Klamotten und perfektes Make-up. Aber offensichtlich hatte sie sich geirrt. Charlie senkte den Kopf. Tarik missverstand das offensichtlich, denn er verzog ertappt das Gesicht. „Also ... du bist auch okay." Er wand sich. „Mindestens 'ne Sieben auf 'ner Zehnerskala. Aber ... ein bisschen rustikaler als sie?!" Charlie verdrehte die Augen. 'ne Sieben statt Patrizias Zehn, vielen Dank auch! Peinlich berührt seufzte er auf: „Mann, wieso kann ich nicht einfach die Klappe halten?"

Charlie bedachte ihn mit einem spitzen Blick. „Tja, ich glaub, da gibt's einen wissenschaftlichen Zusammenhang!" Und mit dieser schlagfertigen Entgegnung ließ sie ihn mit unterdrücktem Lächeln sitzen. Zu reden, ohne nachzudenken, Punkte verteilen, und dann auch noch ungeschickt! Tarik war echt eine Nummer für sich!

„Ja, ich hab auch gedacht, dass sie kommt", flüsterte Lore so leise, dass nur Argos sie hören konnte. Sie stand jetzt schon seit bestimmt fünfzehn Minuten mit ihm auf der Koppel und wartete auf Dajana. Doch anscheinend wollte das Mädchen nicht kommen. Schon wollte sie ihn an der Trense zurück in den

Stall führen, als sie leichte Schritte hörte. Dajana rannte über die Koppel auf sie zu, den Reithelm in der Hand.

Lore strahlte ihr entgegen. „Willst du Hallo sagen? Argos freut sich schon auf dich.“ Etwas unsicher, aber mit leuchtenden Augen strich Dajana über Argos' weiches Fell. Lore erklärte ihr, wie sie aufsteigen sollte. Im Gegensatz zu sonst saugte Dajana jedes Wort von ihr auf, und obwohl sie noch immer zurückhaltend war, folgte sie Lores Anweisungen.

Als es so weit war, holte sie einmal kurz Luft, nahm allen Mut zusammen und ließ sich von Lore auf Argos' breiten, sicheren Rücken hinaufhelfen. Und dann saß sie dort, so furchtbar weit entfernt vom Boden ... Mit zitternden Fingern nahm sie die Zügel in die Hand und zwang sich, nach vorne zu blicken, nicht nach unten. Als sich Argos in Bewegung setzte, hatte sie das Gefühl, auf einem riesigen schaukelnden Schiff zu sitzen. Sie versuchte, sich zu entspannen und loszulassen, und auf einmal merkte sie, wie sie ganz sacht in Argos' Rhythmus mitschwang. Es fühlte sich toll an. Dass Lore schließlich die Zügel losließ und sie ganz alleine ritt, bemerkte sie gar nicht. Ihr Herz klopfte wild, Argos setzte ruhig und umsichtig einen Huf vor den anderen. Sie ritt! Sie ritt tatsächlich! Und es war wunderschön!

Irgendetwas stimmte nicht, das fühlte Adrian ganz genau. Die Schatten der Bäume im Wald, das Rauschen des Laubs, das gefilterte Licht – alles schien irgendwie ... anders als sonst. So, als wäre ein Gleichgewicht verschoben. Wenigstens war mit Tami alles in Ordnung. Vorhin hatte er sie aus einer Baumkrone heraus beobachtet. Sie, ihr Vater und einige der Jugendlichen, die auf dem Pferdehof zu Besuch waren, hatten einen Ausflug zum

Baum der Zeit gemacht. Aber nur, weil Tami momentan sicher war, musste es nicht so bleiben. Deshalb lief Adrian so schnell er konnte nach Hause zu der Höhle, in der er und sein Bruder wohnten. Vor einer Felswand stoppte er, ging sicher, dass ihn niemand sehen konnte, und glitt durch die Wand hindurch. Auch hier drin war etwas anders als sonst. Suchend ließ er die Augen über den Boden und die vielen Tunnel wandern. Was machten die ganzen Spinnenweben hier? Tief aus der Höhle erklang ein leises Flattern. Adrian folgte dem Geräusch und hielt dann abrupt an. Ein bunter Schmetterling flatterte hektisch und unruhig in einem viel zu engen, leuchtenden Käfig. Davor hockte eine Spinne wie auf dem Sprung. Ihre kalten Augen verfolgten jede Bewegung des Insekts. Adrian lief näher und streckte die Hände nach dem Käfig aus.

„Was machst du denn hier? Wie heißt du denn? Brauchst du Hilfe?", fragte er beruhigend. „Ich kann dich befreien."

„Denk nicht einmal dran!" Die scharfe Stimme seines Bruders ließ ihn herumfahren. Drohend glitt Garwin auf Adrian zu. Sein langer Mantel schleifte über die Erde, seine Augen blitzten gefährlich. Er hatte Fenja mithilfe eines Spinnennetzes abgefangen, als sie zielgerichtet durch den Wald geflattert war. Vermutlich auf dem Weg zu Mick. Nun allerdings war sie ein Pfand in seinem perfekten Plan, Arman zu vernichten! Adrian sah Garwin mit großen Augen entgegen. „Aber du kannst sie hier doch nicht einfach gefangen halten!" Manchmal verstand er seinen Bruder nicht.

„Ach ja?", entgegnete Garwin mit einem humorlosen Lachen, trat näher und spießte Adrian mit seinem Blick auf. „Der Schmetterling ist genau da, wo er sein soll, hast du verstanden? Und jetzt geh!" Adrian drehte sich um. Wenn Garwin in einer derart düsteren Stimmung war, war es besser, sich nicht mit ihm anzulegen. Selbst wenn er nicht einverstanden war mit dem, was sein Bruder tat. Aber was sollte er schon tun, er war nicht nur viel jünger, sondern auch erheblich schwächer! Mit einem letzten entschuldigenden Blick zu Fenja floh er aus der Höhle.

Auch Mick machte sich Sorgen um seine Freundin. Eigentlich hatte er erwartet, dass sie sich heute bei ihm meldete, doch die Stunden waren vergangen und Fenja war nicht aufgetaucht. Also hatte er sich schließlich beunruhigt auf seinen Schimmel gesetzt und auf den Weg gemacht. Irgendetwas, das spürte er, stimmte nicht. Es war besser, auf Nummer sicher zu gehen und nach Rona, Richard, Lore, Tami und den Kindern zu sehen!

Schon von Weitem sah er Rona unruhig in einem Buch blättern. Und sein erster Eindruck war richtig. Kaum hörte sie die Hufschläge, blickte sie auf und eilte ihm entgegen.

„Mick, endlich, ich glaube, Garwin hat irgendetwas vor. Eine seiner Spinnen war hier auf dem Hof!“ Das war allerdings alarmierend.

„Ich kümmere mich darum“, versprach er und blickte sich um. „Aber ich suche Fenja, hast du sie irgendwo gesehen?“ Das Erstaunen auf ihrem Gesicht wich Besorgnis.

„Ich hab sie geschickt, um dich zu suchen ...“ Mick wurde es kalt. Das konnte nur eines bedeuten. Garwin! Ohne sich zu verabschieden, drehte er um und preschte auf seinem Pferd davon.

Mick wusste genau, wo er den Zauberer finden konnte. Und auch das Trugbild des Felseingangs hielt ihn nicht auf. Ohne zu zögern, schritt er wie Adrian nur wenig zuvor durch die

Felswand hindurch. Seine Augen brauchten einen Moment, um sich an das Dämmerlicht zu gewöhnen, dann erkannte er die düstere Gestalt, die hoch aufgerichtet vor ihm stand und ihm den Zugang zur Höhle verwehrte: Garwin! Die Muskeln unter der blassen Haut des Zauberers zuckten. Doch es war nicht seine körperliche Stärke, die Mick überraschte. Ihn umgab ein Feld purer Energie, knisternd, als würde es von einer unendlichen Wut gespeist. Mick tat, als würde er davon nichts bemerken. Er ahnte, dass sein Auftauchen hier Garwins Wut nur noch verstärken dürfte. Garwin wusste, dass Mick auf der Seite der Menschen stand. Was er nicht wusste, war, dass Mick damals das Schlimmste mit einem Trick hatte verhindern können.

Doch nun hatte Garwin Fenja in seiner Gewalt, das konnte Mick nicht zulassen. „Lass sie frei", verlangte er mit fester Stimme. Garwin lächelte ungut. „Das werde ich, sobald du mir ein paar Fragen beantwortet hast." Seine blassen Finger strichen über den Käfig, in dem der Schmetterling zurückschreckte, als könnte er seine eisigen Berührungen spüren. „Du wirst mir einiges erklären müssen", zischte Garwin Mick böse zu. „Fangen wir bei meinem alten Freund Arman an."

Adrian zupfte nervös an dem Mooskissen, auf dem er saß und den Eingang zur Höhle im Auge behielt. Er hatte Mick durch den Wald reiten gehört. Mick hatte sich nicht einmal die Mühe gemacht, seinen schönen Schimmel anzubinden, bevor er in ihre Höhle gestürmt war. Adrian hatte gelauscht, aber nur wütende Stimmen ausmachen können, keine Worte. Etwas später tauchte Mick unversehrt auf und ritt davon. Adrian schlüpfte vorsichtig und ein wenig erleichtert in die Höhle. Er fühlte sich müde und verzagt. Der Zorn seines Bruders machte ihm zu schaffen. Fast als sauge er ihn aus. Behutsam schlich er um eine Ecke und erstarrte. Der Käfig des Schmetterlings war leer. Sein Bruder saß mit zufriedenem Grinsen auf einem Felsvorsprung, die haarige Spinne nur wenig hinter ihm an der Wand. Sie sah irgendwie ... satt aus. Adrian schluckte. „Geht es dem Schmetterling gut?“

Garwin bedachte ihn mit einem herablassenden Blick. „Keine Sorge, Brüderchen, er flattert wieder fröhlich durch den Wald. Ich habe erreicht, was ich wollte.“ Einen Moment fragte sich Adrian, ob er den Worten seines Bruders trauen konnte. Dann seufzte er. Egal was Garwin tat und welche Pläne er verfolgte, ohne sie mit ihm zu besprechen, er hatte ihn noch nie angelogen, nur damit er sich besser fühlte. Auf so einen Gedanken käme er vermutlich nicht einmal. Adrian kauerte sich in einer Ecke zusammen und dachte an seine Freundin Tami. Er hatte schon viel zu lange nicht mehr mit ihr gesprochen.

Tamis Lachen perlte aus dem angelehnten Fenster des Hofes. Mick stand auf der Koppel und betrachtete die Familie samt den fünf Neuzugängen aus der Ferne. Dann ließ er einen trübsinnigen Blick über den sternenlosen Himmel wandern. Mit so etwas wie heute hatte er nicht gerechnet. Hoffentlich mutete er ihnen allen nicht zu viel zu? Er drehte den Kopf, als er das Flügelschlagen eines Schmetterlings hörte. Nur wenig später zerstob das Insekt zu einer nachtblauen Staubwolke und eine schöne dunkelhaarige Frau trat in einem schimmernden Kleid zu ihm. Die dunklen Haare umspielten die filigranen Ornamente auf ihrer Schläfe. Mick streckte die Hände nach ihr aus.

„Ich weiß nicht, was ich getan hätte, wenn dir etwas passiert wäre, Fenja." Fenja trat ruhig näher. Doch auch ihre Miene drückte Besorgnis aus. „Garwin wird bald herausfinden, warum die Kinder hier sind", warnte sie. Ihre Stimme klang warm.

Mick nickte. „Ich weiß", und betrachtete weiter die Fenster des Hofes, die nun – eines nach dem anderen – dunkel wurden. Fenja fasste seine Gedanken in Worte: „Ob sie es schaffen werden?" Mick seufzte tief. „Wir müssen daran glauben, es gibt keinen anderen Weg."

KAPITEL 15

Womöglich hätte es Mick beruhigt, wenn er gesehen hätte, wie in dem Schlafzimmer der Mädchen mitten in der Nacht plötzlich Bewegung aufkam. Dajana schreckte nach dem ersten Schlag der Uhr aus dem Erdgeschoss hoch. Tief holte sie Luft, dachte an ihren Ausritt mit Argos und machte sich selbst Mut: „Ich habe keine Angst“, sagte sie sich, griff nach der bereitgelegten Badekappe, den Handschuhen, dem Mundschutz, stieg in ihre Stiefel und schüttelte Charlie vorsichtig. „Charlie? Es ist so weit, wir müssen los!“

Mit einem Ruck setzte Charlie sich auf und erschrak bei dem Anblick, der sich ihr bot. Dann jedoch erkannte sie überrascht die für ihren Ausflug vorbereitete Dajana.

„Du kommst mit?“ Dajana nickte. „Cool!“

Charlie schlüpfte in ihre Schuhe und lief voran. Hinter ihr tapste Dajana die Treppenstufen hinab. Charlie war überrascht und freute sich über die Begleitung. Es gab viele Dinge, vor denen man Angst haben konnte. Aber jede Angst ließ sich überwinden. Das Pendel der Uhr schlug wieder wie wild. Ohne zu zögern, rannten die beiden Mädchen auf die schlagende Uhr zu, öffneten den Kasten und fassten zeitgleich an das sich wild bewegende Pendel …

Uff! Ein wenig weicher hätte die Landung schon sein können! Charlie tastete hinter sich, um sicherzugehen, dass Dajana noch bei ihr war, dann sah sie sich um. Der Raum war dunkel und fensterlos, die Wände aus gemauerten Ziegeln. Das musste er sein, der Raum der Erinnerung! Der Raum, von dem Dajana erzählt hatte. Altes Kinderspielzeug baumelte von der Decke, stapelte sich in Ecken, verstaubte Fotos lagen herum. Eines davon zog sie wie magisch an. Charlie hob es auf und blies den Staub ab. Fünf Jungen im Alter von acht bis etwa siebzehn strahlten ihr entgegen, die Arme umeinandergeschlungen. Glücklich sahen sie aus und so, als könnte ihnen nichts Schlimmes geschehen, als bräuchten sie sich gemeinsam vor nichts zu fürchten. Charlie stockte. Der Zweite von links – das war doch ... Arman?! Da hatte sie ihren Beweis. Und er schnürte ihr die Kehle zu. Denn auch das konnte Angst machen: recht zu haben und zu wissen, dass man in einem Abenteuer steckte, das unglaublich erschien und viel zu groß für einen alleine war!

„Wer sind die?", riss Dajanas Stimme sie aus den Gedanken. Sie hatte über Charlies Schulter geblickt. Charlie deutete auf Arman. Seine Augen blitzten fröhlich unter dem dunklen Haarschopf hervor. Er trug exakt die gleichen Kleider wie neulich Nacht. „Das hier", sie strich kurz mit der Fingerkuppe über das Papier, als könnte sie ihn berühren, „das hier ist Arman." Dajanas Kopf fuhr bei dem Namen überrascht hoch. Kein Wunder, schließlich kannte sie Arman nur als Pferd. Charlie holte tief Luft. Es war an der Zeit, Dajana einzuweihen ...

Und so sah sie Dajana wenig später abwartend an. Charlie hoffte, Dajana würde sie nicht für verrückt erklären. Auf der anderen Seite: Es war schließlich Dajana gewesen, die ebenfalls von seltsamen Vorkommnissen berichtet hatte. Oder wie sollte man es sonst bezeichnen, wenn jemand von einer Standuhr eingesaugt wurde, in einem Raum ohne Fenster herauskam und die Realität wieder über eine Passage in einem Ofen erreichte?

Tatsächlich schien Dajana Charlies Bericht nicht für eine Verrücktheit oder einen Traum zu halten. Stattdessen fragte sie interessiert nach: „Und du bist sicher, dass Arman von deinem Pferd zu einem Jungen geworden ist?"

Charlie nickte. „Er hat sich vor meinen Augen verwandelt. Ich weiß, das klingt total komisch, ich habe auch eine Weile gebraucht."

„Aber wie kann das sein?"

Charlie blickte sich Hilfe suchend um. Ja, wie konnte das sein, wie konnte irgendwas hier wahr sein. „Keine Ahnung." Und eigentlich war das auch gar nicht so wichtig, denn der ausschlaggebende Punkt war: „Aber ich hab versprochen, ihm zu helfen. Auch wenn ich keine Ahnung habe, wie."

„Wir können es zusammen versuchen." Dankbar lächelte Charlie Dajana an. Da hatte sie sich gestern noch fertiggemacht, als Nils ihr plötzlich gesteckt hatte, dass er trotz seines Hilfsangebots eigentlich kein Wort glaube. Und jetzt saß sie ausgerechnet mit der übervorsichtigen, schüchternen Dajana hier, die ihre Unterstützung anbot. Verrückt! Und toll! „Okay!"

Die beiden Mädchen grinsten sich an. Dann schüttelte Charlie verwundert den Kopf. „Was ich nicht verstehe, ist: Ich habe wie bescheuert diesen Raum gesucht. Und jetzt? Was soll hier sein? Wieso wollte er, dass ich herkomme?" Das Foto in ihrer Hand konnte doch nicht alles sein, oder doch?

Dajana schlug in die gleiche Kerbe. „Vielleicht ging's darum ..." Sie deutete auf das Foto in Charlies Hand. „Als Beweis, dass es ihn gibt."

Charlie berührte das alte Bild. „Aber das ist nur ein Foto von irgendeinem Jungen. Wer sind überhaupt die anderen?" Dajana beugte sich dichter darüber.

„Freunde?", schlug sie vor, „Geschwister? Wir können es ja Lore zeigen und sie fragen."

Ja, das war ein guter Vorschlag. Charlie stand auf und zog Dajana hoch. Sie hatten lange genug hier auf dem staubigen Boden gesessen.

„Wo geht's hier eigentlich raus?"

Dajana deutete auf einen mannshohen Kaminabzug. „Da vorn."

Charlie trat hinein und blickte sich fragend um. Wie jetzt, sollten sie etwa hier hochklettern? Doch noch bevor sie den Gedanken in Worte fassen konnte, spürte sie einen Luftzug, vor ihren Augen wirbelten Farben und schon landete sie in dem Kaminofen. Eilig kletterte sie hinaus in die Küche – hinter ihr krabbelte Dajana aus der Ofenklappe. Die beiden sahen sich überrascht um. Es war taghell, die Sonne schien durch die Fensterscheiben. Irgendetwas stimmte hier nicht. Sie waren doch nur wenige Minuten fort gewesen. Als sie in die Standuhr gezogen worden waren, war tiefste Nacht gewesen.

Als Charlie um die Ecke ins Wohnzimmer bog, wurde es noch seltsamer: Die Standuhr war verschwunden. „Irgendwas stimmt hier nicht!" Dann fielen ihr die vielen Bilder auf, die vorher nicht hier gehangen hatten.

Von draußen erklangen Stimmen und lenkten sie ab. Charlie lief gefolgt von Dajana zum Fenster und erstarrte. Richard stand hinter einer altertümlichen Kamera, neben ihm Rona und Lore mit einem Kleinkind auf dem Arm. Mit dem Rücken zum Stall posierten fünf lachende Jungs, der Größe nach angeordnet wie Orgelpfeifen, für das Foto. Der kleinste, rechts außen, trug eine kurze Hose und ein Schieberkäppi. Als er nun gut gelaunt die beiden Jungs in langen Hosen und Westen links neben ihm angrinste, entblößte er eine weite Zahnlücke. Charlie atmete scharf ein. Da, als Zweiter von links stand Arman. Er hatte einen Daumen in seine Hosenträger gehakt und verpasste dem größten der Jungs einen wohlmeinenden Knuff in die Seite. Glücklich sah er aus und sorglos. Und plötzlich wusste Charlie, was passiert war und wo sie sich befanden: in der Vergangenheit!

Sie hielt Dajana das Foto unter die Nase. „Die machen das Bild genau jetzt in diesem Moment."

Dajana wurde hektisch. „Das geht nicht, Charlie, wir müssen weg!"

Charlie blieb stehen, wo sie war. „Weg? Auf keinen Fall!" Dajana verstand etwas falsch. „Das hier ist der Grund, warum ich in den Raum der Erinnerung sollte", erklärte sie atemlos. „Jetzt können wir mit Arman reden. Und mit den Lilientals, sie können uns helfen!"

Vor dem Fenster löste sich die Gruppe auf, das Foto war fertig. Da fasste Dajana nach Charlies Hand und zog sie eisern hinter sich her. Beide duckten sich in den Schatten eines Sofas.

„Schau dich mal um, weißt du, wo wir hier sind?", zischte Dajana entsetzt. „Wir sind in der Vergangenheit gelandet."

Charlie verstand nicht, was daran so furchtbar sein sollte. „Ja, aber das ist doch super! Dann können wir Arman warnen." Das war ihre Chance. Sie konnten verhindern, dass er überhaupt verflucht wurde!

Dajana wurde ungeduldig. „Charlie, hast du nicht *Zurück in die Zukunft* gesehen? Wenn man was in der Vergangenheit verändert, dann hat das richtig schlimme Folgen, immer."

Bevor Charlie widersprechen konnte, betrat Lore mit einer Torte in der Hand das Esszimmer. Richard folgte ihr, tauchte unter einer Geburtstags-Girlande durch und platzierte drei Kerzen auf der Torte. Er lächelte seine Frau an. „Milosch scheint wieder bessere Laune zu haben. Was war denn mit ihm los?"

Lore seufzte. „Er hatte Ärger mit Argos. Und du weißt doch, wie bockig dein Sohn sein kann."

„Von wem er das wohl hat?!" Richard grinste breit, nahm Lore in die Arme, küsste sie und wirbelte sie hinaus in die Küche.

Hinter dem Sofa runzelten die beiden Mädchen die Stirn. „Argos und Milosch haben gestritten?", wiederholte Dajana überrascht. „Was soll das denn heißen?"

Charlie zuckte mit den Schultern. Auch ihr kam das seltsam vor. Doch darüber konnten sie sich später die Köpfe zerbrechen. Zuallererst hieß es, sich umzusehen und so viele Informationen wir möglich zu sammeln. Sie stand auf und machte Dajana ein Zeichen, ihr zu folgen. Am Türrahmen blieben sie verwundert stehen. Kerben zierten das Holz. Als wäre hier jemand gemessen worden und die Markierung sollte zeigen, wie groß er sei. Neben jeder der fünf Kerben stand ein Name: Argos, Arman, Timon, Jaron und Milosch. Charlies Herz stolperte. Das war es also! Arman war nicht der Einzige!

„Das sind die Söhne der Lilientals!", brachte sie gerade so heraus und fuhr zusammen, als jemand den Raum betrat: Mick. Er wirkte aufgebracht.

„Was macht ihr hier? Ihr müsst sofort von hier weg, kommt

schnell, wir haben nur ein kleines Zeitfenster.“ Damit schob er die beiden Mädchen vor sich hinaus auf den Hof, blickte sich um und gab das Tempo vor. „Gut, weiter! Wir müssen in den Wald, dann haben wir es beinahe geschafft!“ Eilig tauchte er zwischen die dichten Äste eines Busches.

Charlie verlangsamte nachdenklich ihre Schritte.

„Wieso hören wir überhaupt auf den?“, flüsterte sie Dajana zu. „Wir kennen ihn eigentlich doch gar nicht.“

Dajana dagegen schien Mick blind zu vertrauen. „Er kann uns helfen, in unsere Zeit zurückzukommen“, entgegnete sie. „Wir müssen machen, was er sagt.“

Charlie jedoch war sich da nicht so sicher. Woher sollte sie wissen, was das Beste war – auch für Arman? Wem sie bedingungslos vertrauen konnte? Als sie das Wiehern eines Pferdes hörte, blieb sie stehen und sah sich um: Zwei Jungen führten es gemeinsam aus dem Stall. Einer davon war Arman! Exakt in diesem Moment machte Mick ein Zeichen und lief von Dajana gefolgt in Richtung der dichten Bäume. Charlies Gedanken rasten. War das hier nicht ihre einzige Chance? Kurz entschlossen drehte sie sich um und rannte zurück – direkt auf Arman zu. Gehetzt blieb sie vor ihm stehen. Für einen magischen Moment lang hielten sie inne, es schien fast, als würden seine Augen sie erkennen. Doch dann fragte er: „Kennen wir uns?“

Charlie riss sich von seinen dunklen Augen los. Dass er vor ihr stand, so lebendig und fröhlich, brachte sie aus dem Konzept. Selbst wenn Dajana und Mick recht hatten, gab es nicht wenigstens eine Möglichkeit, ihn zu warnen, ohne das Zeitgefüge aus dem Tritt zu bringen?

„Ich bin's …“, begann sie und fing sich schnell. „Ich meine, ich bin Charlie.“

Sein Lächeln wurde breiter. „Ich hab dich hier noch nie gesehen."

Hinter ihr wurden Schritte laut, Mick. Sie musste sich beeilen.

„Ja", stotterte sie hektisch, „weil ... Ich komme aus der ... Du musst wissen ..."

Micks Finger schlossen sich um ihren Oberarm. Mit einem Ruck zog er sie von Arman weg. „Tut mir leid", rief er über die Schulter, „wir müssen gehen!" Hilflos sah Charlie zurück zu Arman, von dem sie sich mit jedem Meter weiter entfernte.

Nachdenklich legte er den Kopf schief, als Rona zu ihm trat und der seltsamen kleinen Dreiergruppe ebenfalls nachsah, die sich nun eilig entfernte. „Wer war dieses Mädchen?"

Arman zuckte mit den Schultern. „Sie heißt Charlie. Offenbar gehört sie zu Mick. Mehr weiß ich nicht."

Vor einem alten Baum mit rotem Holz ließ Mick die enttäuschte Charlie endlich los. Er sah sie streng an.

„Der Baum der Zeit, na klar!", grummelte sie und erklärte auf Dajanas verwunderten Blick: „Richard hat uns gestern erzählt, dass aus diesem Holz die Uhr geschnitzt wurde."

„Wird", verbesserte Mick. „Aus dem Holz wird die Uhr geschnitzt. Und jetzt los. Ihr müsst beide gleichzeitig den Stamm berühren."

Charlie trat schnell einen Schritt zur Seite. „Ich geh nicht zurück. Ich will Arman helfen, deswegen hat er mir den Raum der Erinnerung gezeigt. Warum darf ich ihn denn nicht warnen?"

„Du kannst ihn nicht warnen", seufzte Mick ungeduldig. „Das Schicksal lässt sich nicht abwenden. Es ist die Zukunft, die ihr verändern müsst. Eine Sache noch: Ihr müsst mir versprechen, niemals mit den Lilientals darüber zu sprechen, was ihr hier gesehen habt. Sie haben ihre Söhne vergessen, und solange der Fluch nicht gebrochen wird, dürft ihr sie nicht daran erinnern. Sie sind noch nicht so weit."

„Aber", widersprach Charlie aufgebracht, „sie müssen davon erfahren! Sie müssen Arman und den anderen helfen. Sie sind ihre Kinder!"

Mick schüttelte den Kopf und nahm die Hände der beiden Mädchen. „Haltet euch einfach an meine Worte. Ich weiß sonst nicht, was passieren wird", befahl er. Und setzte etwas sanfter hinzu: „Ihr fünf seid die Einzigen, die den Zauber brechen können." Damit drückte er Charlies und Dajanas Handfläche gegen die raue Rinde. Ein Zischen, heller Rauch und ... Charlie kroch aus dem Kaminofen und stolperte auf den Küchenboden. Es fühlte sich an wie ein Déjà-vu. Nur wenig später tauchte Dajana hinter ihr auf. Hinter den Fenstern war es dunkle Nacht, kein Stern war zu sehen, doch der Mond erhellte den Raum und das Ticken der Uhr war zu hören.

„Wir haben's geschafft", freute sich Dajana, klappte aber schnell den Mund zu, als Charlie sich bedrückt auf einen Stuhl sinken ließ. Traurig zog sie das Foto der fünf verwandelten Brüder hervor und starrte darauf. Sie war so nah dran gewesen. „Wir probieren es nächste Nacht noch einmal", entschied sie. „Und diesmal lassen wir uns nicht erwischen!"

Am nächsten Morgen betrat Charlie zurückhaltend den Frühstücksraum. Der Tisch war reich gedeckt und eine große Torte stand darauf. Ach ja, heute war ja Tamis Geburtstag!

Während ihre anderen Mitstreiter bereits mit Lore, Richard und Tami um den Tisch saßen und angeregt plauderten, fuhr sie mit den Fingerspitzen über die nun glatte Oberfläche des Türrahmens. Die eingeschnitzten Kerben und die Namen der fünf Liliental-Jungen waren genauso verschwunden wie die Erinnerungen ihrer Eltern, Großmutter und Schwester an sie. Der Gedanke daran machte Charlie traurig. Was täte sie nur ohne ihre Erinnerungen an ihren Vater? Was wäre, wenn sie nicht mal wüsste, dass es ihn gegeben hatte. War das nicht noch furchtbarer, als sich mit dem Verlust auseinandersetzen zu müssen? Dabei gingen Richard, Lore, Rona und Tami Tag für Tag in den Pferdestall, wo über jeder Box die Namen der Jungs standen: Argos, Arman, Timon, Jaron, Milosch. Charlie seufzte. Ihr musste etwas einfallen! Nur was?

„Charlie, kommst du? Wir fangen an!", riss Lore sie da aus den grübelnden Gedanken. Als sie sich umdrehte, erstarrte sie einen Moment. Die Situation heute ähnelte so sehr der von gestern Nacht – nein, halt, der von vor etlichen Jahren: die Torte, das Lächeln zwischen Richard und Lore. Nur dass Tami inzwischen älter war und nicht einmal wusste, dass sie fünf Brüder hatte!

„Erst wird gesungen", verhinderte Richard gut gelaunt, dass sich alle auf die lecker aussehende Geburtstags-Rubeerentorte für Tami stürzten, und stimmte an.

„Happy Birthday", erklang es mehr schief als schön durch den Raum. Tami, die sich für ihren Festtag ein Blümchenkleid angezogen hatte, schien das nicht zu stören. Sie strahlte. Tarik gab alles. Was vermutlich der Grund war, weshalb Patrizia genervt die Augen verdrehte. Kaum war das Lied zu Ende, folgten allgemeiner Applaus und Glückwünsche.

„Wie ist die Kleine eigentlich so groß geworden?", sagte Richard mit einem stolzen Lächeln und zog Lore an sich.

Charlie beobachtete die beiden. „Du weißt doch, wie bockig dein Sohn sein kann", klang es ihr noch in den Ohren.

„Lore", begann sie zögernd, „kann ich dich mal was fragen? Haben hier eigentlich schon andere Kinder gewohnt, außer Tami?" Charlie ignorierte Dajanas warnenden Blick.

Lore blickte überrascht auf. „Nein, ihr seid die ersten, wieso fragst du?"

Nun richteten sich alle Augen auf Charlie, die sehr wohl bemerkte, dass Dajana aufgehört hatte zu essen. „Hab mich nur gewundert", machte Charlie weiter. „Wegen der Zimmer mit den vielen Betten. Hier hätte auch eine Familie mit vielen Kindern leben können."

Kaum hatte sie den Satz ausgesprochen, heulte Tarik auf: „Au, sag mal, geht's noch?" Dajana hatte unter dem Tisch nach Charlie getreten, aber stattdessen sein Schienbein erwischt. „'tschuldigung", murmelte sie und hielt den Blick gesenkt. Charlie wandte sich an Richard. „Woher kennt ihr eigentlich Mick?" Irgendwas musste doch herauszufinden sein!

„Mick ist ein guter Freund von uns", gab Richard zurück und Rona warf ein: „Wir kennen uns schon eine halbe Ewigkeit."

Charlie ließ nicht locker. „Und was heißt das genau, eine halbe Ewigkeit?"

Lore dachte einen Moment nach. „Einige Jahre", antwortete sie dann und sah fragend zu Richard, als erinnerte sie sich selbst nicht mehr genau daran.

„Wie viele genau?"

Lore schüttelte verwundert den Kopf. „Warum willst du das so genau wissen?"

Ja, warum? Weil Charlie versuchte, sich einen besseren

Überblick zu verschaffen? Weil sie wissen wollte, wie lange die Lilientals ihre Söhne schon vergessen hatten, weil … nichts davon war eine Antwort, die sie laut aussprechen konnte. Charlie nahm den Teller vor ihr in Augenschein, als wäre dieser plötzlich viel interessanter als die Unterhaltung.

„Nur so", winkte sie ab und war dankbar für Tami, die ihr erstes Geschenk auspackte. Mit einem Freudenschrei hielt sie es in die Höhe. „Meine eigenen Satteltaschen – endlich!"

Nur wenig später lehnte Charlie bedrückt an Armans Box und betrachtete das Foto, das sie aus dem Raum der Erinnerung mitgenommen hatte.

„Ich weiß nicht, was ich machen soll", vertraute sie ihm an. „Höre ich auf Mick oder soll ich mit deinen Eltern reden? Ich hab keine Ahnung, was richtig ist. Kannst du mir nicht einfach sagen, was ich machen soll?" Arman schnaubte leise und nicht zum ersten Mal wünschte sich Charlie, ihn zu verstehen, wie viel einfacher wäre alles!

Und dann – als wäre das die Antwort, nach der sie gesucht hatte, trat Lore in den Stall.

„Ach, Charlie", sie blickte sich suchend um, „hast du Miloschs Zaumzeug gesehen?"

Charlie rührte sich nicht. Nur ihre Augen wanderten hin und her – von dem Foto mit den fünf lachenden Jungs zu Lore, ihrer Mutter, und wieder zurück. Sollte sie, sollte sie nicht? Aber das Foto verstecken hieße, nichts zu tun. Und nichts zu tun brachte sie keinen Schritt weiter. Was, wenn Mick unrecht hatte und sie jetzt und hier dafür sorgen konnte, dass der Fluch, der auf den Jungs lastete, aufgehoben wurde? Lore lächelte ihr entgegen. „Was hast du denn da für ein Foto?"

Und plötzlich war sich Charlie sicher. Lore musste Bescheid wissen! Entschlossen trat sie auf sie zu und reichte ihr das Bild. Lore runzelte die Stirn.

„Erkennst du sie?", fragte Charlie. „Das sind deine Söhne." Lores Augen wurden groß. Und plötzlich sackte sie in sich zusammen, glitt auf den Boden und blieb regungslos liegen.

Charlie beugte sich erschrocken über sie. „Lore, wach auf, was ist passiert? Bitte, ich wollte das nicht!" Doch Lore reagierte nicht. Hilflos sah sich Charlie um.

Da hörte sie Dajanas entsetztes Rufen von draußen: „Hilfe, Hilfe, warum kommt denn keiner?"

Aufgebracht rannte Charlie in den Hof. Auch hier bot sich ein seltsames Bild: Rona saß auf einem Stuhl, Tami lag in ihrem Schoß, beide schienen wie Lore plötzlich von einem tiefen Schlaf übermannt worden zu sein.

Dajanas Augen waren vor Schreck geweitet. „Charlie, ich weiß nicht, was passiert ist! Sie wachen nicht mehr auf?! Was machen wir denn jetzt?"

Unruhig schnappte Charlie Dajanas Hand, gemeinsam rannten sie in das Haus und kamen stolpernd zum Halt, als sie das Durcheinander im Vorzimmer bemerkten: Zahnräder, Pendel, Ziffernblatt – die Standuhr lag in sämtliche Einzelteile zerborsten auf dem Boden. Dajana keuchte entsetzt auf. Vorhin hatte sie im Vorbeigehen bemerkt, dass die Zeiger immer schneller kreisten, doch sich nichts dabei gedacht. „Wir haben die Uhr kaputt gemacht, ich wusste, dass was schiefgeht, es ist unsere Schuld."

Charlie musste schlucken. „Nein", gestand sie mit schlechten Gewissen, „es ist meine Schuld, ich habe Lore das Foto gezeigt." Auf Dajanas fassungslose Frage nach dem Warum hatte sie keine Antwort. All die Erklärungen, die sich vorhin noch so logisch und stimmig angehört hatten, waren auseinandergebrochen wie die Uhr. Charlies Herz krampfte sich zusammen. Vorsichtig konzentrierte sie sich aufs Atmen.

Meine Schuld, dachte sie immer wieder. Das alles ist meine Schuld, was habe ich getan? Und vor allem, wie konnte sie das wiedergutmachen? Lore, Rona und Tami lagen in einem Dornröschenschlaf gefangen und auch Richard war urplötzlich umgekippt, wie Nils und Tarik aufgeregt berichteten, die nun gemeinsam mit Patrizia dazustießen.

„Ich hab's euch gesagt", zischte Tarik. „Hier stimmt einfach gar nichts!"

Charlie nickte zustimmend und versuchte, einen klaren Gedanken zu fassen, als nun auch Nils fragte: „Okay, und was machen wir jetzt?"

Alle sahen sie an. Zu Recht. Womöglich war sie die Einzige, die das, was sie angerichtet hatte, auch wieder geradebiegen konnte. Wie das zu bewerkstelligen war – sie hatte nur eine Idee. Tief holte sie Luft: „Ihr müsst mir helfen. Wir müssen irgendwie versuchen, die Uhr wieder ins Laufen zu bekommen."

Patrizia rümpfte die Nase. „Erstens: Warum sollten wir dir helfen. Zweitens: Was hat diese Uhr damit zu tun? Und drittens: Warum sollten wir dir helfen?"

Bittend sah Charlie in die Runde. „Um ehrlich zu sein, habe ich selbst keine Ahnung, aber ich glaube, es gibt einen Zusammenhang mit dieser Uhr – ich erklär's euch später, ich weiß nicht, wie viel Zeit wir noch haben!"

„Oh Gott, jetzt spinnt sie schon wieder", fauchte Patrizia genervt und warf den Jungen einen auffordernden Blick zu. „Hat irgendjemand 'nen Erste-Hilfe-Kurs gemacht?"

Schweigen. Ratlos sahen sie sich an, bis Tarik schließlich entschieden sagte: „Okay, lasst uns die Uhr reparieren." Sofort machten sich alle daran, die Einzelteile der Uhr zusammenzusammeln. Patrizia blickte auf die nun am Boden kauernden anderen vier herab. „Auf was für einem Märchentrip seid ihr denn bitte?", fragte sie völlig entnervt, schüttelte den Kopf und stolzierte davon. „Ihr seid doch bescheuert, das ist mir echt zu blöd."

Doch Charlie, Nils, Dajana und Tarik ließen sich nicht von ihr beirren und saßen bald gemeinsam am Esstisch, der voller kleinster technischer Einzelteile war. Konzentriert versuchten sie, Ordnung in das Chaos zu bringen. Immer wieder wechselten sie überforderte Blicke. Wie sollten sie aus den tausend kleinen Einzelteilen das Uhrwerk zusammensetzen? Und außerdem: Was würde geschehen, wenn etwas kaputt oder verbogen war? Sie puzzelten und bastelten verbissen weiter. Dabei war Nils' handwerkliches Können ebenso gefragt wie Tariks räumliche Vorstellungskraft, Dajanas Geduld und Charlies feste Überzeugung, dass sie auf dem richtigen Weg waren. Und tatsächlich, nach gefühlten Stunden hatten sie alles zusammengesetzt und bauten die Mechanik wieder in die alte Standuhr ein.

Hoffnungsvoll traten sie einen Schritt zurück und warteten. Doch nichts geschah.

Tarik schüttelte verzweifelt den Kopf. „Mann, es funktioniert nicht!"

„Hab ich ja gleich gesagt, aber auf mich hört ja keiner", höhnte Patrizia, die das Ganze mit einem Sicherheitsabstand beobachtet hatte, und bekam von Nils nur ein herausforderndes „Was ist dann deine Idee?" zu hören.

„Vielleicht ’nen Kuss? Bei Dornröschen hat’s doch auch funktioniert“, entgegnete sie und warf ihm einen vielsagenden Blick zu. Doch Nils war nicht nach Flirten. „Soweit ich mich erinnern kann, müssen die geküsst werden, die in den Schlaf gefallen sind“, wehrte er Patrizias eindeutiges Angebot ab und Dajana wandte völlig sicher ein: „Das funktioniert nur bei wahrer Liebe.“

„Und da du ja niemanden außer dir selbst liebst ...“, setzte auch Tarik noch einen drauf. Patrizia bedachte ihn mit einem wütenden Blick. „Mann, das war ein Witz, du mich auch, du Penner.“

„Aber gerne, Prinzessin.“

Charlie platzte der Kragen. „Könnt ihr mal aufhören mit dem Quatsch, wir müssen den Lilientals helfen!“ Ernst machte sie einen Schritt auf Tarik zu. „Tarik, kannst du’s noch einmal probieren?“ Dieser seufzte tief, schien kurz zu überlegen. „Okay“, sagte er dann entschlossen und trat auf die Uhr zu. „Alles von Anfang.“ Konzentriert begannen er, Charlie, Dajana und Nils aufs Neue. Doch auch der zweite Versuch brachte sie nicht weiter. Die Uhr blieb stumm und bewegungslos. Bedrückt standen die vier Jugendlichen vor der hölzernen Uhr.

Mit Tränen in den Augen betrachtete Charlie das Foto mit den fünf lachenden Jungs in ihrer Hand. Dajana und Mick hatten recht gehabt. Sie hätte nicht versuchen dürfen, etwas an der Vergangenheit zu ändern. Geschweige denn, etwas aus dem Raum der Erinnerung mit in die Gegenwart nehmen und Lore damit konfrontieren. Offenbar reichte es nicht, die Uhr wieder zusammenzusetzen, um Geschehenes ungeschehen zu machen und alles wieder in den ursprünglichen Zustand zu versetzen. Doch Moment, konnte es das sein?! Der ursprüngliche Zustand? Aufgeregt lief sie auf die Standuhr zu, das Foto in der Hand.

„Mein letzter Versuch", erklärte sie mit Herzklopfen und ignorierte Patrizias spitzes „Ich sag doch, die hat 'nen Knall, völlig verwirrt!". Stattdessen senkte Charlie die Stimme. „Wenn das wirklich funktioniert, müsst ihr mir versprechen, den Lilientals nichts davon zu erzählen. Das ist wirklich wichtig, ich erklär's euch später."

Dajana, Tarik und Nils konnten gerade noch nicken, da ließ Charlie das Foto in die Standuhr fallen – der einzige Weg, der ihr einfiel, damit es wieder dorthin zurückgelangte, wo es hingehörte. Und tatsächlich, plötzlich erklang ein Zischen und das Bild war verschwunden. Charlie hielt den Atem an. Dann begannen sich die Zeiger zu bewegen. Erleichtert schloss sie die Augen ...

Dann hörte sie ein leises Schnauben. Als sie die Augen aufschlug, befand sie sich wieder im Stall. Arman blickte sie aus seinen dunklen Augen an. Charlie atmete auf und drehte sich um, Lore entgegen, die nun eintrat.

„Charlie, hast du Miloschs Zaumzeug gesehen?" Charlies Lippen verzogen sich zu einem breiten Grinsen. Noch nie hatte sie sich so sehr gefreut, Lore zu sehen. Diese lächelte amüsiert zurück. „Ist was?"

„Ja." Charlie lief auf sie zu und umarmte die überraschte Lore und drückte sie einen Moment fest an sich. Charlie strahlte glücklich. Lore war wieder sie selbst. Gemeinsam machten sie sich auf die Suche nach dem Zaumzeug. Vor dem Stall im Hof las Rona Tami aus einem Buch vor. Dajana, die bei ihnen auf dem Boden saß, stand die Erleichterung ins Gesicht geschrieben. Auch Tarik und Nils blickten sich zufrieden an, als sie sich in ihrem Zimmer wiederfanden. Die Tür öffnete sich und Richard trat ein. „Hey, ihr zwei, helft ihr mir bitte, den Zaun auszubessern?“ Sofort sprangen sie auf. „Ja, klar!“

An diesem Tag war das Abendessen eine sehr gesittete und ruhige Veranstaltung. Nils, Dajana, Patrizia, Tarik und Charlie waren in ihre Gedanken versunken. Daran konnte auch Lores gutmütiger Spott nichts ändern, die sich über die ungewöhnliche Stille wunderte. Ronas Vermutung – „Sie haben einfach keine Kraft mehr, sich über alles aufzuregen“ – traf den Nagel auf den Kopf und keiner der Jugendlichen widersprach. Charlie lächelte ihren Mitverschwörern zu. Der heutige Tag war nicht nur aufregend und erschöpfend gewesen, er hatte auch gezeigt, wozu sie fähig waren, wenn sie zusammenarbeiteten. Nun ja, fast. Patrizia hatte sich kaum die Finger schmutzig gemacht. Charlie beobachtete sie aus den Augenwinkeln. Warum Patrizia wohl immer so abweisend war? Wobei, auch ohne sie hatten sie es geschafft. Zu viert! Für Charlie eine ganz neue Erfahrung – ihre Mitstreiter wurden ihr immer sympathischer! Es fühlte sich fremd an, und Charlie war sich noch unsicher, was sie davon halten sollte. Manchmal war es eben schwer, etwas Neues zu akzeptieren. Etwas Fremdes machte immer zuerst einmal Angst. Genauso wie diese Welt hier. Wenn man aber aufhörte, dagegen anzukämpfen, und versuchte, sich darauf einzulassen, hatte man die Chance, es zu verstehen. Beispielsweise die Tatsache, dass hier in dieser Welt andere Gesetze galten als bei ihnen zu Hause, magische. Das war heute mehr als deutlich geworden. Nun mussten sie nur noch herausfinden, welche das waren. Nur so – da war sich Charlie sicher – konnten sie Arman helfen. Sie alle, gemeinsam – zusammen hätten sie vielleicht eine Chance!

Und so saß sie nur wenig später mit Nils, Dajana, Tarik und selbst Patrizia in einem kleinen Kreis auf dem Heuboden. Sie hatte alles erzählt, was sie wusste, was sie ahnte, alles, von dem sie bisher dachte, es niemandem anvertrauen zu können. Und das Verrückte war, wie leicht ihr das gefallen war. So verquer sich das anhören mochte, der heutige Tag mit all seiner Verzweiflung und Hektik, mit der Aufregung und den Höhen und Tiefen hatte etwas Gutes: Charlie selbst, Nils, Dajana, Tarik und Patrizia, sie waren alle auf einem Stand. Und sie alle hatten ein Ziel: herauszufinden, was hinter den ganzen Geheimnissen steckte. Genau wie Mick gesagt hatte.

Tarik fasste ihre Gedanken in Worte: „Meint Mick, dass nur wir diesen Pferdefluch brechen können? Also, wir alle?"

Charlie nickte. „Wir fünf hat er gesagt."

„Woher weiß Mick das eigentlich alles?", überlegte Nils laut. „Wer ist er überhaupt?" Charlie lächelte ihn an, exakt diese Fragen hatte sie sich auch immer wieder gestellt, aber noch keine umfassende Antwort darauf gefunden.

„Ich weiß nur", sagte sie, „dass er Krankenpfleger ist und meine Mutter dazu überredet hat, mich überhaupt erst hierherzubringen."

„Hä?", Dajana klang überrascht. „Mick ist mein Vertrauenslehrer!"

„Mick hat mich per Anhalter mitgenommen", fügte Tarik hinzu.

Nils schüttelte überrascht den Kopf. „Und mir den Hof als Bewährungshelfer aufgedrückt." Charlie sah ihn einen Moment interessiert an. Bewährungshelfer? Was genau hatte der stille, immer bedachte Nils ausgefressen? Da fiel ihr auf, dass Patrizia noch gar nicht geantwortet hatte. Fragend blickte sie zu dem mal wieder top gekleideten Mädchen. Patrizia zögerte einen Moment, dann schob sie schulterzuckend hinterher: „Hausmeister an meiner Schule."

Charlie dachte nach. Das bedeutete, Mick war in jedem einzelnen ihrer Leben aufgetaucht und hatte dafür gesorgt, dass sie hier landeten. Oder, wie Tarik es nun begeistert ausdrückte: „Mick ist so was wie ein Magic-Typ. Und, Leute, wir sind die Auserwählten!"

Patrizia rollte genervt die Augen auf die typische Patrizia-Art. „Ich glaub, mir wird schlecht ..."

Doch um ehrlich zu sein, Charlie konnte Patrizias Reaktion nachvollziehen. Es war ja auch echt viel, was auf die fünf Mitstreiter – oder Auserwählten, wie Tarik sie nannte – da plötzlich herabstürzte: ein mächtiger Zauberer, ein Fluch, ein magischer Brunnen, Zwerge, Lore, Richard, Rona und Tami, die vergessen hatten, dass ihre Familie ursprünglich einmal aus weiteren fünf Mitgliedern bestanden hatte ...

Und überhaupt: Pferde, die eigentlich Menschen waren!

Mit schiefem Grinsen beobachtete Charlie am nächsten Morgen, wie Tarik im Stall den kleinen Milosch in Augenschein nahm und den Kopf schüttelte.

„Dass du 'n Kerl bist ... ich check's irgendwie nicht", seufzte er und wedelte mit der Hand vor Milosch. „Halloooo? Kannst du mich hören?" Doch Milosch blieb stumm.

Charlie verbiss sich ein „Ich hab's dir doch gesagt, so funktioniert es nicht". Tarik und die anderen mussten sich wohl erst noch daran gewöhnen. Patrizia, heute in Lila gewandet, stand neben Charlie vor Jaron, verdrehte die Augen und warf einen schnellen Blick in die Runde. „Oh Gott, ich halt's nicht aus!"

Zum Glück tauchten da nun auch Nils und Dajana auf. Während Dajanas Kleidung in gedeckten Farben sie fast unsichtbar werden ließ, betonte Nils' graugrünes Hemd seine Augen. Charlie zupfte ihren roten Pullover zurecht. Warum machte sie Nils nur so nervös?

Zum Glück übernahm da Tarik das Wort.

„Was machen wir jetzt?", wollte er wissen.

Nils zuckte mit den Schultern. „Keine Ahnung?" Und auch die anderen sahen sich ratlos an.

„Wollt ihr mich veräppeln?" Tarik bedachte sie alle mit einem genervten Augenaufschlag. „Wir sind die Auserwählten, die Söhne der Lilientals zählen auf uns. Oh Mann, ihr seid echt Anfänger." Entschlossen drehte er sich zu Charlie. „Okay, du sorgst dafür, dass sich dein Typ dahinten wieder verwandelt, und fragst ihn, was hier abgeht."

Charlie schüttelte den Kopf. Wenn das so einfach wäre, hätte sie es schon längst getan! Nils sprang ihr bei: „Probier du es doch mal mit Milosch."

Tarik winkte ab. „So weit sind wir noch nicht", redete er sich raus. „Ich kümmere mich lieber weiter um die Zwergensuche. Das mit der Falle klappt noch nicht so ganz und ..."

„Pffft!", unterbrach Patrizia ihn herablassend. „Zwerge!" Dabei sah sie ihn an, als könne er Fantasie nicht von der Realität unterscheiden. Tarik stemmte die Hände in die Hüften, um ihr mal gehörig die Meinung zu geigen, da unterbrach Lores Auftreten die verschwörerische Runde.

„Ach, hier seid ihr", rief sie überrascht. „Ich wollte mit euch einen Ausflug machen."

Ein Ausflug war nun wirklich das Letzte, wonach den fünf Jugendlichen der Sinn stand. Sie hatten viel Wichtigeres zu erledigen. Zögernd sahen sie Lore entgegen, doch niemandem fiel eine gute Ausrede ein. Schließlich konnten sie Lore schlecht sagen, was sie beschäftigte. Das war schon mal völlig nach hinten losgegangen. Und dieses Risiko konnte und wollte niemand von ihnen noch einmal eingehen. Also schwiegen sie, als Lore sie nun mit einem Kopfschütteln bedachte. „Was ist denn los mit euch? Na los, holt eure Pferde!"

Rona, Richard und Tami saßen noch am Frühstückstisch, als Lore mit ihren fünf Schutzbefohlenen über den Hof ritt. Richard sah seiner Frau mit einem liebevollen Lächeln nach. Wenn es jemandem gelang, diese fünf so unterschiedlichen Jugendlichen zu einem Team zu formen, dann sicher ihr. Ihr und den Pferden. Er schob sich den letzten Bissen seines Brotes in den Mund, strich seine Weste über dem Hemd glatt und stand auf.

„Ich werde jetzt mal versuchen, den Brunnen zu reparieren, der zieht schon seit Tagen kein Wasser mehr." Rona nickte ihm zu, Tami dagegen war voll und ganz mit ihrem Müsli beschäftigt.

Doch plötzlich sprang sie begeistert auf und fiel Mick in die Arme, der das Zimmer betrat. „Hast du eine Überraschung für mich?", fragte sie keck. Immerhin war gerade erst ihr Geburtstag gewesen und Mick war bekannt für Überraschungen! Neugierig schielte sie zu ihm hinauf. Seine Augen glitzerten verdächtig, als er die Hände in den Taschen seines hellen Mantels vergrub. „Hmmm, lass mich mal nachsehen." Mit einer kleinen Verbeugung überreichte er ihr ein weiß verpacktes Geschenk.

Ehrfürchtig nahm sie es entgegen. „Ohhh, danke!"

Mick sah über ihren Kopf hinweg zu Rona und Richard.

„Tut mir leid, dass ich noch nicht eher gekommen bin“, erklärte er und sah ihnen fest in die Augen. Sie mussten sich dringend unterhalten. Seine Neuigkeiten waren mehr als beunruhigend! Richard verstand seine wortlose Bitte und wandte sich seiner Tochter zu. „Tami, kannst du bitte kurz rausgehen?“ Nach kurzem Zögern verließ die Kleine das Zimmer. Nicht ohne zu schmollen. Mick sah ihr schmunzelnd hinterher, bis er die Tür ins Schloss fallen hörte. Dann ließ er sich an der Kopfseite des Tisches nieder, lauschte kurz in das Haus hinein und holte tief Luft.

„Du hattest recht“, sagte er zu Rona. „Garwin steckt hinter der Spinne.“ Sie schluckte. Richard schüttelte verständnislos den Kopf. „Was will der von uns? Was hat er vor?“

Beruhigend beugte sich Mick zu den beiden Erwachsenen. „Ich finde es heraus. Ist sonst irgendwas passiert die letzten Tage?“

Richard und Rona sahen sich nachdenklich an. „Nein“, zuckte Richard mit den Schultern und fügte zögernd an: „Aber ist es nicht eigenartig, dass Garwin genau dann aufgetaucht ist, als die Kinder auf den Hof gekommen sind?“

Mick wiegte den Kopf hin und her. Das war eine gute Frage. Und eine sehr genaue Beobachtung. Nur eine Antwort konnte er darauf nicht geben, zumindest nicht, ohne Dinge zu verraten, die vor den beiden besser geheim gehalten würden. Weshalb er sich auch so bedeckt wie möglich hielt. Seine Besorgnis konnte er trotzdem nicht ganz unterdrücken. Nur innerhalb des Schutzwalles waren die Familie und die fünf Jugendlichen momentan sicher – außerhalb jedoch ... hatten sie keine Chance gegen Garwin – noch nicht. Mick hoffte inständig, ihnen blieb genug Zeit, ihre eigenen Stärken und Fähigkeiten zu erkennen. Nur dann könnten sie dem Zauberer die Stirn bieten und den Fluch lösen. Er mochte nicht daran denken, was geschehen würde, wenn sie nicht bereit wären. Er spürte die Verantwortung auf seinen Schultern lasten. Schließlich war er es gewesen, der die fünf Jugendlichen ausgewählt und nach Namra gebracht hatte.

„Seid die nächste Zeit einfach ein wenig vorsichtiger", bat er daher Richard und Rona, die ihn nach draußen begleiteten. „Und lasst niemanden alleine in den Wald gehen." Er stieg auf seinen Schimmel und blickte sich um. Weder von den fünf Jugendlichen noch von Lore oder Tami war irgendetwas zu sehen. „Ich komme wieder, wenn ich mehr weiß. Bis bald." Damit ritt er davon.

Richard und Rona blickten ihm schweigend hinterher, ihre Schultern berührten sich Halt suchend. Rona holte tief Luft. „Ich habe das Gefühl, er verschweigt uns was." Richard nickte. Dann zuckte er mit den Schultern. Auch ihm war der kurze Besuch Micks seltsam vorgekommen. Auf der anderen Seite: Mick wusste immer, was am besten für sie war. Wenn es also etwas gab, das er momentan noch nicht mit ihnen teilen wollte oder konnte, hatte er sicher einen Grund dafür. Der Schimmel bog weiter vorne um die ersten Bäume des Waldes und verschwand aus ihrer Sicht. Richard richtete sich auf und begleitete Rona zurück ins Haus. Er hoffte, Mick würde bald mit weiteren Informationen zurückkommen. Jetzt und hier konnten sie nichts anderes tun, als seine Ratschläge zu befolgen.

Charlie genoss den Ausritt, auch wenn sie immer wieder bedeutsame Blicke mit den anderen vier wechselte. Sie mussten sich möglichst schnell beratschlagen, wie sie weiter vorgehen wollten. Und zwar ohne dass die Lilientals etwas davon mitbekamen! Die Sonne tauchte die Weiden in goldenes Licht. Ihre Umgebung sah so friedlich aus! Charlie lehnte sich leicht nach vorne und Arman lief ein paar Takte schneller. Er reagierte auf die kleinste Veränderung. Egal ob Charlie minimal ihr Gewicht verlagerte oder die Zügel ein paar Zentimeter bewegte. Es war, als wäre seine ganze Aufmerksamkeit auf sie gerichtet. Charlie musste lächeln. Und auch Nils, Dajana, Tarik und Patrizia vor ihr schien der Ausritt gutzutun. Womöglich half ihnen das dabei, ihre Gedanken zu ordnen. Da spitzte Arman plötzlich die Ohren. Charlie drehte sich suchend um: Nur ein paar Meter weiter ritt Mick langsam und nachdenklich über den Feldweg. Kurz entschlossen wendete Charlie Arman und hielt auf ihn zu. Als er sie kommen sah, zügelte Mick sein Pferd, das Gesicht ruhig und freundlich, wie immer. Charlie stoppte kurz vor ihm und sprang ab. Sein nettes „Hallo, Charlie“ ignorierte sie. Er schuldete ihr Antworten!

„Ich hab keine Ahnung, wer du wirklich bist oder warum genau du glaubst, dass wir die Brüder retten können?!“, begann sie und ließ ihn nicht aus den Augen. „Aber wenn das so ist, sag mir bitte, wie!“ Er musste ihnen weiterhelfen!

„Ich weiß nicht, wovon du sprichst, Charlie.“

Was? Wollte er nicht oder konnte er nicht? Charlie war nicht bereit, es dabei zu belassen. „Aber du hast doch gesagt, dass nur wir den Fluch brechen können“, rief sie ihm verzweifelt in Erinnerung. „In der Vergangenheit, im Raum der Erinnerung.“

Mick sah sie an, sein Gesicht verriet keine Regung. „Ich habe gar nichts gesagt.“

„Doch!“, widersprach Charlie, langsam am Ende ihrer Weisheit. „In der Vergangenheit!“

Mick schüttelte entschuldigend den Kopf. „Das war ich nicht und ich will auch nicht wissen, was euch der Mick der Vergangenheit gesagt hat. Der Mick aus der Gegenwart kann euch nicht helfen.“

Jetzt war Charlie wirklich perplex. Was sollte das denn heißen? Hatte Dajana nicht gesagt, dass alles zusammenhing?

„Das ist doch ein Witz, oder?“, schleuderte sie ihm allmählich wütend entgegen. „Wieso hast du uns hergeholt, oder kann sich der Mick der Gegenwart und der Vergangenheit daran auch nicht mehr erinnern?“

Seine Augen flackerten einen Moment, unmöglich zu erkennen, ob es ihm leidtat, ihr nicht weiterhelfen zu können, oder ob sie ihm langsam auf die Nerven ging.

„Tut mir leid, Charlie“, seufzte er schließlich. „Ich kann nichts für dich tun.“ Und damit drehte er ab und ritt davon. Fassungslos starrte Charlie ihm hinterher. Was zur Hölle sollte das denn? Mick war der Einzige, der ihnen helfen konnte, klarzusehen und herauszufinden, wie sie die fünf Söhne der Lilientals befreien konnten. Aber anstatt ihr irgendetwas zu geben, einen Rat, einen Tipp, einen Zauberspruch, haute er ab?

„Du kannst mich doch nicht einfach hier stehen lassen!“, rief sie ihm hilflos hinterher. Doch er drehte sich nicht mehr um, ließ sie alleine. Halt suchend griff Charlie nach Armans Sattel und schüttelte den Kopf. Kurz vor ihrem Gesicht flatterte ein bunter, glitzernder Schmetterling in der Luft. Wäre es nicht so verrückt, Charlie würde tatsächlich denken, er summe ihr ein Lied ins Ohr. Als wäre er direkt aus einer der Gutenachtgeschichten entsprungen, die ihr Vater ihr immer erzählt hatte. Damals, als sie noch daran geglaubt hatte, dass alles möglich sei.

„Hast du schon mal vom Lied der Schmetterlinge gehört?", hatten viele dieser Geschichten begonnen. „Diese kleinen Wesen haben eine Melodie, mit der sie sich über weite Entfernung rufen können. Und nur ganz, ganz besondere Menschen können diese Melodie hören."

„Kannst du sie hören?", hatte Charlie jedes Mal aufgeregt gefragt, auch wenn sie gewusst hatte, was die Antwort war: „Ja und du auch. Mach mal die Augen zu."

Die kleine Charlie hatte genau das gemacht: die Augen geschlossen, still gelegen und gelauscht, war müde und müder geworden, während die Fingerspitzen ihres Vaters Kreise und geheime Zeichen auf ihren Arm gemalt hatten. Und dann hatte es diesen einen Moment gegeben – immer –, in dem sie plötzlich ein feines Summen wahrgenommen hatte, eine kleine Melodie. Dieser eine Moment, kurz vor dem Einschlafen, in dem man sich als Kind alles Mögliche ausdenkt.

Nachdenklich ließ Charlie den Blick über die Wiesen, Koppeln und den Wald schweifen. Seltsam, aber hier schien es leicht, an die Geschichten ihrer Kindheit zu glauben, die seit dem Tod ihres Vaters von der Trauer und den Schuldgefühlen mehr und mehr in den Hintergrund gedrängt worden waren. Hier schien irgendwie alles möglich zu sein. Nachdenklich stieg sie wieder auf Armans Rücken und ritt der kleinen Gruppe mit Lore hinterher. Vielleicht sollte sie sich diese Geschichten noch einmal in Erinnerung rufen?

Mitten im Wald saß Tami auf dem weichsten Mooshügel, den Adrian für sie gefunden hatte, und sah ihm etwas abgelenkt dabei zu, wie er die Hände konzentriert gegeneinanderrieb. Nachdem sie vorhin nur so getan hatte, als ob sie das Haus verließ, und Mick, ihren Vater und ihre Großmutter belauscht hatte, schwirrten viel zu viele Gedanken durch ihren Kopf. Und keiner davon machte Sinn! Adrians Flüstern wurde drängender, seine Hände vollführten Kreise und Zeichen in der Luft, dann richtete er sie auf die vor ihm übereinandergestapelten Äste. Ein Zischen, ein Funke und schon loderten lustige Flammen. Tami musste grinsen, als Adrian nun erfreut in die Höhe sprang: „Ja! Ich hab's geschafft!“ Er vollführte ein stolzes Tänzchen, sein bodenlanger Mantel schwang um ihn herum, als hätte er ein Eigenleben, die roten Hosenbeine blitzten fröhlich darunter hervor.

„Wow, du kannst es“, beglückwünschte Tami ihren Freund. Adrian lächelte schüchtern. „Ja, ich hab geübt.“ Vorsichtig blickte Tami ihn an. Sie wünschte, sie könnte das auch: Zaubern. Vielleicht könnte das ihrer Familie helfen, nun, da sie sich gegen irgendeinen Zauberer wehren mussten? Ob Adrian sie dabei vielleicht unterstützen konnte?

Adrian bemerkte Tamis Stirnrunzeln, ließ sich neben sie auf den weichen Waldboden fallen und sah ihr fragend ins Gesicht. „Was ist los?“

Tami überlegte einen Moment. Sollte sie sich ihm anvertrauen? Vielleicht würde gerade Adrian ihr helfen können. „Meine Eltern haben vorhin so ein komisches Zeug geredet“, erklärte sie also leise und fragte: „Kennst du einen Zauberer, der Garwin heißt?“

Adrian sah sie komisch an, irgendwie ertappt. Oder so, als würde er überlegen, wie viel er ihr sagen wollte. „Was?“, hakte Tami nach. „Kennst du ihn?“

Adrian schüttelte den Kopf. Erst zögernd, dann schneller. Dann hörte er plötzlich damit auf und sah auf seine Hände, als hätte er dort etwas besonders Spannendes entdeckt. Tami seufzte lautlos auf. Wenn selbst Adrian diesen Garwin nicht kannte, dürfte es schwer werden, überhaupt etwas über den Zauberer rauszufinden. Sie wusste ja nicht einmal, wo er wohnte. Apropos. Ängstlich schoss sie ihrem Freund einen Blick zu. „Du musst aufpassen, ja?“, bat sie ihn. „Ich glaube, der ist gefährlich.“

Der Geruch nach Stroh und Armans regelmäßiges Atmen hatten eine beruhigende Wirkung auf Charlie. In der Nähe des Rappen fühlte sie sich geborgen. So sehr, dass es ihr sogar ohne Zögern gelang, durch jene Seiten ihres Tagebuchs zu blättern, die sie schon sehr lange nicht mehr gelesen hatte. Damals war noch alles in Ordnung gewesen. Sie ließ den Blick über die Worte auf dem Papier schweifen, auf der Suche nach „Schmetterlingselfe“ oder „Gutenachtgeschichte“, da unterbrach sie Nils' Stimme: „Charlie? Kann ich mal kurz mit dir reden?“ Charlie sah überrascht auf, sie hatte ihn nicht eintreten gehört. Er lehnte an der Tür zu Armans Box und blickte sie abwartend an. Unwillkürlich lächelte Charlie ihm zu und deutete neben sich. Nils zögerte keine Sekunde und ließ sich zu ihr ins Stroh fallen. Er drehte sich zur Seite, lehnte den Kopf gegen die Bretterwand und sah sie an.

„Ich weiß nicht, was ich sagen soll …“, begann er leise. „Also, ich weiß es schon, aber ich weiß nicht, wie.“

Charlie ahnte, was in ihm vorging. „Du willst dich entschuldigen?“, versuchte sie, es ihm mit einem kleinen Scherz leichter zu machen.

Nils nickte. „Ich hätte dir schon viel früher glauben sollen … aber ich meine, es ist auch echt nicht leicht … Verwandelte Pferde …“

Charlie wartete und sah vor sich ins Stroh. Eine Entschuldigung war das noch nicht gewesen. Eher eine Erklärung. Sie selbst wusste genau, wie ungewöhnlich das alles war. Aber wenn sie eines hoffte, dann, dass Nils nicht noch einen Rückzieher machte. Mit ihm an der Seite wäre das alles irgendwie … leichter. Nervös ließ sie die Seiten ihres Tagebuchs durch ihre Finger gleiten.

Neben sich hörte sie Nils tief einatmen. Der nächste Satz stürzte ohne Punkt und Komma aus ihm heraus: „… ein Raum der Erinnerung, Zwerge … Na ja, wie auch immer, ich glaube dir jetzt und ich will dir helfen.“

Charlies Kopf schoss hoch. Zwerge! Natürlich. Zwerge, die immer nur motzten! Das hatte Tarik gesagt. Auch von denen hatte sie schon gehört!

„Motzzwerge!“, rief sie aus und musste lachen. „Oh, ich bin so dumm. Wieso bin ich nicht früher darauf gekommen?“

Nils grinste zurück, schüttelte aber gleichzeitig den Kopf. „Das muss ich jetzt nicht verstehen, oder?“

Charlie hielt ihr Tagebuch in die Höhe. „Mein Vater“, erklärte sie, „hat mir früher Geschichten erzählt, Märchengeschichten, als ich noch ganz klein war, von einer ganz anderen Welt. Ich hab immer geglaubt, er habe sie sich ausgedacht, aber da bin ich mir jetzt gar nicht mehr so sicher.“ Als Nils sie noch immer ansah, als verstehe er nur Bahnhof, fasste sie ihre Vermutungen mutig in Worte. Sie erzählte ihm von den Gutenachtgeschichten, den Schmetterlingen, die sich durch Melodien miteinander verständigten, die nur sie und ganz spezielle

Lebewesen hören und verstehen konnten. Davon, dass all diese Märchen womöglich weit mehr als das waren. Denn viel zu viel aus den Geschichten von damals fand sich hier wieder, und zwar ganz real!

Nils lauschte mit großen Augen und räusperte sich schließlich verwundert. „Aber das würde ja bedeuten, dass dein Vater den Ort hier kennt", überlegte er zögernd. „Warum hat er dich dann hierhergeschickt?"

Charlie schluckte. „Hat er nicht."

„Zumindest warnen hätte er dich können!" Bevor Nils weitersprechen konnte, würgte Charlie ihn ab. „Er ist tot." Sie schüttelte sich die Locken ins Gesicht, Tränen schossen ihr in die Augen. Schnell stand sie auf. Jetzt hatte sie es gesagt. Und jetzt musste sie weg von ihm, bevor sie zu weinen anfing. Denn vielleicht konnte sie dann nicht mehr aufhören. Woher sollte sie das wissen? All die letzten Jahre hatte sie dafür gesorgt, vor niemandem in Tränen auszubrechen. Nicht vor ihrem Bruder, nicht vor ihrer Mutter, die ebenso wie Charlie wusste, dass ihre Tochter an dem Tod des Vaters schuld war. Ohne Charlie nämlich ...

Doch da war Nils schon aufgesprungen und zog sie schweigend an sich. Er schlang seine Arme beschützend um sie und hielt sie fest. Einen Moment stand Charlie stocksteif da, dann ließ sie sich gegen ihn sinken, mit der Nase gegen seine Schultern, die Augen in sein Hemd gepresst. Ein paar Augenblicke dachte sie gar nichts, fühlte nur noch, wie gut es tat, loszulassen und nicht die toughe Charlie zu sein, der niemand etwas konnte. Schließlich hob sie zögernd den Kopf. Sie hatte seinen Kragen mit ihren Tränen durchgeweicht. Aber er sah nicht aus, als mache ihm das etwas aus. Vorsichtig lockerte er seinen festen Griff. „Charlie, ich wusste das nicht, das tut mir leid!" Er ließ sie nicht aus den Augen. Seine Hände schmiegten sich um ihr Gesicht, einen Minischritt trat er näher, beugte den Kopf und …

Charlie riss sich los. Zu viel, zu schnell, was, wenn sie ihn auch nur enttäuschte, er hatte ja keine Ahnung, was passiert war, wer sie wirklich war! Mit einem letzten Aufschluchzen rannte sie aus dem Stall.

„Charlie, ich wollte das nicht …" Nils verstummte. Das war nicht ganz die Wahrheit. Er hatte sie sehr wohl küssen wollen. Um ehrlich zu sein, wollte er das noch immer. Toll gemacht, er schüttelte über sich selbst den Kopf. Musstest du dir ausgerechnet einen Moment aussuchen, in dem es ihr nicht gut ging? Vermutlich dachte sie jetzt, er hätte das irgendwie aus Mitleid getan?! Wie sollte er ihr das erklären?

Von hinten näherten sich weiche Pferdenüstern und stupsten ihn an. Mit einem schiefen Lächeln drehte sich Nils zu Arman um, der ihn auffordernd, fast ein bisschen vorwurfsvoll ansah. „Ja, ich weiß", flüsterte er dem Pferd zu. Er musste ihr hinterher. Er konnte das nicht so stehen lassen! Nur wohin hatte sie sich zurückgezogen?

Eilig verließ er den Stall und rannte an Tarik und Dajana vorbei, die nebeneinander auf einer Bank saßen. Für einen Moment überlegte Nils, ob er sie nach Charlie fragen sollte, doch die beiden steckten die Köpfe zusammen und schienen in ein privates Gespräch vertieft … da wollte er nicht stören!

Wäre Nils einen Moment stehen geblieben, um zuzuhören, hätte er schnell herausgefunden, dass Dajana und Tarik mit etwas ganz anderem als einem Flirt beschäftigt waren, ja, ganz im Gegenteil!

„Und wie war der Zwerg so?“, wollte Dajana wissen und wartete atemlos auf Tariks Antwort. Der winkte ab. „Total bescheuert und hat die ganze Zeit total rumgemotzt.“

Dajana fasste nach: „Und wie groß war der? Eher so wie die Rumpelwichte, Ronja Räubertochter oder wie die Ewoks in *Starwars* oder wie die Hobbits in *Herr der Ringe*?“ Tarik starrte sie überfordert an. Offensichtlich war sie über das Ziel hinausgeschossen. Doch schließlich zuckte er mit den Schultern und antwortete betont langsam und laut: „Winzig war er, mickrig und echt hässlich!“ Vor allem das „hässlich“ war deutlich und weit zu hören ...

In ihrem Rücken war ein Rascheln zu hören und eine Stimme grummelte: „Selber hässlich, fetter Trottel!“

Anstatt beleidigt zu sein, grinste Tarik und zwinkerte Dajana zu. „Lass uns mal zu den anderen gehen und gucken, was sie machen“, schlug er gut hörbar vor und erhob sich. Dajana tat es ihm nach. Nicht ohne ein lecker belegtes Brot schön sichtbar auf der Bank zurückzulassen. Die beiden nickten sich zu und entfernten sich langsam. Nicht einmal zwei Meter hatten sie zurückgelegt, da kam das Rascheln näher. Eine spitze Mütze tauchte im Gras auf, darunter ein verkniffenes kleines Gesicht, über das schnell äußerste Entzückung zog, als der Zwerg die zurückgelassene Leckerei entdeckte. Mit erfreuten Sprüngen näherte er sich der Bank, die Augen gierig auf das Sandwich gerichtet. Bevor er es erreichen konnte, stülpte sich ein Eimer über ihn.

„Ha!“, frohlockte Tarik. „Wer ist hier ein Trottel, hm?“, und grinste Dajana breit an. Ihr Plan hatte eins a funktioniert.

„Hey!“, kam ein empörtes Stimmchen dumpf unter dem Eimer hervor, „Sie blöder Trottel, das werden Sie bereuen!“

Dajana und Tarik lachten auf und lauschten. Doch mit einem Schlag war es verdächtig still. Vorsichtig kippte Tarik den Eimer und spähte darunter. Dann sah er Dajana kopfschüttelnd an. „Ich glaube, der ist vor Schreck in Ohnmacht gefallen."

KAPITEL 16

Während die anderen mit den magischen Geheimnissen dieser Welt beschäftigt waren, lief Patrizia kopflos durch den Wald. Wie dumm von ihr! Wie hatte sie denken können, dass ein Mal alles so lief, wie sie es wollte. Nils und sie, sie hatten sich doch super unterhalten, oder? In letzter Zeit waren sie sich nähergekommen, er hatte interessiert gelauscht, als sie von ihren Surfabenteuern berichtet hatte, und er war längst nicht mehr so abweisend wie anfangs. Im Gegenteil. Er hatte sie angelächelt und sich von ihr zeigen lassen, wie man mit der Armbrust schießt. Er war neben ihr geritten und hatte gestern fürsorglich eine Decke um ihre Schultern gelegt. Offenbar hatte er nicht gewollt, dass sie fror. Aber küssen wollte er sie nicht. Nein, küssen wollte er mit Sicherheit diese Emo-Tussi! Und die anderen, die waren auch alle gegen sie.

Patrizia stolperte über eine Wurzel und schüttelte sich die Haare zurück, um zu verhindern, dass sie sich in den Ästen der Sträucher verfingen. Mal wieder reichte sie also nicht! Grimmig blinzelte sie gegen die aufsteigenden Tränen an und blieb schließlich hilflos vor dem kleinen Bach stehen, an dem sie vorgestern ihren geheimnisvollen Retter getroffen hatte, den Jungen mit den dunklen Augen. War das wirklich erst zwei Tage her? Er war so anders als ihre Mitbewohner auf dem Hof. Ruhig, beherrscht, voller Komplimente und vor allem: erwachsen! Kein Junge in ihrem Alter, der nett zu ihr war und dann doch eine andere wollte! Unglücklich ließ sie den Kopf sinken. Warum lief hier eigentlich alles falsch? Zu Hause hatte sie keine Probleme damit, zu bekommen, was – und wen – sie wollte. Im Gegenteil!

„Was machst du denn hier?“ Eine Hand berührte Patrizias Schulter, sie wirbelte herum. Da war er ja! Mal wieder genau zur rechten Zeit! Das blütenweiße Hemd nachlässig in die schwarze, altmodische Hose gesteckt, stand er vor ihr, ein vorsichtiges Lächeln spielte um seine Lippen. Patrizia stieß die Luft aus. „Oh Gott, hast du mich erschreckt! Ich hab dich gesucht.“

Anstatt darauf zu reagieren, sah er sie mit seinen ungewöhnlichen tiefschwarzen Augen an. Patrizias Nacken begann zu kribbeln. Dieser Blick! Fast als könnte er direkt in ihren Kopf sehen. „Du siehst traurig aus“, stellte er sanft fest. So sanft, dass Patrizia ein Schluchzen unterdrücken musste. „Ich will nach Hause!“, brach es aus ihr heraus und stockte überrascht, als er meinte: „Das wäre aber schade.“

„Wieso?“

„Mit wem treffe ich mich denn dann?“

Und plötzlich schien Patrizia nicht mehr alles so trübe. Seine Worte und sein bewundernder Blick waren wie ein wärmender Sonnenstrahl. „Du bist süß!“ Entschlossen wischte sie sich die Tränen vom Gesicht.

„Komm, wir gehen ein Stück zusammen“, schlug er vor und lief voran. „Dann erzählst du mir alles.“

„Okay.“ Aufatmend und mit leichterem Herzen schlenderte Patrizia neben ihm her. In seiner Begleitung hatte der Wald fast etwas Romantisches. So, als wäre ihr zufälliges Treffen eher ein … Date. Es tat gut, mit jemandem zu reden, der ihr zuhörte, ganz und gar bei ihr war. Die Worte sprudelten nur so aus ihr heraus: Wie sie das Gefühl hatte, nicht zu den anderen zu gehören. Dass Tarik sich immer nur über sie lustig machte, dabei musste der überhaupt nicht reden – glaubte echt, sie fünf seien Auserwählte! Mit den beiden anderen Mädchen war eh nichts anzufangen. Und Nils ... Nils, der Eigenbrötler, den konnte man eh vergessen. Je mehr sie redete, je mehr er lauschte, ohne sie zu unterbrechen, desto mehr fing sich Patrizia. Immer, wenn sie ihm einen heimlichen Blick zuwarf, ertappte sie ihn dabei, wie er sie anblickte. Nur sie. Die Vögel, die Sonnenstrahlen, die Bäume, all das schien ihm gar nicht aufzufallen.

Patrizia lächelte ihn glücklich an. Wer brauchte schon Nils und Konsorten oder gar diese nervige Charlie?! Sie hatte ihn, ihren Jungen aus dem Wald, ihr kleines Geheimnis. Und bevor sie es sich versah, hatte er sie auch schon bis zur Baumgrenze begleitet, von wo aus der Hof der Lilientals zu sehen war. Zögernd blieb sie stehen. Hier der Schatten, ein Meter weiter der Sonnenschein, fast als stünde sie auf einer magischen Grenze. Auch ihr mysteriöser Begleiter hielt an. „Schade, dass du schon gehen musst."

Ja, das fand auch Patrizia, sie hätte gut und gerne noch mehr Zeit neben ihm herlaufen können. Auch ohne zu reden. Aber es hatte gutgetan, einmal alles rauszulassen! Schüchtern lächelte sie ihn an. „Danke, mir geht's wirklich schon viel besser!"

Sollte sie ihn um ein weiteres Treffen bitten oder es noch einmal dem Zufall überlassen? Eigentlich musste er das Thema anschneiden, oder nicht? Zögernd drehte sie sich in Richtung Hof, da hielt er sie auf: „Ich hab noch was für dich." Er zog einen wunderschön verzierten silbernen Handspiegel hervor und hielt ihn ihr entgegen. „Damit du an mich denkst."

Als bräuchte Patrizia dafür Hilfe, aber süß war das von ihm, wirklich sehr süß. Sie nahm den hübschen Spiegel bewundernd entgegen. „Sehen wir uns denn bald wieder?"

Sein „Ja, das werden wir" klang nach einem Versprechen. Patrizia gab sich einen Ruck und umarmte ihn fest. Dann ließ sie ihn los und sprang mit leichten Schritten hinaus auf die Wiese. Als sie sich noch einmal umdrehte, sah sie, wie er ihr nachblickte. Sie warf ihm ein letztes verschwörerisches Grinsen zu und lief gut gelaunt in Richtung Hof.

Hinter ihr zog sich Garwin, denn um niemand anderen handelte es sich, in den Schatten zurück und ließ die Maske des aufmerksamen, netten Jungen fallen. Seine dunklen Augen bohrten sich in ihren Rücken. Ob sie sich bald wiedersähen, hatte sie wissen wollen. Ein bösartiges Lächeln verzerrte seinen Mund. „Versprochen", knurrte er. Und diesmal klang es eher nach einer Drohung.

Charlie hatte sich in das Schlafzimmer zurückgezogen und saß verwirrt auf dem Bett. Keine Sekunde länger hätte sie es bei Nils ausgehalten, dessen Augen so verständnisvoll und sanft gewesen waren. In dessen Armen sie am liebsten geblieben wäre und ihm erzählt hätte, was ihr auf der Seele brannte. Warum sie hier war. Welche Schuld sie mit sich herumtrug …

Traurig blickte sie auf ein altes Foto in ihrem Tagebuch. Ihr jüngeres Selbst strahlte ihr daraus entgegen. Hinter ihr stand ihr Vater, die Arme beschützend um sie gelegt. Als könnte er alle schlimmen Dinge von ihr fernhalten. Umgekehrt hatte das nicht gestimmt. Im Gegenteil …

Charlie schloss erschöpft die Augen. Die Erinnerung daran

fühlte sich noch immer frisch an. Dabei waren inzwischen schon mehrere Jahre vergangen.

Sie hatte unbedingt zu ihren Freunden und dieser Party gewollt. Koste es, was es wolle. Doch ihr Vater hatte es ihr verboten und Hausarrest verhängt.

„Ich hasse dich!“, hatte sie ihm voller Wut entgegengeschleudert. „Und ich will dich nie wieder sehen!“ Wie er sie stumm angesehen hatte mit diesem traurigen und verletzten Blick – dieses Bild wurde Charlie nicht los! Sie schluckte und öffnete die Augen. Durch das Fenster sah sie Patrizia beschwingt über den Hof eilen.

Von unten rief Lore: „Charlie, Patrizia, kommt ihr?“ Seufzend stemmte Charlie sich hoch. Sie fühlte sich bleischwer. Patrizia eilte an ihr vorbei ins Zimmer, einen glitzernden Spiegel in der Hand. Charlie schüttelte den Kopf, die war wirklich eitler als alle hier zusammengenommen. Dann ging sie in Richtung Esszimmer. Schon auf der Treppe konnte sie die amüsierte Stimme von Nils hören: „Du hast ernsthaft ’nen Zwerg geküsst?“

„Nein“, widersprach Tarik und dämpfte die Stimme. „Das war Mund-zu-Mund-Beatmung. Hat sofort geholfen, er hat gleich wieder losgemotzt.“

„Und wo ist der jetzt?“

„Bei uns.“

„Bei uns im Zimmer?“ Nils schien alles andere als begeistert zu sein.

„Ja, aber keine Sorge“, beruhigte Tarik ihn. „Ich hab ihn in eine alte Hutschachtel gepackt, damit er nicht abhaut.“ Klappern war zu hören. Als Charlie um die Ecke bog, sah sie, wie Tarik eine kleine Schüssel mit Nüssen und anderen Leckereien füllte.

„Damit wir ihn noch mal stärken, bevor wir ihn befragen“, erklärte er flüsternd und versteckte den Proviant unter dem Tisch, als Lore, Richard und Dajana mit dem Essen aus der Küche hinzutraten. Nun kam auch Patrizia gut gelaunt die Treppe herunter. Charlie setzte sich zögernd zu den anderen an den Tisch. Überall wäre sie lieber als hier! Sie war sich der vorsichtigen Blicke von Nils mehr als bewusst. Und natürlich auch der Tatsache, dass sie sich beinahe geküsst hatten. Dass sie aber stattdessen sein T-Shirt vollgeweint hatte und dann überfordert aus dem Stall geflohen war. Was musste er von ihr denken und vor allem: Wie sollte sie ihm all das erklären? Es wäre kaum getan mit einem „Lass es uns einfach noch mal versuchen, wenn ich nicht gerade an meinen Vater denken muss und daran, dass er ohne mich noch leben würde!“. Und dazu noch all die Erinnerungen an ihren Vater, an die Situation, in der sie ihm so böse Dinge gesagt hatte, ihn das letzte Mal gesehen hatte. Es war irgendwie alles zu viel! Zu kompliziert ... Ihr Kopf und ihr Herz fühlten sich wie verstopft an. Also antwortete sie auf Nils’ leises „Geht’s dir gut?“ auch nur mit einem Nicken. Und als sich ihre Finger trafen, als sie gleichzeitig zur Teekanne griffen, wich sie überfordert zurück. Schnell sah sie zum Fenster hinaus. Draußen wurde es dunkel. Der Wald war nur eine graue Schattenfläche und auch die Koppeln versanken langsam im düsteren Licht.

Kein Wunder, dass niemand die schemenhafte Gestalt bemerkte, die geduldig im Schatten wartete, bis die Lichter hinter den Fenstern des Hofes eines nach dem anderen erloschen. Garwin zog die schwarze Kapuze seines Mantels über seinen Kopf und schloss konzentriert die Augen. Sein Geschenk für Patrizia lag im Schlafzimmer der Mädchen. Ohne es zu wissen, hatte sie Garwin dadurch Eintritt verschafft. Denn durch seinen verzauberten Spiegel konnte der Zauberer den Schutzwall umgehen und sein Spiegelbild auf den Hof schleusen. Einmal innerhalb des Geländes der Lilientals, konnte es sich mühelos von einer spiegelnden Fläche zur nächsten bewegen. Aufmerksam sah er sich durch den kleinen Handspiegel im Schlafzimmer der Mädchen um: Patrizia und die anderen beiden atmeten regelmäßig. Ein siegessicheres Lächeln erschien auf dem Gesicht des dunklen Zauberers. Patrizias Vertrauen zu erschleichen war leicht gewesen. Wie von Geisterhand wanderte Garwins Spiegelbild von dem Handspiegel im Schlafzimmer der Mädchen in den Garderobenspiegel des Erdgeschosses. Einen Moment ließ Garwin schadenfroh den Blick durch das so wohnliche Zimmer wandern. Nicht mehr lange und es wäre vorbei mit der Normalität – und der Familie. Ungehindert wanderte sein Spiegelbild von einer spiegelnden Fläche zur nächsten – zur Fensterscheibe in der Küche, in eine Pfütze auf dem Hof, bis zu dem mit Flecken übersäten Spiegel im Stall, der nur wenig entfernt von Armans Box zwischen altem Gerümpel stand.

Timon, Argos, Milosch, Jaron und Arman tänzelten unruhig, als Garwins Spiegelbild sich plötzlich vor ihnen materialisierte. Mehr konnten sie nicht tun, nur hilflos zusehen, als sich wie von Geisterhand die Tore des Stalls schlossen und von einem Bolzen versperrt wurden. Garwins Doppelgänger blies in seine Handfläche. Eine Flamme entstand dort, die er mit boshaftem Grinsen in einen locker aufgeschichteten Heuhaufen schleuderte, der sofort Feuer fing. Die Flammen schlugen hoch und leckten gierig an dem Holz der Boxen. Zufrieden sah Garwins Doppelgänger Arman in die wild aufgerissenen Augen. „Leb wohl, Arman! Diesmal für immer!"

Das panische Wiehern der fünf Pferde war zu Garwins Freude bis auf die Koppel zu hören, wo er nach vollbrachter Tat die Augen aufschlug – für seine Ohren die schönste Melodie seit Langem. Zufrieden sah er zu, wie dichter Rauch aus dem Stallgebäude quoll, orange Flammen züngelten unter der Tür und aus den Fenstern hervor. Endlich! Endlich würde er zu Ende bringen, was er vor langer Zeit begonnen hatte!

„Was hast du getan?"

Garwin versteifte überrascht, drohend wandte er sich um. Hinter ihm stand Adrian, sein kleiner Bruder, und sah ihn mit großen, erschrockenen Kinderaugen an. Dann rannte er panisch auf den Hof und die Flammen zu. Garwin sah ihm regungslos zu. Weit würde er nicht kommen.

Und tatsächlich, schon nach wenigen Metern knallte Adrian mit voller Wucht gegen den Schutzwall wie gegen eine unsichtbare Wand. Sich den schmerzenden Kopf haltend, kauerte er auf der Erde, ohne den entsetzten Blick von dem Feuer zu wenden.

Charlie schlief unruhig. Zu viel spukte ihr durch den Kopf. Nils, ihr Beinahe-Kuss, Motzzwerge und Schmetterlinge, ihr Vater ... Und dann drang auch noch eine Stimme an ihr Ohr: „Charlie!" Jemand rief nach ihr! Und dieser Jemand war in Todesangst! Charlie schreckte hoch. Da – schon wieder: „Charlie!" Und da wusste sie es. Die Stimme gehörte Arman! Ohne zu zögern, sprang sie auf, rannte durch das Zimmer und polterte die Treppe hinab. Flackerndes Licht erhellte die Dunkelheit. Als sie auf den Hof ins Freie stürmte, erkannte sie auch, weshalb: Der Stall brannte! Knisternd und bedrohlich wurden die Flammen von Sekunde zu Sekunde wuchtiger.

Einige Sekunden blickt Charlie wie gelähmt in das Flammenmeer, dann riss sie an dem Stalltor, von innen war das verzweifelte Hufstampfen der Tiere in höchster Not zu hören, wildes Wiehern, hektisches Schnauben. Endlich gab der Riegel nach, Charlie stieß das Tor auf, rannte hinein und öffnete eine Box nach der anderen. Argos, Milosch, Timon und Jaron galoppierten an ihr vorbei ins Freie, jetzt nur noch Arman! Sie ignorierte das gefährliche Zischen und Knacken über ihrem Kopf und griff nach der Tür der hintersten Box – da löste sich ein brennender Balken von der Decke. Seine eine Seite zerbarst auf dem Stallboden in tausend splitternde Funken, die andere traf Charlie zwischen den Schulterblättern. Der Schlag katapultierte sie nach vorne, ihre Stirn schlug hart auf den Boden auf. Und vor Charlies Augen wurde alles dunkel und unscharf.

Irgendwo in ihrem Hinterkopf jedoch blitzte etwas auf. Ein Erkennen, eine Erinnerung: glühendes Inferno, Knistern, Knacken und Fauchen der Flammen, hellrot bis weit in den dunklen Himmel ...

Vor ihrem Haus waren Feuerwehrfahrzeuge geparkt, doch selbst mehrere Löschwagen hatten nichts mehr ausrichten können. Ihre Mutter und ihr kleiner Bruder Jan hatten aneinandergeklammert hinter der Abriegelung der Beamten gestanden, den Blick fest auf die brennende Ruine gerichtet, die einmal ihr Zuhause gewesen war. Charlie war gerannt, so schnell wie noch nie in ihrem Leben. Ihre Ohrringe waren bei jedem Schritt gegen ihren Hals geklimpert, daran erinnerte sie sich noch. Ihre Partyohrringe. Sie hatte sich schick gemacht, bevor sie aus dem Fenster geklettert war, Hausarrest hin oder her. Bei ihrem Anblick war ihre Mutter fast in die Knie gegangen, als hätte sie nicht mehr zu hoffen gewagt, ihre Tochter lebend zu sehen. Fest hatte Anja Charlie an sich gedrückt und haltlos geschluchzt. Sie hatte gar nicht mehr aufgehört damit. Charlie hatte wild suchend um sich geblickt. „Wo ist Papa?"

Und noch immer waren ihrer Mutter die Tränen über das Gesicht geströmt. „Er ist noch mal ins Haus, weil er dachte, dass du noch in deinem Zimmer bist."

Mit einem Aufschrei hatte Charlie sich aus der festen Umarmung ihrer Mutter gerissen und war losgerannt – genau auf die Hitze und die Flammen zu. Vielleicht, hatte sie gedacht, vielleicht, wenn ich ihn da drin finde, vielleicht, wenn ich ihm sagen kann, dass ich es nicht so gemeint habe, vielleicht, vielleicht, oh bitte, lass alles gut gehen! Doch bis zum Haus war sie nicht gekommen. Einer der Feuerwehrmänner hatte sie abgefangen, musste sie mit Gewalt davon abhalten, sich in das brennende Gebäude zu stürzen. Sosehr sie um sich getreten hatte, er war stärker gewesen als sie. Hilflos hatte sie nichts anderes tun können, als zuzusehen, ohne zu blinzeln. Das Feuer hatte sich in ihre Augen gebrannt – und das Wissen darum, dass es kein Vielleicht gab, dass sie und nur sie alleine schuld daran trug, dass ihr Vater sein Leben verlor, mitten in ihr Herz.

Ein Wiehern! Als riefe sie jemand. Charlie drehte stöhnend den Kopf und beobachtete die Funken in der aufgeheizten Luft. Sie trudelten ganz langsam zu Boden, fast schön sahen sie aus, wie Glühwürmchen. Niemand würde vermuten, dass sie Leben zerstören, einen für immer brandzeichnen konnten. Langsam rollte ihr eine Träne über die Wange. Sie sollte einfach liegen bleiben. Das wäre nur gerecht ... Hinter ihr war ein heftiges Schnauben zu hören. Arman stieg mit den Vorderhufen in die Luft, als wollte er seine verschlossene Box zertrümmern, und dann ... verwandelte er sich. Mit einem Satz sprang der Junge Arman in den Gang des Stalls, rannte zu Charlie und schob vorsichtig die Arme unter ihre Kniekehlen und ihren Nacken. Ihr Kopf fiel gegen seine Brust. Schritt für Schritt trug er sie aus dem lichterloh brennenden Stall hinaus auf die Wiese und beugte sich über sie.

Ihre Augenlieder flatterten. „Arman?“

Nun wurden auch andere Stimmen laut. „Die Pferde sind draußen“, rief Richard erleichtert und: „Wir brauchen Eimer!“ Charlie hörte Eimer klappern, Wasser plätschern und hektisch durcheinanderrufende Stimmen, jemand rief nach ihr: Nils. Mit besorgtem Gesicht eilte er auf sie zu. Als er Arman jedoch neben Charlie knien sah, wurden seine Augen groß. Bevor er die beiden erreichte, hatte sich Arman bereits zurück in seine Pferdegestalt verwandelt und war davongaloppiert. Nils ließ sich fassungslos neben Charlie auf den Boden sinken.

„Was war das denn?“ Er schüttelte den Kopf. Dann sah er ihr fest in die Augen. „Geht es dir gut?“ Vorsichtig atmete Charlie ein, Schmerzen hatte sie keine, und nickte. Mit einem erleichterten Seufzen zog Nils sie in seine Arme, drückte sie an sich und half ihr aufzustehen. Charlie ließ sich von ihm aufhelfen und zusammen liefen sie Arm in Arm zurück zum Hof, wo die anderen inzwischen das Feuer gelöscht hatten.

Einige Zeit später legte Charlie den Kopf zurück – an Nils' Schulter – und sah in den langsam heller werdenden, sternenlosen Himmel. Seit er sie auf der Koppel gefunden und endlich mit eigenen Augen gesehen hatte, wie Arman sich verwandelt hatte, war er nicht mehr von ihrer Seite gewichen.

Nun saßen sie alle erschöpft im Innenhof. Tami und Rona brachten die zum Glück unverletzten Pferde auf die Weide. Patrizia trank Tee und sah mitgenommen aus, Dajana schluchzte noch immer still vor sich hin. Der Schrecken war ihnen in alle Glieder gefahren.

Charlie versuchte, das Pochen in ihrem Schädel zu ignorieren. Und dachte an ihren Vater. Irgendwas fühlte sich anders an. Ihr war, als hätte diese Nacht etwas klargemacht: Sie konnte nicht ungeschehen machen, was passiert war, damals. Die Vergangenheit ließ sich nicht ändern, auch wenn sie sich nichts mehr auf der Welt wünschte. Die wahren Herausforderungen lagen im Hier und Jetzt, und sie waren gewaltig. Das hatte der Brand heute Nacht gezeigt. Das war nicht zufällig passiert, Charlie war sich ganz sicher. Sie würde all ihre Kraft brauchen, um das, was vor ihnen lag, zu bewältigen. Vielleicht konnten sie etwas wirklich Gutes tun; der Gedanke daran machte Charlie fast ein wenig glücklich. Sie kuschelte sich näher an Nils, während sie Tami auf der Weide beobachtete. Richard umarmte seine Tochter und flüsterte ihr beruhigend ins Ohr. Dann hob er plötzlich den Kopf in Richtung Waldrand, wo zwei regungslose Gestalten standen.

Charlie hörte Lore neben sich nach Luft schnappen. Patrizias Augen verengten sich argwöhnisch. Charlie blieb fast das Herz stehen!

Der Kapuzenmann! Er stand dort und betrachtete die Pferde finster, neben ihm ein kleiner Junge. Mit einem Mal wusste Charlie, wer das Feuer gelegt hatte. Der Kapuzenmann, niemand anders konnte es getan haben. Sie bekam eine Gänsehaut, wenn sie an jene Nacht im Wald dachte und an den Hass in seinen Augen, als er Arman angegriffen hatte. Doch was machte Richard da? Mit großen Schritten eilte er auf den gefährlichen Zauberer zu! Charlie und die anderen sprangen auf die Beine und rannten los. Als sie am Waldrand angekommen waren, bildeten sie hinter Richard eine Einheit.

„Adrian?“ Charlie fuhr herum und sah, wie Tami versuchte, sich aus Ronas fürsorglichem Griff loszureißen, und den kleinen Jungen mit großen Augen ansah. Doch Ronas Griff war eisern, ihr Gesicht besorgt. In den Augen des Kapuzenmannes dagegen loderte so purer Hass, dass Charlies Magen sich verkrampfte.

Mutig trat Richard vor. „Garwin, was willst du von uns?“, verlangte er zu wissen. Garwin, so hieß er also. Charlie beobachtete, wie Garwins Blick die entsetzte Patrizia streifte, dann bohrte er sich in Charlies Augen. Charlie schauderte.

„Ich warne euch“, grollte er, „das war erst der Anfang!“ Dann traten er und Adrian zwei Schritte zurück und lösten sich in Luft auf.

Die Worte des Zauberers hatten selbstsicher geklungen, so als wisse er bereits genau, wie dieser ungleiche Kampf, den sie alle nicht verstanden, ausgehen werde!

KAPITEL 17

Der Brand und Garwins Drohung steckten Charlie, Nils, Dajana und Tarik noch immer in den Knochen, als sie sich am nächsten Tag in der Scheune umsahen, in der die Pferde nach dem Brand untergebracht waren. Und nicht nur das: Die Lilientals hatten beschlossen, dass es das Beste für ihre Schützlinge wäre, den Hof zu verlassen. Mit Garwin war nicht zu spaßen und sie wollten die fünf Jugendlichen keinem Risiko aussetzen.

Charlie stand neben Arman in seiner Box und streichelte ihn nachdenklich. Was sollte sie tun? Sie wollte ihn nicht zurücklassen. Sie wollte ihm helfen. Aber seit Richard gestern in die vor Hass lodernden Augen des mächtigen Zauberers geblickt hatte, ließ er nicht mehr mit sich reden. Er wollte die Jugendlichen lieber jetzt als später sicher zu Hause wissen.

Charlie warf einen Blick auf Dajana, die bei dem riesigen Argos stand und kein Wort sagte. Ihr bedrücktes Gesicht allerdings sprach Bände. Und auch Tarik war nicht bereit, so leicht aufzugeben.

„Das soll die Lösung sein?“, wollte er von Nils wissen, der vor ihm im Gang stand. „Hier abhauen? Ich dachte, wir fighten! Wir sind die Auserwählten! Was sollen die Söhne der Lilientals machen, wenn wir weg sind? Die können doch nicht für immer Pferde bleiben!“

Nils’ Gesichtsausdruck war ernst. „Was willst du denn

machen?", wollte er wissen und fügte besorgt hinzu: „Charlie ist bei dem Brand gestern fast gestorben! Dieser Typ, dieser Garwin, meint es ernst. Vielleicht hat Richard recht und wir sollten hier weg, solange es noch geht." Charlie legte die Wange an Armans Fell. Nils' Besorgnis um ihre Sicherheit tat gut. Die Flammen und ihr Rettungsversuch hatten sie einmal mehr an jene Nacht erinnert, die ihr Leben in zwei Teile gespalten hatte: in ein Vorher und ein Nachher. Jene Nacht, in der ihr Vater wegen ihr gestorben war. Der Schmerz und das Schuldgefühl hatten Charlie seitdem nie verlassen und ihr ganzes Leben bestimmt. Erst die letzten Tage hatten ihr gezeigt, dass es daneben auch noch etwas anderes gab, etwas, das sie die letzten Jahre nicht an sich herangelassen hatte: Freundschaft, Spaß, Herzklopfen und Gemeinschaft! Gerade deshalb war sie nicht bereit zu gehen. Damals hatte sie nichts mehr ausrichten können. Diesmal sah es anders aus, oder? Nachdenklich vergrub sie ihr Gesicht in Armans Mähne.

„Ich würde dir gerne helfen, Timon", hörte sie Nils in der Box neben sich flüstern, „aber ich kann nicht!"

Und auch Tarik verabschiedete sich widerstrebend von Milosch. „Wirst du mich vermissen?", wollte er wissen und seufzte, als hätte das Pferd ihm geantwortet. „Ich will auch nicht gehen, aber ich kann doch nichts ändern."

Charlie hob den Kopf. Es musste etwas geben, um die Lilientals davon zu überzeugen, dass es eben nicht die beste Lösung war, sie wegzuschicken!

Lore und Rona, die am Eingang des Stalls standen, sahen sich unsicher an. Lore wandte den Blick von Patrizia, die neben ihrem gepackten Koffer startklar auf dem Hof wartete, den anderen vier Jugendlichen zu, die sich nur schwer von ihren

Pferden verabschieden konnten. „Ich weiß nicht, ob wir das Richtige tun", flüsterte sie Rona zu. „Mick hat uns gebeten, die Kinder aufzunehmen, weil sie in Schwierigkeiten sind. Wir sollten ihnen helfen und sie nicht einfach wegschicken."

Doch Rona schüttelte fest den Kopf. „Lore, unser Hof wurde angegriffen, wir können nicht warten, bis Garwin seine Drohungen wahr macht. Komm, wir lassen sie noch einen Moment." Vorsichtig lief sie, von Lore gefolgt, hinaus ins Freie und stellte sich zu Patrizia. „Was ist mit dir?", unterbrach sie das ungeduldig auf die Uhr sehende Mädchen. „Willst du dich nicht von Jaron verabschieden?"

Patrizia winkte ab. „Nein danke. Kein Bedarf." Erleichtert blickte sie auf, als nun Nils, Dajana und Tarik aus dem Stall traten, und ergriff ihren Koffer. Nur Charlie fehlte – mal wieder brauchte die eine Extrawurst. Patrizia drehte sich genervt um. Vielleicht würde das ja Bewegung in die kleine Gruppe bringen? Doch da hörte sie Hufeklappern und Wiehern hinter sich. Fassungslos sah sie zu, wie Charlie auf Arman aus dem Stall donnerte und in Richtung Weide davongaloppierte. Nils ließ seinen Rucksack fallen und wollte ihr hinterher. Doch Richard hielt ihn auf und schob ihn in Richtung Wald.

„Ihr brecht jetzt auf", bestimmte er, „keine Diskussion!" Mit festen Schritten folgte er Charlie und Arman.

„Los geht's!" Lore lief voran und bedeutete den anderen zu folgen. Nils ließ sich grimmig zurückfallen und sah Tarik an. „Ich hau hier nicht eher ab, bis Charlie aufgetaucht ist", erklärte er. Doch bevor er Tarik darauf einschwören konnte, ihm dabei zu helfen, erklangen seltsame Geräusche aus dessen Rucksack. Nils' Kopf schnellte hoch. Hatte sich das gerade nach wilden Beschimpfungen eines gewissen Motzzwerges angehört? Tarik hustete lautstark. Nils klopfte ihm auf den Rücken und unterdrückte ein Grinsen.

„Tarik, was ist los?", wollte auch Lore wissen, die mit Dajana und Patrizia voranlief.

„'tschuldigung", wehrte Tarik ab und hustete noch einmal. „Wahrscheinlich Pferdegrippe oder so."

Nils bedachte seinen Zimmergenossen mit einem wissenden Blick. „Ey, Alter, hast du den Zwerg mitgenommen?"

Tarik zuckte entschuldigend mit den Schultern. „Der ist mir irgendwie ans Herz gewachsen."

„Das ist doch kein Hamster!" Nils fasste es nicht. Sie hatten ganz andere Probleme! Zum Beispiel, wie sie ihren Weg zum Tor verzögern konnten, sodass er sicher sein konnte, dass mit Charlie alles in Ordnung war!

Charlie sah Richard entgegen, der sie außer Atem auf einer der Weiden einholte und enttäuscht den Kopf schüttelte.

„Charlie, was soll das?", verlangte er zu wissen, doch sie bedachte ihn mit einem fest entschlossenen Blick: „Ich werde nicht gehen, nicht nach allem, was passiert ist."

„Nach allem, was passiert ist", widersprach er, „ist es einfach das Beste für dich, wenn du wieder nach Hause gehst!" Charlie schüttelte den Kopf.

„Warum glaubt eigentlich jeder, zu wissen, was das Beste für mich ist?", hielt sie ihm entgegen. „Erst schickt mich meine Mutter hierher, weil sie glaubt, es werde mir guttun, und kaum bin ich hier, denkt jeder, es wäre das Beste, wenn ich gehe?!" Es war, als hätte sich in ihrem Inneren etwas gelöst, die Worte strömten nur so aus ihrem Mund. „Wann werde ich eigentlich mal gefragt, was ich will", verlangte sie zu wissen. „Ihr könnt mich doch nicht immer hin und her schieben, wie's euch gerade passt!"

Richard hob besänftigend die Hände. „Wir können euch hier einfach nicht mehr beschützen, ihr seid auf diesem Hof nicht mehr sicher."

„Genauso wenig wie ihr!" Charlie war nicht bereit, klein beizugeben. Denn diesmal hatte sie etwas, um das es sich zu kämpfen lohnte. Und sie hatte Argumente!

Kurz holte sie Luft, um sich zu beruhigen, dann beschwor sie ihn: „Wir können uns gegenseitig helfen. Das ist doch das, was ihr immer wolltet: dass wir zusammenhalten! Wenn wir zusammenhalten, kommen wir auch gegen diesen Garwin an!"

„Das ist nicht euer Kampf", versuchte Richard sie müde zu erinnern.

Charlie überlegte. Nach allem, was geschehen war, konnte sie das nicht mehr glauben.

„Ach ja?", widersprach sie also. „Habt ihr vielleicht mal daran gedacht, dass es einen Grund gibt, warum wir hier sind?"

Nun runzelte Richard nachdenklich die Stirn. Darauf hatte er offensichtlich keine Antwort. Charlie erkannte ihre Chance.

„Ich bleibe", erklärte sie also fest. „Wo auch immer ich hier bin!"

Ihre Worte zeigten Wirkung. Nach kurzem Zögern nickte Richard ihr zu und drehte sich in Richtung Hof.

„Gut", erklärte er sich einverstanden. Charlie war sich nicht ganz sicher, aber der Blick, den er ihr dabei zuwarf, hatte fast ausgesehen, als hätte sie ihn eben beeindruckt. Sie war stolz auf sich. Sie hatte nicht klein beigegeben oder wütend losgeschrien, sie hatte gesagt, was sie dachte, und hatte Richard überzeugt. Für Arman, für die Lilientals, aber auch für sich. Mit leichten Schritten folgte Charlie Richard über die Weide.

Nils' Schritte wurden immer langsamer, je näher sie dem gusseisernen Tor kamen. Lore dagegen schien fast erleichtert zu sein, als es groß und mächtig am Ende des Weges auftauchte. Dann stutzte sie, eilte vorwärts, ja rannte die letzten Meter ungläubig darauf zu und blieb stocksteif stehen. „Oh nein!"

Nils kniff die Augen zusammen und legte Seite an Seite mit Tarik einen Zahn zu. Was war los? Erst als sie neben Lore standen, konnte er erkennen, dass der Eingang über und über mit Pflanzen überwuchert war. Sie schlängelten sich um die Verzierungen, wanden sich um das Schloss und bildeten eine miteinander verknotete, undurchdringbare Mauer. Fast so, als wäre hier schon seit Jahrhunderten niemand mehr hindurchgetreten. Patrizia riss aufgebracht an den Ästen, doch Lore schüttelte den Kopf. „Ihr kommt hier nicht weg."

Das klang endgültig. Nun gut. Ginge es nach Nils, könnten sie umdrehen. Dann würde er wenigstens herausfinden, was mit Charlie war. Doch Tarik drängte sich zwischen Patrizia und Dajana durch und kämpfte sich links neben dem Tor entschlossen durch die dichten Äste des Unterholzes.

Kurz darauf raschelte es rechts neben dem Tor, in gebückter Haltung stolperte Tarik hervor und kam angestrengt atmend neben den anderen zum Stehen. Irritiert verzog er das Gesicht, drehte sich um und versuchte es noch einmal. Nur wenige Sekunden später stand er erneut neben ihnen.

Lore ließ den Kopf hängen. „Das funktioniert hier nicht."

Patrizia spähte unruhig durch die dichten Äste. „Gibt es nicht noch einen anderen Weg?"

Lore schüttelte geschlagen den Kopf. „Es existiert nur dieses eine Portal."

„Portal?" Nun horchte auch Dajana auf und Patrizia stemmte die Fäuste in die Seite. „Okay, langsam reicht's!"

„Was wird hier gespielt?", setzte Tarik nach und alle fünf warteten gespannt auf Lores Antwort. Diese allerdings wimmelte sämtliche Fragen ab und hielt sich bedeckt, bis sie alle wieder sicher am Hof angekommen waren, wo Richard und Charlie gerade aus dem Stall traten. Aufgelöst lief Lore auf ihren Mann zu. „Das Tor ist verschlossen!"

Die beiden wechselten einen alarmierten Blick mit Rona, die aus dem Haus hinzukam.

Charlie sah Nils, Tarik, Dajana und Patrizia unwohl an. Patrizia war die Erste, die die zögernde Stille durchbrach. „Kann mir mal endlich jemand verraten, wo wir hier sind und warum wir hier nicht wegkommen?" Nils nickte zustimmend. „Ihr seid uns jetzt echt mal ein paar Antworten schuldig", fand er und Tarik setzte noch einen drauf: „Die Wahrheit bitte, Märchenstunde ist nicht mehr!"

Charlie hielt den Atem an, als Rona ihnen zunickte. „Die Kinder haben recht", sagte sie leise. „Es ist an der Zeit, dass sie wissen, wo wir hier sind."

Charlie folgte den anderen gespannt ins Esszimmer. Was kam wohl jetzt? Als alle Platz genommen hatten und sie aufmerksam anblickten, begann Rona zu erzählen.

„Wir wurden damals von Mick hierhergeholt", begann sie, lächelte Lore und Richard zu und ließ die Bombe platzen. „Das ist jetzt aber schon über hundert Jahre her. Wir hatten eine schwere Zeit damals. Richard war sehr krank und es gab wenig Hoffnung auf Besserung."

Charlie starrte Rona an. Über hundert Jahre?

„Okay, nicht so schnell“, platzte auch Tarik heraus. „Ihr seid über hundert Jahre alt?“ Nils schüttelte ungläubig den Kopf. „Richard ist fast gestorben, Mick hat euch hierhergebracht und dann war alles wieder gut?“

Lore sagte nur ein einziges Wort: „Ja.“

Tarik schluckte. „Dann sind wir im Jenseits?“

Rona schüttelte beruhigend den Kopf. „Stellt es euch eher wie ein unbekanntes Land vor, in dem die Zeitrechnung eben eine andere ist als in der Menschenwelt.“ Charlie legte nachdenklich den Kopf schief.

„Also sind wir in einer anderen Welt?“, fasste sie zusammen und musste lächeln. Das hörte sich verrückt an. Die Erklärung der Lilientals klang wie der Beginn einer Geschichte ihres Vaters. Aber wer weiß, vielleicht war wirklich etwas dran?

„Wir sind in Namra“, meinte Rona mit einem Nicken, „einem uralten magischen Ort, der auf keiner Karte zu finden ist. Ein Zurück auf die Erde gibt es für uns nicht.“

Patrizia zog erschrocken die Luft ein. „Und was ist mit uns? Wir können doch wieder nach Hause?“

Rona nickte. „Mick hat von Anfang an gesagt, dass ihr nur für eine gewisse Zeit unsere Gäste sein sollt.“

Nun mischte sich Nils ein. „Und wer sagt, dass wir ihm vertrauen können?“ Charlie warf ihm einen Blick zu. Offenbar glaubte auch er – genau wie sie – nicht bedingungslos an Micks Allwissenheit und Vertrauenswürdigkeit! Dabei hatte sie ihm nicht einmal von ihrer Begegnung mit ihm in der Vergangenheit erzählt. Mick schien der Dreh- und Angelpunkt zu sein. Warum nur weigerte er sich dann so sehr, ihnen zu helfen?

„Er hat sehr viel Macht“, ließ Lore die Jugendlichen wissen,

„und er ist immer da, wenn wir ihn brauchen. Er ist so eine Art Schutzengel."

Charlie schnaubte nicht sehr überzeugt auf. „Ja, toller Schutzengel. Wo war er die letzten Tage?"

Ronas Stimme war ganz ruhig. „Er wird seine guten Gründe haben, weshalb er nicht kommt." Völlig sicher sah sie Richard und Lore an. „Wir verdanken ihm alles, er hat Richard das Leben gerettet."

Richard nickte. „Und wenn einer das Tor öffnen kann", machte er Mut, „dann er!"

Charlie zögerte. Sie wollte hier nicht weg. Also war es womöglich gut, dass Mick gerade nicht zu fassen war.

„Und wo ist er jetzt?", hakte Patrizia nach, der es offenbar anders ging.

Lore verzog entschuldigend das Gesicht. „Das wissen wir nicht."

Patrizia ließ sich auf ihren Stuhl zurücksinken. „Na großartig!"

Charlie sah nachdenklich vor sich hin. Solange Mick ihnen keinen Weg hinaus zeigte, blieben sie also hier. Ob sie es wollten oder nicht. Sie alle, die Auserwählten, wie Tarik sie genannt hatte. Sie fünf, die gemeinsam dafür sorgen konnten, dass der Fluch gelöst wurde, der auf den Söhnen der Lilientals lag. Und auch wenn nicht alle von ihnen freiwillig hierblieben, so war das eine Chance, oder? Es musste doch einen Weg geben!

„Es muss einen Weg geben!", fauchte auch Garwins Spiegelbild, das in dessen Höhle den dunklen Zauberer mit lodernden Augen ansah. „Du musst endlich handeln! Es muss einen Weg geben, Arman zu töten." Die Stimme klang zischend und befehlend und hallte düster von den Höhlenwänden wider.

Garwin stand bewegungslos vor dem Spiegel. „Aber wie?", fragte er, während der Hass und die Wut ihn von innen heraus aufzufressen drohten.

„Geh zum Orakel!", befahl ihm sein Spiegelbild.

Garwin trat einen Schritt zurück und verzog das Gesicht. „Man kann ihr nicht trauen!" Das hatte sie das letzte Mal schließlich bewiesen! Doch Garwins gespiegelter Doppelgänger zischte wütend. „Sie muss dir helfen!", flüsterte er böse. „Es war ihr Zauber, der Arman für immer auslöschen sollte. Also weiß sie auch, wie du ihn zu Ende bringst!"

Garwins Augen verengten sich. Dann drehte er sich mit einer fließenden Bewegung um und verließ die Höhle. Unbemerkt rauschte er an seinem kleinen Bruder vorbei, der sich am Waldrand versteckte und den Hof der Lilientals beobachtete. Vorbei an Tami, die eine Bewegung gesehen hatte und ein bleiches Gesicht aufblitzen und die nun über die Koppel in Richtung der Bäume lief und sich suchend umblickte. Doch Garwin hatte keine Augen für sie. Er hatte ein wichtigeres Ziel.

„Addi?", flüsterte Tami kaum lauter als die rauschenden Blätter. Hatte sie eben nicht sein Gesicht gesehen? „Addi?" Als Adrian nun vorsichtig aus dem Schatten der Bäume trat und ihr unsicher zuwinkte, blieb sie stehen.

„Was willst du hier?", fragte sie ihn. So nahe war er dem Hof ihrer Eltern noch nie gekommen – mit einer Ausnahme: gestern. Mit sicherem Abstand beobachtete sie, wie Adrian den Kopf hängen ließ.

„Tut mir leid!", brachte er schließlich hervor. „Ich hatte keine Ahnung, dass mein Bruder so etwas tun würde."

Tami sah ihn an, ohne eine Miene zu verziehen. „Dein Bruder? Garwin ist dein Bruder?“

Er nickte unglücklich. Tami schüttelte den Kopf. „Warum hast du mir nichts erzählt?“

Hatte sie ihn nicht nach Garwin gefragt? Ja, sie hatte ihn sogar vor dem Zauberer gewarnt, unwissend, dass die beiden verwandt waren. Adrian starrte auf den Boden und antwortete nicht. Enttäuscht drehte sich Tami um. „Du bist nicht mehr mein Freund!“

Freunde sollten ehrlich miteinander sein, fand sie. Sie sollten sich alles sagen können! Adrians „Tami, nein, geh nicht ... Tami!“ schnitt ihr ins Herz, aber sie blickte nicht zurück. Sie hatte ihm vertraut! Und er? Er hatte sie angelogen!

„Wer war dieser Typ am Waldrand, dieser Garwin, und wie machen wir ihn fertig?“, wollte Tarik wissen und übersah ebenso wie Charlie, dass Patrizia beschämt auf die Dielen des Esszimmers blickte.

„Tarik, du hast es anscheinend noch nicht begriffen: Garwin ist sehr gefährlich“, warnte Rona. „Und er scheint es aus irgendwelchen Gründen auf uns abgesehen zu haben. Wie er unseren Schutzwall umgehen konnte, weiß ich nicht.“

Charlie bemerkte, wie Tarik die Augen verdrehte. Offenbar fühlte er genau wie sie: Dass der dunkle Zauberer gefährlich war, hatten sie alle begriffen. Aber trotzdem musste man doch etwas gegen ihn tun können! Er hatte im Wald versucht, Arman zu töten. Es war ihm gelungen, den Schutzwall zu umgehen, von dem Lore gesprochen hatte, und das Feuer zu legen. Er hatte es geschafft, etwas von seiner dunklen Magie auf den Hof zu bringen. Das nächste Mal würde es vielleicht nicht so glimpflich ausgehen. Sie mussten etwas tun! Charlie schaute ihre Mitstreiter an. Tariks Gesicht drückte feste Entschlossenheit aus. Und auch Nils und Dajana schienen ähnlich zu denken wie sie. Nur Patrizia schien mit etwas anderem beschäftigt zu sein. Charlie sah ihr verwundert hinterher, als sie nun abrupt aufsprang, als sei ihr etwas Wichtiges eingefallen, und die Treppe hinaufeilte, als wäre der Teufel hinter ihr her.

Fast panisch kam Patrizia im Mädchenzimmer an. Wo war bloß der verdammte Spiegel? Sie hatte eine sehr gute Vorstellung davon, wie Garwin den Schutzwall ausgetrickst hatte. Und sie hatte ebenfalls eine Idee, wie sie verhindern konnte, dass sich dies wiederholte – wenigstens das!

Mit weit ausholenden Schritten ließ Garwin den Wald hinter sich und stieg einen Hügel hinauf, auf dessen Spitze ein weißes Zelt thronte. Nebel hüllte den unteren Teil ein, als schwebe es schwerelos über der Erde. Garwins Mundwinkel zogen sich böse nach oben und er trieb den um ihn herumflatternden Schmetterling mit einem wütenden Blick zurück. Er verlangsamte sein Tempo nicht einmal, als er fühlte, wie seine Spiegelverbindung zu dem Hof der Lilientals zerbrach. Er hatte damit gerechnet, dass Patrizia früher oder später eins und eins zusammenzählen und den Handspiegel zerstören würde, mit dem sie ihm Einlass auf den Hof gewährt hatte. Doch das alles spielte keine Rolle mehr, sobald er von dem Orakel erhalten hatte, was er wollte. Dann würde ihn nichts mehr aufhalten. Schon gar nicht eine Gruppe Jugendliche!

Charlie hatte sich mit Nils, Tarik und Dajana auf den Dachboden zurückgezogen, um sich zu beratschlagen. Wenn sie eine

Chance gegen Garwin haben wollten, dann mussten sie zusammenhalten, so viel war sicher. Also hatte sie ihnen alles erzählt, was sie wusste oder ahnte, sämtliche Begebenheiten, die etwas mit dem Fluch zu tun haben könnten, und alle Regeln, die sie erkannt zu haben glaubte.

„Du denkst also, dass Arman sich verwandelt, wenn du in Gefahr bist?", fragte Tarik nachdenklich, der noch immer versuchte, einen logischen Zusammenhang in dem Geschehen der letzten Tage zu finden.

Charlie zuckte kurz mit den Schultern. „Gestern das Feuer, dann die Nacht im Wald, als ich Arman das erste Mal gesehen habe. Das kann kein Zufall gewesen sein, oder?"

„Aber dann ist es doch ganz einfach." Tarik sprang auf und begann, hin und her zu laufen. „Wir machen es wie Edward und Bella: Wir bringen Charlie in Lebensgefahr und ..."

„Du hast *Twilight* gesehen?", unterbrach Dajana ihn begeistert.

„Quatsch!" Tarik winkte etwas zu betont cool ab. Charlie musste grinsen. Nils kam Tarik zu Hilfe, bevor er sich näher äußern musste: „Wir werden Charlie sicher nicht von irgendwelchen Klippen springen lassen", wehrte er sich entschlossen gegen Tariks Plan. Dajanas Kopf flog überrascht herum, sie starrte Nils an. „Du kennst den Film auch?"

„Quatsch", zitierte Nils Tarik. Aber Charlie sah, dass die beiden Jungen ein eiliges, beschämtes Grinsen teilten.

Geschickt lenkte Tarik vom Thema ab: „Okay, dann lasst uns doch noch mal über die Märchengeschichten von deinem Vater reden", schlug er vor und beugte sich neugierig zu Charlie. Charlie holte tief Luft. Doch bevor sie etwas sagen konnte, hörte sie Schritte. Jemand kletterte die Treppe zu ihrem Rückzugsort hoch! Warnend hob sie den Finger, da erschien erst Patrizias Kopf durch die Bodenluke, dann der – wie immer perfekt gestylte – Rest von ihr. „Ich hab's mir anders überlegt", knurrte sie, als sie die überraschten Gesichter der anderen vier bemerkte. „Lasst uns den Psycho fertigmachen!"

Tarik machte eine kleine Verbeugung. „Willkommen im Club!" Seltsame Geräusche klangen hinter Tariks Rücken hervor, als Patrizia sich zu den anderen auf einen Heuballen sinken ließ. Kamen die etwa aus der alten Hutschachtel, die er dort vorhin deponiert hatte?

„Ahh, Stümmelchen ist wach", kommentierte Tarik grinsend das Katzenjammern, stellte die Hutschachtel in ihre Mitte und lüpfte den Deckel. „Darf ich vorstellen: unsere Geheimwaffe!" Charlie reckte wie Nils, Dajana und Patrizia neugierig den Hals. In der Schachtel stand ein Zwerg! Seine Kleidung glitzerte hier und da. Die rote Mütze hing ihm schief über die ungekämmten Haare, seine Augen blitzten aufgebracht über einer spitzen Nase, deren Spitze ebenso rot war wie die hektischen Flecken auf seinem Gesicht.

„Macht nichts, was ihn aufregen könnte", bestimmte Tarik leise, „sonst fällt er wieder in Ohnmacht." Mit einem für ihn ungewöhnlich sanften „Es ist alles in Ordnung, wir wollen dir nichts Böses" wandte er sich beruhigend dem kleinen Kerl zu, der jedoch eher wütend als ängstlich in die Gesichter der fünf Jugendlichen starrte.

„Wie bitte?", beschwerte er sich lautstark. „Sie wollten uns fast umbringen, Sie dicker, alter, fetter, hässlicher Riese!" Charlie verbiss sich ein Grinsen, als sich Tarik, um Geduld bemüht, durch die Haare fuhr und es noch einmal versuchte: „Alles wird gut!"

Doch seine Taktik ging nach hinten los. Charlies Ohren begannen zu klingeln, als der Zwerg nun eine Schimpftirade losließ, die sich gewaschen hatte: „Bleiben Sie ja, wo Sie sind, Sie vermaledeiter, nach Rubeerenpups stinkender ...", fauchte er und sah aus, als hätte er noch ein paar weitere hundert originelle Beschimpfungen auf Lager, die er nur zu gerne zum Besten geben würde. Tarik schnitt ihm kurzerhand das Wort ab: „Alter, jetzt reicht's! Sie fluchen ja schlimmer als meine Oma."

„Und Sie", kam es postwendend zurück, „sind hässlicher als meine Oma!"

Tarik seufzte kopfschüttelnd. „Können wir nicht einfach reden, bitte?"

Statt einer Antwort verschränkte der Zwerg seine Ärmchen vor der Brust und starrte Tarik herausfordernd an. Charlie trat einen Schritt vor. Auf diese Weise würden sie keine brauchbaren Informationen erhalten, so viel war klar. Vorsichtig, um ihn nicht zu erschrecken, beugte sie sich über den kleinen Mann. Dieser wich bei ihrem Anblick erschrocken bis zur Wand der Schachtel zurück. Zitternd deutete er auf das Amulett, das, wie immer, an Charlies Hals hing. „Woher ... haben ... Sie das?", quetschte er gerade noch so heraus, dann rollten seine Augen nach oben, sein Körper wurde schlaff und er fiel zu Charlies Überraschung in Ohnmacht.

„Alter", stöhnte Tarik entnervt auf, „der macht mich fertig."

Dajana runzelte die Stirn. „Was hat ihn so aufgeregt?"

„Ich glaube, mein Amulett." Unwillkürlich drehte Charlie das Erbstück ihrer Großmutter in einer Hand. Nils besah es sich näher. „Wo hast du das her?"

„Das hat mir mein Vater geschenkt, es hat meiner Oma gehört."

Schwer ließ sich Tarik zurück auf seinen Strohballen fallen und beäugte Charlie von oben bis unten. „Man kann es drehen und wenden, wie man will", erklärte er. „Irgendwie hängt alles mit dir zusammen."

Unsicher schloss Charlie die Finger um das Schmuckstück. Ganz so weit hergeholt war Tariks Vermutung nicht. Arman hatte sie ausgewählt, ihr hatte er sich als Junge gezeigt, das Amulett hatte das Wasser im Brunnen verwandelt. Und sie war die Einzige, die, schon bevor sie hierherkam, einmal von Motzzwergen, Schmetterlingselfen und Zauberern gehört hatte – einer magischen Welt, die verblüffende Ähnlichkeit mit der Realität in Namra hatte. Aber was bedeutete das alles? Was wurde von ihr erwartet? Und viel wichtiger: Was auch immer es war, konnte sie es? Langsam stand sie auf. So viele Fragen schwirrten durch ihren Kopf. Die musste sie erst einmal sortieren. Alleine!

Während sich der geheime Kreis der fünf Jugendlichen langsam auflöste, wachte Richard im Schlafzimmer des Ehepaares Liliental von dem unruhigen Gemurmel seiner Frau auf.

„Timon, pass auf, geh zu deinem Bruder", flüsterte sie und warf sich hin und her. „Milosch, nicht, bleibt alle zusammen!"

Hatte sie einen Albtraum? Sanft schüttelte Richard sie an der Schulter. „Schatz", wisperte er, „alles wird gut!"

„Hmmm?", machte Lore, ohne die Augen zu öffnen. „Was ist?"

„Du hast im Schlaf geredet. Hast du schlecht geträumt?"

„Nein, es ist alles gut." Lore drehte sich müde auf die andere Seite und schlief wieder ein.

Richard streichelte sanft Kreise auf ihren Rücken und betrachtete sie bekümmert. Irgendetwas war nicht richtig. Und jetzt verfolgte es auch noch Lore im Schlaf. Wo steckte nur Mick? Wenn einer wusste, was hier vorging – und vor allem, was zu tun war –, dann er! Langsam machte Richard sich wirklich Sorgen.

Und damit war er nicht der Einzige. Mick, der vor dem schmiedeeisernen Tor stand, fuhr sich bedrückt über die im Mondlicht fast silbrig schimmernden Haare. Die Äste hatten den Eingang noch dichter umrankt als vor einigen Stunden.

„Die Wächter haben es versperrt", seufzte Mick schwer, als die schöne Schmetterlingselfe Fenja neben ihn trat. „Der Kampf gegen Garwin ist unwiderruflich." Nachdenklich sah er seine Freundin an. „Ich weiß nicht, ob die Kinder schon so weit sind. Ich muss ihnen helfen."

Warnend griff die Elfe nach seiner Hand. „Das darfst du nicht, die Wächter haben dich schon einmal bestraft."

Er nickte. „Und ich würde den Preis immer wieder bezahlen. Garwin hätte Arman und seine Brüder einfach ausgelöscht, ich musste das Schlimmste abwenden."

„Du hast das Richtige getan", bestärkte Fenja ihn und drückte seine Finger zart. „Aber du darfst jetzt nicht an den Kindern zweifeln. Sie werden es schaffen, nur muss es ohne dein Zutun geschehen."

Mick ließ einen nachdenklichen Blick über die leise wispernden Bäume wandern, dann sah er den Feldweg entlang, der zum Hof der Lilientals führte. Fenja hatte recht. Trotzdem war ihm nicht wohl bei der Sache. „Ich dachte einfach, sie hätten mehr Zeit", gestand er. Dann straffte er die breiten Schultern. „Wir müssen wenigstens herausfinden, was Garwin vorhat."

Fenjas Augen wurden groß, als erkenne sie plötzlich einen Zusammenhang. „Ich hab ihn gesehen“, wisperte sie erschrocken. „Er war auf dem Weg zu Murak.“

„Was? Dem Orakel?“ Entgeistert beugte sich Mick vor. „Was hat er erfahren, welchen Zauber hat er bekommen?“ Doch Fenja schüttelte hilflos den Kopf. „Ich weiß es nicht.“

Für einen Moment schloss Mick die Augen. Was für einen dunklen Zauber hatte der mächtige Garwin sich diesmal erschlichen? Und vor allem: Gegen wen würde er diesen richten? Hoffentlich blieben die Bewohner des Liliental-Hofes, wie er ihnen geraten hatte, innerhalb des Schutzwalles und vor allem: zusammen!

Zur gleichen Zeit saß Charlie alleine auf dem Brunnenrand und betrachtete ihr Amulett, als sähe sie es zum ersten Mal: Die runde Fassung sah aus wie eine Mischung aus einem Taschenuhrgehäuse und einem Kompass. Die punktuellen Verzierungen darauf wie ein Sternenbild und eher so, als wären sie natürlich gewachsen und nicht von einem Goldschmied hergestellt. Der dunkle Stein in ihrer Mitte spiegelte das Licht aus den Schlafzimmerfenstern über ihr. Die anderen waren schon ins Zimmer gegangen, doch sie war hellwach. Sie verstand einfach nicht, weshalb das alles mit ihr zusammenhängen sollte.

Wie war das damals gewesen, an dem Abend, als ihr Vater ihr diese Kette geschenkt hatte?

Er hatte ihr eine Geschichte erzählt. Über die Zauberfrüchte von denen sich die Motzzwerge ernährten, die aber eines Tages zu wachsen aufgehört hatten, weil es zu wenig Licht gab.

„Ich musste die Sternenfee um Hilfe bitten“, hatte er ihr anvertraut, während sie sich in die Bettdecke gekuschelt hatte. „Denn nur sie kann die Sterne so hell zum Leuchten bringen, dass die Nacht zum Tag wird. Nur so konnten die Zauberfrüchte weiterwachsen. Und zum Dank schenkten sie der Zauberfee all den Schmuck, den sie hatten, oder besser gesagt, geklaut hatten."

Charlie hatte entzückt gegrinst. Die diebischen Motzzwerge waren ihre Lieblingserfindung ihres Vaters. Obwohl sie nun gar nicht mehr so erfunden schienen.

„Ich will dir auch was schenken, Charlie." Er hatte das Amulett hervorgezogen und es ihr hingehalten. „Das hat deiner Oma gehört, und sie hat es mir gegeben, als ich so alt war wie du. Von nun an soll es dich beschützen."

Charlie hatte gezögert. „Aber du sollst doch auch beschützt werden." Doch ihr Vater hatte es ihr schon umgehängt. „Es hat mir so viele gute Dienste geleistet, ich glaube, es ist an der Zeit, es weiterzureichen. Und zwar an den Menschen, den ich mehr liebe als alles andere auf der Welt."

Charlie legte die Arme um ihre Knie und sah hoch zu dem vollen Mond über ihr. Alles deutete darauf hin, dass ihr Vater Namra gekannt hatte. Vielleicht sogar ein Teil von dieser Welt gewesen war. Doch was genau bedeutete das dann für Charlie selbst? Gehörte auch sie hierher? Zumindest ein wenig?

„Charlie?" Ein fernes Flüstern drang an ihr Ohr. Charlie sah um sich und lauschte konzentriert. Da, da war es schon wieder. „Charlie", raunte es lockend aus der Richtung des Waldes, „Charlie, komm zu mir!"

Charlie sprang auf und lief ein paar Schritte. Das Drängen wurde lauter. „Charlie?!" Am Ende des Weges, fast im Schatten der ersten Bäume, stand Arman in Jungengestalt.

„Komm …", bat er. Doch als sie seinen Namen aussprach, drehte er sich um, tauchte zwischen die Bäume und verschwand. Charlie begann zu laufen, den Blick fest auf die Stelle geheftet, wo sie ihn zuletzt gesehen hatte.

Nils, der Charlie die letzten Minuten besorgt aus dem Fenster seines Schlafzimmers beobachtet hatte, schnürte es die Kehle zu. Was machte sie da? Rannte direkt auf die Grenze zu, die der Schutzwall einschloss? Warum? Ohne zu zögern, drehte er sich um, jagte die Treppe hinunter und hinaus auf den Hof. Was auch immer sie für Gründe hatte, dort draußen war es gefährlich.

Kaum war er auf den Weg zum Wald eingebogen, hörte er hinter sich Hufklappern. Überrascht dreht Nils sich um. Mit wehender Mähne stob Arman über eine der Wiesen direkt auf ihn zu. Nils' Herz krampfte sich beim Anblick des aufgewühlten Rappen zusammen. Arman ging vor ihm in die Knie. Genauso, wie er es bei Charlie gemacht hatte, um ihr den Aufstieg zu erleichtern. Nils' Verblüffung dauerte nur eine Sekunde, dann zog er sich auf den Rücken des schwarzen Hengstes. Arman richtete sich auf und galoppierte an, direkt in den dunklen Wald. Das konnte nur eines bedeuten: Charlie war in großer Gefahr! Hoffentlich würden sie sie rechtzeitig finden. Und hoffentlich wusste Arman, wohin sie mussten.

„Charlie, komm zu mir!" Erleichtert atmete Charlie auf. Das Flüstern hatte sie geleitet. Im Hintergrund plätscherte ein kleiner Bach, das Laub der Bäume stand bewegungslos in der Luft. Vor ihr wartete Arman, den Rücken zu ihr gewandt. Endlich hatte sie ihn gefunden, sie hatte so viele Fragen an ihn! Sie lief auf ihn zu, so nahe, dass sie einen Arm ausstrecken könnte, um ihn zu berühren. Da drehte er sich um.

„Hallo, Charlie!“ Das war nicht Armans Stimme! Wie hatte sie die verwechseln können? Und das war auch nicht Armans Gesicht! Mit bösartigem Lächeln sah ihr Garwin entgegen ...

KAPITEL 18

Tarik, Dajana und Patrizia sahen sich fassungslos an. Sie hatten das gesamte Haus, den Stall und die Umgebung des Hofes nach Charlie und Nils abgesucht – Tarik hatte tatsächlich sogar in den leeren Brunnen gerufen. Doch die beiden waren und blieben verschwunden. Als Richard und Lore nun mit einem gesattelten Pferd und ernsten Gesichtern aus dem Stall traten, konnten die drei Jugendlichen nichts anderes tun, als mit den Köpfen zu schütteln.

„Ich hoffe nur, dass ihnen nichts passiert ist", seufzte Lore. Richard bestieg das Pferd, doch Tarik hielt ihn auf. „Warte, alter Mann! Ich komm mit!"

Einen Moment sah ihn Richard verblüfft an. „Alter Mann?"

„Nach meinen Berechnungen", erklärte Tarik, „hast du mindestens 146 Erdenjahre auf dem Buckel!"

„Trotzdem reitet der alte Mann jetzt alleine los", bestimmte Richard. „Ich brauche dich hier, auf dem Hof."

„Verstehe!" Tariks Blick fiel auf Lore, Dajana und Patrizia, „Ich pass auf deine Frauen auf."

Richard musste sich bei Tariks Versprechen trotz der ernsten Lage ein Lächeln verkneifen, nickte ihm zu und ritt los. „Gut. Bis heute Abend!"

„So, Ladys!" Tarik betrachtete fachmännisch das offene Gelände. „Ich würde mal sagen, ihr geht ins Haus und ich halte hier draußen die Stellung?"

Lore, Dajana und Patrizia warfen sich einen vielsagenden Blick zu und drehten sich in verschiedene Richtungen um. Keine davon führte ins Haus.

Überrumpelt blinzelte Tarik ihnen hinterher. Was hatte er falsch gemacht? Na ja, wenigstens Rona und Tami waren sicher im Inneren!

Tami war darüber alles andere als glücklich. Sie war alle ihre Verstecke durchgegangen, nirgendwo auch nur eine Spur von Charlie und Nils. Ronas beruhigenden Worte – „Die werden bestimmt bald wieder auftauchen“ – glaubte Tami nicht. Dazu war in der letzten Zeit viel zu viel passiert.

„Sie sind alle weg“, murmelte sie traurig. „Erst Adrian, dann Charlie und Nils.“

„Adrian? Wer ist das?“ Aufmerksam sah Rona ihrer Enkelin ins Gesicht, doch die hielt den Kopf gesenkt. Rona nahm Tamis Hand. „Willst du mir nicht endlich erzählen, was eigentlich los ist?“ Tami ließ einen Moment den Kopf hängen, dann holte sie tief Luft und begann mit ihrer Geschichte. Wie sie eines Tages Adrian im Wald kennengelernt hatte, wie nett und lustig er war. Wie gut sie sich verstanden und wie toll es sich angefühlt hatte, einen Freund zu haben. Oder vielleicht sogar etwas mehr als das. Fast so etwas wie einen gleichaltrigen Bruder. Nur dass Adrian nicht *ihr* Bruder war, sondern … Flehend sah sie ihrer Großmutter in die Augen. „Ich habe nicht gewusst, dass Garwin sein Bruder ist. Und deshalb …“, traurig verknotete sie ihre Hände, „deshalb habe ich Adrian gesagt, dass wir keine Freunde mehr sind.“

Rona wiegte verständnisvoll den Kopf und strich Tami über das unruhig auf und ab wippende Bein. „Und du hast Adrian nicht mehr wiedergesehen?" Tami schüttelte heftig den Kopf. „Ich wollte euch alles erzählen, aber ich hatte Angst, dass ihr dann böse auf mich seid."

„Aber nicht doch!" Sanft legte Rona einen Finger unter Tamis Kinn und suchte ihre Augen. „Nie! Du musst uns immer alles erzählen, wir sind doch für dich da!"

Erleichtert schlang ihre Enkelin die Arme um sie und seufzte aus tiefstem Herzen. „Ich hab dich lieb, Omi!"

„Ich dich auch, du bist mein mutigstes, ehrlichstes und tollstes Enkelkind, merk dir das!"

Tami musste lachen. „Du hast ja nur eins."

Für einen Moment erstarrte Rona verwirrt. Warum stachen diese Worten nur schmerzhaft genau in ihr Herz? Sie waren doch wahr, auch wenn sie sich für einen Moment ganz falsch angehört hatten. Über sich verwundert schüttelte sie den Kopf, dann nickte sie schnell. „Ja, ich hab nur eines."

„Darf ich dir noch was sagen, Omi?" Offenbar hatte ihr Gespräch Tamis Zunge gelöst. Aufmunternd sah Rona sie an. Tami verzog bekümmert das Gesicht. „Ich vermisse ihn und ich glaube nicht, dass er böse ist."

Nein, das glaubte Rona auch nicht. Ihre Tami hatte ein gutes Gespür für Menschen. Und auch ihr selbst war der kleine Wuschelkopf während ihrer kurzen Begegnung gestern eher bedrückt als verschlagen vorgekommen! Ganz anders als sein großer Bruder!

Regungslos stand Garwin in seiner Höhle vor seinem Spiegelbild.

„Sie ist wach", erklärte es. Beide lauschten Charlies verzweifelten Hilferufen, die einige Meter tiefer in der Felsgrotte an ihren Fesseln riss. Sie war an einen Stein gekettet und versuchte vergeblich, sich aufzusetzen.

Garwin lächelte grimmig. „Wie man unschwer überhören kann. Ich hoffe, das Orakel behält recht."

„Das Orakel", zischte das Spiegelbild ihm entgegen, „spricht immer die Wahrheit: Arman ist nur im Menschenkörper verletzlich und der Schlüssel dazu ist dieses Mädchen. Du musst nur auf ihn warten. Dann kannst du Arman töten und dann bekommst du endlich deine Rache."

Garwin nickte. Trotzdem stellten sich noch ganz andere Fragen: Warum verwandelte Arman sich bei ihr? Was hatte es mit ihr auf sich? Und vor allem, was tat er mit ihr, wenn er seinen Plan ausgeführt und Arman erledigt hatte?

„Sie ist nur ein Mensch!", schmunzelte sein Spiegelbild, als könnte es seine Gedanken lesen.

Charlies Stimme wurde lauter: „Lass mich sofort hier raus!" Ohne viel Hoffnung rüttelte sie an der Kette. „Hilfe! Ist hier jemand?" Sie sah nicht, wie ein kleiner Schatten mit wuscheligem Blondschopf einen unsicheren Schritt auf sie zu machte. Und wie er sich hinter einen Vorsprung duckte und aus der Höhle verschwand, als Garwin in ihre Richtung eilte. Das Einzige, was sie sah, war der dunkle Zauberer, der sie gestern Abend in Armans Gestalt in den Wald gelockt hatte. Drohend erhob sich seine Gestalt vor ihr. Sein Gesicht verzog sich zynisch. „Ich muss mich für die Unannehmlichkeiten entschuldigen, aber du lässt mir leider keine andere Wahl. Also ..." Interessiert beugte er sich vor. „Woher hast du das Amulett?"

„Was geht dich das an?" So einfach würde sie es ihm nicht machen. Egal, was er von ihr wollte und ob er sie hier festhielt! Solange er hoffte, Informationen von ihr zu bekommen, hatte

Charlie etwas gegen ihn in der Hand! Doch Charlie hatte ihn unterschätzt. Mit einem donnerähnlichen Geräusch schossen seine gekrümmten Finger hervor. Und wie von Geisterhand baumelte eine Sekunde später Charlies Kette davon herab. „Das gehört mir", grollte er. „Wie kommst du dazu, es zu tragen?"

„Gib es sofort zurück. Es hat meiner Oma gehört!" Charlie hörte, wie schrill und verängstigt ihre Stimme klang. Ihr Mut war nur so groß wie die Wut auf den Zauberer. Und ihre Wut wurde schnell von einer bodenlosen Angst verdrängt, als er sie nun kalt ansah.

„Ich hätte es gleich erkennen müssen!" Sein dunkler Blick schnellte zwischen ihr und dem Schmuckstück hin und her. Charlie verstand kein Wort. „Wovon redest du?"

„Ich zeig es dir!" Dort, wo er eben noch gestanden hatte, wirbelte bläulicher Rauch. Dann erschien er plötzlich neben ihr und presste den Zeige- und Mittelfinger gegen ihre Stirn. Charlies wand sich und merkte, wie allmählich ihre Gedanken verschwanden, als würden sie direkt aus ihrem Kopf gezogen, bis nichts mehr übrig blieb. Und plötzlich ... Plötzlich stand sie neben Garwin am Waldrand. Überrascht sah sie sich um. Alles wirkte vertraut, aber doch ganz anders als alles, was sie bisher hier gesehen hatte: Die strahlende Sonne tauchte die Szene vor ihr in warmes Licht, große, pinke Blumen drehten ihre Kelche in Richtung Himmel. Zwei Gestalten standen nahe beieinander auf der sattgrünen Wiese. Der Wind spielte in den blonden lockigen Haaren, die dem Mädchen weit über den Rücken fielen, und in ihrem hellen Kleid. Der Junge neben ihr betrachtete sie verliebt. Seine Hosenträger hatten die gleiche Farbe wie seine kastanienbraunen Locken. Charlie schüttelte verblüfft den Kopf. „Wo sind wir?"

Garwin ließ eine von Charlies Locken durch seine Finger gleiten und hielt sie ins Licht. Sie glänzte ebenso weizenfarben wie die Haare des Mädchens vor ihnen.

„In meinen Erinnerungen", erklärte er dann. In Garwins Stimme schwang Wut mit und noch etwas anderes. Wäre es nicht so absurd, Charlie hätte fast gesagt, tief unter all dem Zorn liege so etwas wie Schmerz.

Dajana beobachtete unsicher, wie Tarik auf ihrem geheimen Rückzugsort, dem Dachboden, hin und her lief. Die Hutschachtel mitsamt dem Zwerg stand wie gestern auf der Holzkiste zwischen ihnen. Ob das wirklich so eine gute Idee war? Gestern Abend hatten sie auch nichts aus dem grimmigen Gesellen herausgebracht und da waren sie zu fünft gewesen!

„Können Herr Dummwohlgeboren wohl endlich damit aufhören?", erklang auch sofort die aufgebrachte, motzige Stimme aus der Schachtel. „Uns wird schwindelig davon."

Tarik unterbrach sein Hin-und-her-Tigern und baute sich vor der Hutschachtel auf. „Sag du uns lieber, was hier abgeht!", verlangte er sauer zu wissen und lüftete den Deckel. „Unsere Freunde sind verschwunden!"

„Und was haben wir damit zu tun?", gab der Zwerg zurück. „Wir wurden die ganze Zeit in einer Schachtel festgehalten, wie ein Tier!" Wütend spuckte er in hohem Bogen in Tariks Richtung. Dajana trat schnell einen Schritt zurück, besser, sie hielt einen Sicherheitsabstand. Schließlich konnte niemand von ihnen wissen, welche fiesen Bakterien Zwergenspucke in sich trug!

„Alter, geht's noch?", beschwerte sich Tarik und sah angeekelt auf den Schleimbatzen nur wenig von Dajanas Füßen entfernt. „Das wischst du weg!"

„Aber gerne!" Der Zwerg schielte Tarik hintergründig an. „Dann lassen Sie uns doch hier raus."

Tarik warf die Hände in die Höhe. „Dieser Zwerg nervt mich!"

„Und hören Sie auf, uns ständig als Zwerg zu betiteln, nur weil Sie so fett und groß sind, brauchen Sie nicht andere zu beleidigen", kam es sofort zurück. Dajana seufzte lautlos. So kamen sie keinen Schritt weiter. Schon gar nicht, wenn Tarik so leicht zu provozieren war! Anstatt dem Zwerg Informationen zu entlocken, rief er entrüstet aus: „Ich bin nicht fett!", und ließ sich auf ein Streitgespräch ein, das er nicht gewinnen konnte. Immerhin war sein Gegner ein waschechter Motzzwerg.

„Doch, und hässlich!", legte der auch schon nach.

„Nein!"

„Doch!"

„Nein!"

„Doch!"

„Ohhhh, Mann!" Tarik war kurz davor, die Geduld zu verlieren. „Hören Sie auf, so rumzubrüllen!", brüllte es nun auch noch aus der Schachtel und plötzlich verstummte der Zwerg. Wie erstarrt riss er die Augen auf. Dajana und Tarik folgten seinem Blick. Seine Augen waren fest auf Patrizia geheftet, die soeben den Dachboden betreten hatte. Das eben noch so erboste Gesicht des kleinen Zwergs wurde von einem verträumten Lächeln erhellt. Ehrerbietig machte er eine kleine Verbeugung in Patrizias Richtung. „Stellen Sie uns lieber der holden Jungfrau vor!"

Tarik blickte sich rätselnd um. „Welcher Jungfrau?", und deutete völlig von den Socken auf Patrizia. „Die?"

Dem Zwerg schien es gar nicht mehr motzig zumute zu sein. „Glänzendes Haar, Augen wie leuchtende Sterne", schwärmte er gefangen genommen von Patrizias Erscheinung, „Ein so wunderschönes Antlitz ist uns in unserem ganzen Leben noch nie begegnet."

Tarik lachte überrascht auf und verpasste Patrizia einen Knuff in die Seite. „Alter, der steht auf dich!" Und auch Dajana konnte ein amüsiertes Grinsen nicht unterdrücken, als sie Patrizias angewiderte Miene sah.

Einer spontanen Idee folgend, zog Tarik Patrizia näher an die Hutschachtel. „Wenn du uns verrätst, was hier abgeht, kriegst du einen Kuss von ihr."

„Bist du bescheuert?" Patrizia riss sich los. „Küss ihn doch selbst!"

Nun war es an dem Zwerg, sich zu schütteln. „Den Fettsack küssen wir nicht", erklärte er rundheraus. „Aber für einen Kuss der holden Jungfrau würden wir euch einen entscheidenden Hinweis geben!"

Patrizia bedachte Tarik und Dajana, die sie hoffnungsvoll anblickten, mit einem „Ihr habt sie ja wohl nicht alle"-Blick und schüttelte entsetzt den Kopf. „Nein", flüsterte sie bestimmt. „Ich küsse dieses ... dieses Ding nicht!"

Tarik zog sie ein paar Schritte zurück. „Hör mal zu, Prinzessin", machte er ihr flüsternd klar, „das ist unsere einzige Chance, etwas rauszufinden!"

Schaudernd betrachtete Patrizia den Zwerg, der sich inzwischen die spitze Mütze abgenommen hatte, sich die Haare frisierte und Lockerungsübungen mit den Lippen veranstaltete.

Als würde es irgendeine Rolle spielen, auf welcher Seite er den Scheitel trug oder ob seine Lippen besonders weich waren.

Auch Dajana verlegte sich aufs Flehen. „Bitte?! Patrizia, bitte!!“ Patrizias Widerstand schmolz. Sie zählten auf sie, alle beide. Und nur sie konnte ihnen weiterhelfen. Was war also ein kleiner Kuss im Austausch gegen ... Bevor sie es sich anders überlegen konnte, marschierte sie festen Schrittes auf die Hutschachtel zu, beugte sich darüber und drückte dem kleinen Kerl darin einen ordentlichen Schmatzer auf. Dann wischte sie sich schnell angeekelt über den Mund und versuchte, Tariks enthusiastisches „Mann, ist das abgefahren!“ zu ignorieren. Denn offenbar zeigte ihr Opfer Wirkung: Patrizias Lippenstift über das gesamte Gesicht verteilt, strahlte der Zwerg verträumt in die Gegend.

„Okay, das war's“, rief ihn Patrizia zur Ordnung. „Ich hab meinen Teil erfüllt, jetzt bist du dran.“

„Na schön!“ Der kleine Geselle hielt einen Zeigefinger in die Höhe und wartete, bis er die ungeteilte Aufmerksamkeit seines Publikums hatte. „Ich kann euch weder sagen, wo eure Freunde sind“, rasselte er dann herunter, „noch, wieso das Tor verschlossen ist. Aber ...“, er machte eine kleine Kunstpause. „Es gibt jemanden, der euch all eure Fragen beantworten kann.“

Richard wusste langsam nicht mehr weiter. Er hatte den gesamten Wald durchquert. Wo sollte er noch nach Charlie und Nils suchen? Er konnte nicht ahnen, dass er Nils und Arman, die übernächtigt und voller Sorge ebenfalls noch immer unterwegs waren, nur um ein paar Meter verpasst hatte. Langsam lenkte er sein Pferd einen kleinen Hügel hinauf. Vielleicht hatte er von dort einen besseren Blick?

„Charlie? Nils?“ Doch nur das Echo seiner eigenen Stimme kam zu ihm zurück. Richard ließ die Schultern hängen. Falls Garwin seine beiden Schützlinge erwischt hatte, hielt er hier womöglich vergebens nach ihnen Ausschau. Wenn er nur wüsste, wo Garwins Rückzugsort war! Doch aufgeben würde er nicht. Mick hatte ihm die beiden ebenso anvertraut wie die anderen drei, er war für ihre Sicherheit verantwortlich.

„Nils, Charlie?“

Plötzlich bewegten sich die Äste ein paar Meter vor ihm, dann stolperte eine kleine, zerzauste Gestalt auf den Weg und hielt auf Richard zu.

„Du musst mit mir mitkommen“, rief ihm Adrian schon von Weitem außer Atem entgegen. „Schnell, ich weiß nicht, wie viel Zeit wir noch haben. Er hält sie gefangen!“

Richard zögerte. „Du warst doch am Waldrand mit Garwin. Wer bist du?“

Adrian ließ geknickt die Schultern hängen. „Sein Bruder“, flüsterte er dann beinahe unhörbar und fügte bittend an: „Aber du musst mir vertrauen. Ich kann dich zu ihm führen. Ohne mich wirst du sein Versteck nicht finden.“ Seine großen Augen sahen flehend zu Richard auf. Dessen Abwehr schmolz schnell dahin. Womöglich bot der kleine Junge ihm tatsächlich die einzige Chance? Entschlossen hielt er ihm die Hand entgegen und zog ihn vor sich auf den Sattel. „Okay, wohin?“

Während Adrian Richard in Richtung Garwins Höhle führte, in der der Zauberer Charlie gefangen hielt, war sie mit ihren Gedanken noch immer an einem ganz anderen Ort: in Garwins Erinnerung. Ohne recht zu wissen, weshalb, schnürte sich ihr Herz zusammen, während sie dem früheren Garwin dabei zusah, wie er sich gelöst, lachend und glücklich mit dem blonden Mädchen unterhielt.

„Kennst du sie?“, raunte Garwins Stimme an ihrem Ohr. „Sie heißt Rosalie.“

Charlies Kopf schnellte herum. Fragend sah sie in Garwins rätselhaftes, verschlossenes Gesicht.

„So heißt meine Oma“, flüsterte sie dann und besah sich das Mädchen noch einmal genauer. „Sie sieht genauso aus wie auf den Bildern. Ich hab sie nur zweimal gesehen. Aber wie kann das sein?“

Garwins Blick nagelte sie fest. „Gute Frage“, meinte er nickend und sah sie an, als wüsste sie die Antwort. Doch das stimmte nicht. Garwins große Liebe sah aus wie ihre Großmutter früher. Eine Großmutter, die sie selbst kaum kannte. Was erwartete der dunkle Zauberer von ihr?

„Ich hab etwas für dich, Rosalie“, riss sie Garwins freundlicheres Ich da aus den Gedanken. Sein Gesicht strahlte voller Vorfreude, als er etwas aus seiner Hosentasche zog und es dem schönen Mädchen vorsichtig um den Hals legte: das Amulett! Charlies Amulett! Charlies Herz begann wie wild zu schlagen. Rosalie begutachtete das Geschenk mit einer Mischung aus Überraschung und Zurückhaltung.

„Das Amulett wird dich beschützen, es zeigt einem die Wahrheit in allen Dingen“, sagte der frühere Garwin mit einem Lächeln. Doch Rosalie trat einen Schritt zurück.

„Ich kann das nicht annehmen.“

Schnell winkte er ab. „Bitte, es ist ein Geschenk, es trägt die Kraft der Sterne in sich, genau wie du.“ Lächelnd hob er die Hand und strich so zart über Rosalies Wange, als wäre sie das Allerkostbarste.

„Sie war die Liebe meines Lebens", knurrte Garwin neben Charlie düster. „Bis jemand kam und alles zerstört hat!"

Charlie riss die Augen auf, als zu den beiden nun eine dritte Person trat. Ein Junge mit dunklen Haaren und einem Mund, der zum Lächeln gemacht war: Arman!

„Komm zu uns", rief der Garwin neben Rosalie ihm zu. „ Ich möchte dir jemanden vorstellen."

Charlie schnappte nach Luft. „Ihr wart Freunde?" Sie sah zu, wie Arman Rosalie vorgestellt wurde, die beiden sich zulächelten und immer wieder den Blick des anderen suchten. Charlie schluckte hart. Die Art, wie sich Arman und Rosalie ansahen, diese Millisekunden zu lang, die so viel sagten, ohne dass Worte nötig waren – das war ... genau wie bei ihr und Nils neulich.

„Ich weiß, du hältst mich hier für den Bösen", schnaubte Garwin neben Charlie grimmig. „Aber ich finde, du solltest wissen, wer Arman wirklich ist."

Er machte eine kleine Handbewegung und die Luft veränderte sich, wurde kühler, das Licht dunkler. Sterne spiegelten sich in dem stillen Wasser, an dessen Ufer erneut zwei Personen standen und sich küssten: Rosalie und ... Arman.

„Wir müssen es ihm sagen", flüsterte Rosalie zwischen zwei Küssen und Arman nickte. Nickte und küsste sie wieder. Keiner von beiden bemerkte den Schatten, der aus dem Wald trat und stocksteif stehen blieb. Charlie erstarrte. Garwin hatte die beiden also erwischt, bevor sie ihm die Wahrheit über ihre Gefühle gestehen konnten!

„Er hat sie mir weggenommen", zischte der dunkle Zauberer nah an ihrem Ohr. „Ohne mit der Wimper zu zucken. Unsere Freundschaft hat er zerstört, als hätte sie nie existiert."

Und plötzlich verstand Charlie. Entsetzt drehte sie sich zu

Garwin um. „Du warst das! Du hast Arman und seine Brüder verflucht!"

Als hätte ihre Erkenntnis die Tür zu den Erinnerungen des dunklen Zauberers zugestoßen, befand sich Charlie auf einmal wieder in seiner Höhle, an Armen und Beinen gefesselt. Garwin stand drohend über sie gebeugt. Er nickte mit verzerrtem Gesicht. „Und ich würde es immer wieder tun." Mit einem wütenden Schlenker seiner Hand zauberte er Charlies Amulett zurück um ihren Hals und stieß hervor: „Du hast ja keine Ahnung, was für ein Blut in deinen Adern fließt!"

Nils sah sich suchend um und beugte sich zu Armans Hals. „Ist es hier?" Um ehrlich zu sein, hier sah es nicht wesentlich anders aus als im Rest des Waldes, den sie entlanggeritten waren. Allmählich hatte er die Orientierung verloren. Waren sie an diesem gezackten Felsen schon einmal vorbeigekommen oder nicht?

Arman wieherte zustimmend und Nils stieg ab. Neugierig betrachtete er die Felswand, sie sah solide aus. Schon wollte er sich umdrehen und fragen, ob der Rappe sich wirklich sicher war, da ertönte Charlies Stimme gedämpft durch den Stein: „Das ist eine Falle, haut ab!" Vor ihnen trat der siegessichere Garwin aus dem Felsen. Er hatte Charlie die Arme auf den Rücken gedreht und hielt sie fest.

Und plötzlich geschahen zwei Dinge gleichzeitig: Hinter Nils war ein Zischen zu hören und Arman verwandelte sich in seine Menschengestalt.

„Lass sie los!" Armans Stimme klang fest entschlossen. Überrascht drehte sich Nils zu ihm um. Doch Arman hatte nur Augen für Charlie und den dunklen Zauberer, der ihn höhnisch angrinste. Energisch schob er Nils zurück, als dieser Charlie zu Hilfe eilen wollte, und stellte sich vor ihn.

„Er will mich", flüsterte er ihm zu, dann sah er Garwin in die Augen. „Na los!", forderte er seinen ehemaligen Freund heraus. „Bring es zu Ende, aber lass sie gehen."

Garwins Gesicht verzog sich zu einer siegessicheren Grimasse. Endlich hatte er Arman da, wo er ihn wollte: In seiner Menschengestalt war Arman verletzlich. Nur so konnte er ihn ein für alle Mal auslöschen!

Achtlos stieß Garwin Charlie zur Seite. Nils fing sie auf und hielt sie fest. Für einen kurzen Moment schmiegte sie sich zitternd an ihn, doch egal wie erleichtert sie war, dass er bei ihr war – es ging hier nicht um sie. Garwins Plan hatte Erfolg gehabt, wegen ihr war Arman aufgetaucht und nun standen sich die beiden gegenüber. Der dunkle Zauberer hob die Hände, aus denen immer schneller kleine Blitze zuckten, als ballte er seine ganze gesamte Kraft für einen einzigen Angriff. Charlies Herz raste vor Angst. Er hatte vor, Arman zu vernichten. Und dieser stand, ohne sich zu wehren, da, fest entschlossen, sein Leben gegen das von Charlie einzutauschen. Mit einer ruckartigen Bewegung schossen Garwins Arme nach vorne.

„Nein!" Ohne nachzudenken, machte Charlie sich aus Nils' Armen los. Das konnte sie nicht zulassen! Mutig warf sie sich zwischen Arman und den fest entschlossenen Zauberer und schlug beide Arme um Arman. Als sie ihn berührte, durchschoss sie eine bisher unbekannte Wärme, ein helles Gleißen und …

Nils sah verwundert auf die Stelle, auf der bis vor einer Sekunde noch Arman und Charlie gestanden hatten, und blinzelte. Seine Augen flimmerten, als hätte er direkt in einen Blitz gesehen, in eine zu helle Glühlampe oder in die Sonne. Durch die Flecken, die sein Gesichtsfeld trübten, sah er, wie Garwin ihn einen Moment anstarrte, dann zog der Zauberer sich die Kapuze seines Umhangs übers Haar, trat einen Schritt zurück und löste sich in Luft auf. Nils schüttelte verwirrt den Kopf. Drehte er nun völlig durch oder waren alle drei irgendwie magisch verschwunden?

Hinter ihm war ein Wiehern zu hören, er schnellte herum. Doch nicht Arman in Pferdegestalt hielt auf ihn zu, sondern Richard mit seinem Pferd. Vor ihm auf dem Sattel saß angespannt der kleine Junge vom Waldrand gestern.

„Nils! Gut!" Richard atmete bei seinem Anblick erleichtert aus. „Wo ist Charlie?"

Nils deutete schwach auf den Boden vor ihm, dann zuckte er mit den Schultern. „Das wüsste ich selbst ganz gern."

Als Charlie die Augen aufschlug, befand sie sich auf einer Wiese, nicht weit entfernt vom Hof der Lilientals. Die Sonne ging langsam unter und die Dämmerung begann schon heraufzuziehen. Ihr gegenüber stand Arman und blickte sie rätselnd an. „Wie hast du das gemacht?"

„Ich?" Charlie drehte sich unruhig nach rechts und links. „Ich hab gar nichts gemacht!" Was war passiert? Sie hatte sich vor Arman gestellt, gerade als Garwin seine Drohung wahrmachen und einen tödlichen Blitz auf ihn schießen wollte. Daran erinnerte sie sich noch. Alles danach ...

Arman nahm ihre Hände in seine und sah sie fest an. „Diesmal", flüsterte er, „diesmal hast du mich gerettet!"

Charlie zögerte. „Garwin hat mir seine Erinnerungen gezeigt", berichtete sie ihm dann und fragte: „Hast du ihm seine

Liebe weggenommen?“ Das musste sie wissen. So viel hing zusammen, von dem er keine Ahnung hatte.

„Rosalie?“ Arman schien überrascht. Dann nickte er seufzend. „Ich wollte ihn nicht verletzen. Wir waren beste Freunde, wir haben sie beide geliebt.“

Eine einfache Aussage, eine einfache Wahrheit, oder? Wenn sie nicht so viel Bedeutung hätte. Charlies Kopf schwirrte. „Rosalie war meine Großmutter!“

„Was?“ In Armans Augen dämmerte etwas, ein Begreifen, etwas, das er Charlie voraus hatte, sie war noch immer nicht in der Lage, wirklich alles zusammenzusetzen. Arman und ihre Großmutter Rosalie … hieß das nicht … bedeutete das nicht, dass …

„Charlie?“ Nils’ Stimme klang von weiter her. „Charlie?“ Arman verwandelte sich zurück in seine Pferdegestalt und galoppierte davon, als Nils vom Rand des Waldes auf Charlie zulief. Charlies Füße machten sich selbstständig, sie rannte Nils entgegen und fiel ihm erleichtert in die Arme.

„Charlie, was ist passiert? Ist alles okay?“

Sie schmiegte sich an ihn. Er drückte sie an sich, murmelte „Ich bin froh, dass es dir gut geht!“ in ihre Locken und ließ sie nur widerwillig los. „Gehen wir zurück zum Hof, die anderen machen sich sicherlich Sorgen.“

Dajana, Patrizia, Tami, Tarik und Lore saßen angespannt im Wohnzimmer. Keiner von ihnen wagte, Ronas unruhiges Hin-und-her-Laufen zu unterbrechen. Es wurde immer später, doch von Nils, Charlie und Richard gab es noch immer kein Lebenszeichen. Rona blieb am Fenster stehen und sah in den dunklen Himmel hinauf. Plötzlich stutzte sie. Genau über dem Wald war ein helles Leuchten zu sehen. Sie kniff die Augen zusammen – wie war das möglich?

„Merkwürdig." Sie beugte sich weiter vor. „Ein Stern!" Sie wandte sich verwundert zu den anderen. „Ich weiß nicht, wann ich hier das letzte Mal einen Stern gesehen habe." Der Himmel über Namra war schon so lange pechschwarz und dunkel.

Auch Garwin entdeckte das ungewohnte Licht am Himmel. Doch seine Reaktion war eine ganz andere als Ronas. Geschlagen sank er auf die Knie. Unwillkürlich zerknitterten seine Finger die Zeichnung einer schönen Frau, die er in den Händen hielt: Rosalie. Voller Verzweiflung ließ er den Kopf hängen und schrie ein „Neeeeeiiiin!" heraus. Adrian, der hinter ihm gestanden hatte, zog sich das Herz zusammen. Auch wenn sein Bruder Böses getan hatte, war er immer noch sein Bruder und es schmerzte ihn, ihn so zu sehen. Ganz vorsichtig schlich Adrian näher, ließ sich auf dem Boden hinter seinem verzweifelten Bruder nieder und schlang tröstend die Arme um ihn.

Die Bewohner des Liliental-Hofes blickten währenddessen immer noch verwundert und erfreut auf den funkelnden Stern, als plötzlich Richard mit Nils und Charlie durch die Tür trat.

„Gott sei Dank!" Lore und Tami umarmten abwechselnd Richard, Charlie und Nils. Dajana drückte Charlie kurz an sich, Patrizia hielt sich etwas abseits, doch auch ihr war die Erleichterung im Gesicht abzulesen. Tarik atmete auf: „Geht's euch gut, was ist passiert? Ihr müsst uns sofort alles erzählen!"

Charlie setzte sich auf das große, gemütliche Sofa, lehnte sich gegen Nils und überließ den anderen beiden das Reden. Zu erschöpft war sie von all den Ereignissen der letzten Stunden. Fast ein wenig glücklich ließ sie ihren Blick über die aufgeregten Gesichter wandern. Eine Familie zu haben, Freunde zu finden und geliebt zu werden, darauf kam es an, auch in einer Welt voller Zauberer und Feen. Als Richard aufstand, um Tami ins Bett zu bringen, sah sie den beiden wieder lächelnd hinterher.

Und auch auf Tamis Gesicht lag ein erleichterter Ausdruck, als sie sich zufrieden ins Bett kuschelte. „Adrian hat dir wirklich geholfen?“, wollte sie wissen. Richard nickte. „Ohne ihn hätte ich Charlie und Nils nicht gefunden. Ich soll dir von ihm sagen, dass es ihm wirklich leidtut.“ Tami zog die Nase kraus. „Und warum ist er dann nicht mitgekommen?“

Richard strich ihr zärtlich eine Haarsträhne hinters Ohr. „Weil er Garwin liebt, er ist sein Bruder, seine Familie. Er kann ihn doch nicht einfach so aufgeben.“

Tami nickte. Diese Erklärung leuchtete ihr ein und sie war dankbar dafür. Das hieß also, dass sie sich nicht getäuscht hatte: Adrian war wirklich ihr Freund. Und dass er sie angelogen hatte – nun ja, manchmal tat man seltsame Dinge für Menschen, die man liebte!

„Wir müssen ihm helfen“, erklärte sie müde. Richard strich ihr über die Stirn. „Das werden wir, versprochen!“ Dann gab er ihr einen Gutenachtkuss. „Und jetzt Augen zu, träum was Schönes.“ Leise löschte er die Lampe und verließ ihr Zimmer. Zufrieden knuddelte Tami ihr Kissen zurecht und schloss die Augen. Sie hatte fest vor, von etwas Schönem zu träumen. Zum Beispiel von einer Zeit, in der sie und Adrian sich wieder wie früher im Wald treffen konnten.

„Wie hast du das gemacht? Raus mit der Sprache! Wie hast du dich aus den Klauen des bösen Zauberers befreit?“ Tarik sah Charlie bewundernd an. Die Auserwählten hatten nicht so einfach schlafen gehen können. Nach den heutigen Geschehnissen war dringend eine weitere Besprechung nötig. Deshalb hatten er und Nils sich in das Mädchenzimmer geschlichen. Nun saß er zufrieden neben Patrizia auf dem Bett und hob fragend die Augenbrauen. Charlie, ihm gegenüber zwischen Dajana und Nils, zuckte mit den Schultern.

„Ich hab gar nichts gemacht.“ Sie wusste es wirklich nicht. Verunsichert blickte sie zwischen den anderen hin und her. Sie konnte sich das selbst alles nicht erklären!

Patrizia verdrehte die Augen. „Ja, ist klar! Sich zwischen den Zauberer und Arman werfen und sich mit Letzterem einfach ... wegbeamen. Das ist ja wohl kaum ‚nichts‘, oder?“ Nils warf ihr einen warnenden Blick zu.

„Jetzt lasst sie mal in Ruhe“, verlangte er und war erleichtert, als Tarik das Thema wechselte.

„Auf alle Fälle sind wir einen großen Schritt weitergekommen“, erklärte der und lächelte Patrizia zu. „Dank Patrizia!“

Nils und Charlie blickten ihn verständnislos an. Also wurde Dajana ein wenig genauer: „Der Zwerg hat uns ein Geheimnis verraten: Wir müssen zum Orakel.“

„Was denn für ein Orakel?“, fragte Charlie, nun hellwach.

Tarik verdrehte gespielt dramatisch die Augen. „So ein Super-Megawesen ...“

„Das alles weiß“, ergänzte Patrizia und sah Charlie und Nils begeistert an.

„Okay.“ Nils beugte sich vor. „Und wo finden wir dieses Super-Megawesen, das alles weiß?“

Darauf hatten die drei Zwergenbeauftragten allerdings keine Antwort, das hatten sie tatsächlich vergessen zu fragen!

Während nun also die Diskussion losging, wie an diese Information zu kommen sei, am besten ohne vorangehende Küsse, verzog sich Charlie nach draußen. Unter freiem Himmel konnte sie immer am besten nachdenken – wie auch zu Hause in der Stadt. Zu Hause – Sie hatte schon lange nicht mehr an zu Hause, an ihre Mutter und Jan gedacht. Ob es ihnen gut ging? Heimweh hatte sie nicht, aber der Gedanke an ihre Familie tat gut. Ob ihre Mutter von Rosalie wusste und von allem, was damit zusammenhing? Oder hatte ihr Vater diesen Teil seines Lebens vor ihr geheim gehalten? Hatte auch Charlies Mutter genau wie sie selbst gedacht, seine Erzählungen über Zauberer, Zwerge und ein märchenhaftes Land seien nichts weiter als Geschichten, die seiner Fantasie entsprungen waren?

„Alles klar bei dir?“ Nils trat zu ihr, sah sie aufmerksam an und ließ sich neben ihr auf dem Brunnenrand nieder.

Hilflos zuckte Charlie mit den Schultern. „Keine Ahnung.“ Dass er ihr gefolgt war, tat ihr gut. Einen Moment schwiegen sie gemeinsam und sahen in den dunklen Himmel. Dann fragte er leise: „Was ist da im Wald mit dir passiert? Was war das für ein Licht?“

Unsicher hob sie die Hände, „Ich weiß es wirklich nicht!“, und ließ den Kopf gegen seine Schulter sinken. Die hob und senkte sich mit jedem Atemzug unter ihrer Wange. Vorsichtig schlang er einen Arm um sie und strich mit den Fingerspitzen über ihren Oberarm.

Charlies Herz klopfte ein paar Takte schneller. Sie war dankbar, dass er nicht weiter nachfragte. Denn sie hatte keine Antwort auf seine Fragen. Zumindest keine, die irgendwie vernünftig klang. Sie hatte die Wahrheit darüber wissen wollen, woher ihr Vater Namra kannte, wo die Verbindung lag. Und was sie mit dieser Welt gemeinsam hatte. Zumindest auf die ersten beiden Fragen hatte sie heute eine Antwort erhalten: Ihre Großmutter war von hier. Und sie und Arman waren ein Paar gewesen. Doch was sie genau aus all den neuen Informationen machen sollte, lag ebenso im Dunkeln wie der sternenlose Himmel über ihr. Doch halt! Moment! Der nicht ganz so sternenlose Himmel. Denn genau über ihr strahlte ein Stern, hell und deutlich. War der gestern auch schon da gewesen und sie hatte ihn einfach nur nicht bemerkt?

KAPITEL 19

Charlie stand in Armans Box und genoss das Gefühl seines Fells unter ihrer Hand, sein sanftes Schnauben und den wissenden Blick aus seinen dunklen Augen. Bei ihm zu sein beruhigte sie. Und Beruhigung hatte sie dringend nötig. Gerade hatte sie Nils, Tarik, Dajana und Patrizia erzählt, was sie sich gestern zusammengereimt hatte. Und wenn man ehrlich war: Es klang mehr als versponnen!

„Das heißt also, deine Großmutter Rosalie stammt von hier?", erklang Patrizias ungläubige Stimme in Charlies Rücken. Unwillkürlich wartete Charlie auf eine spitze Bemerkung, doch sie kam nicht. Also nickte sie.

„Wie war sie denn so?", wollte Dajana wissen und Charlie drehte sich langsam zu ihren vier Mitstreitern um. In einer Reihe standen sie im Gang des Stalles und sahen ihr interessiert entgegen. „Ich weiß nicht viel von ihr." Charlie zuckte entschuldigend mit den Schultern. „Sie lebt zurückgezogen in der Stadt, nur mein Vater hatte Kontakt zu ihr."

„Und wie hast du das mit dem Licht nun gemacht und wie hast du Arman gerettet?" Dajanas Augen strahlten begeistert. Was sollte Charlie darauf antworten? Überfordert lockerte sie den roten Schal um ihren Hals. „Ich hab keine Ahnung, was passiert ist, das hab ich euch doch schon tausendmal gesagt."

Tarik wollte es dabei nicht bewenden lassen: „Aber es

macht Sinn“, fand er und sah sie rätselnd an. „Überleg doch mal: Wenn du von hier kommst, macht das aus dir auch so eine Art …“

Er suchte nach der richtigen Bezeichnung. Auch Charlie hatte sich damit schwergetan. Ironisch schlug sie „Freak?“ vor, doch dass Tarik daraufhin nickte, gefiel ihr nicht besonders. Verletzt drehte sie sich zurück zu Arman.

„Leute!“, rief Nils die anderen drei zur Ordnung. „Lasst uns bei dem bleiben, was wir wissen, und das ist der Fluch, mit dem dieser irre Garwin die Söhne der Lilientals verzaubert hat!“

„Den wir brechen müssen!“, fügte Tarik überzeugt an. Charlie zog die Stirn kraus. Sie wünschte, sie könnte wie er glauben, dass alles nur eine Frage der Zeit sei.

Dajana schien Charlies Skepsis zu teilen: „Fragt sich nur, wie!“

Charlie überlegte kurz. In der Frage nach dem *Wie* waren sie ja schon einen Schritt weitergekommen. Das hatten Tarik, Dajana und Patrizia gestern doch eigentlich herausgefunden, oder? „Wir müssen zu diesem Orakel, von dem euch der Zwerg erzählt hat“, schlug sie vor.

„Dieser, wie heißt er noch mal, Billybald?“ Patrizia schaffte es, die Augen zu verdrehen und gleichzeitig zu nicken. Der kleine Kerl hatte sich ihr nach dem Kuss formvollendet vorgestellt. „Also worauf warten wir?“, fragte Charlie und sie spürte plötzlich, wie sie wieder etwas mehr Zuversicht durchströmte. „Das ist der einzige Hinweis, den wir haben!“

Und so kauerten die fünf bald darauf erneut auf dem Dachboden im Kreis um die Hutschachtel herum, in der Billybald gefangen war. Charlie sah Tarik aufmunternd an. Irgendwie mussten sie aus dem Zwerg herausbekommen, wo sich dieses mysteriöse Orakel befand. Doch Patrizia hatte klar und deutlich erklärt, dass sie diesmal nicht zum Küssen zur Verfügung stehe. Tarik zögerte, stand auf, lüpfte den Deckel und grüßte honigsüß:

„Guten Morgen, Stummelchen!"

Als nur ein schlecht gelauntes „Mein Morgen könnte nicht schlimmer sein" zurückkam, beugte sich Charlie vor. Sie hoffte, Tarik würde weiterhin freundlich bleiben. Erleichtert sah sie, wie Tarik sich zusammenriss und es geduldig noch einmal versuchte: „Wie geht es dir?"

„Schlecht!"

„Willst du was essen?"

Charlie unterdrückte ein Grinsen. Tarik ging offensichtlich von sich selbst aus: Seine Laune hob sich automatisch mit der Nahrungszufuhr. Doch der kleine Kerl spickte seine abweisende Antwort mit einer saftigen Beleidigung: „Damit wir so fett werden wie Sie, Sie hässlicher Riesenfurz?"

Tarik wandte sich genervt an Patrizia: „Ich glaube, du solltest besser mit ihm reden." Als auch Charlie ihr aufmunternd zunickte, erhob sich Patrizia augenrollend. Dann jedoch holte sie tief Luft, pflasterte sich ein umwerfendes Lächeln aufs Gesicht und beugte sich über die Hutschachtel. „Hi!"

„Ohhhh!", entfuhr es dem Zwerg sofort entzückt. „Einen wunderschönen guten Morgen. Was kann ich für Euch tun, holde Maid? Wie war die Nacht? Habt Ihr süß geschlummert?" Das musste Charlie Patrizia lassen, wenn sie wollte, konnte sie unglaublich charmant sein! Nett stellte sie die wichtige Frage: „Also, wir wollen zu diesem Orakel, von dem du uns erzählt hast. Kannst du uns helfen?"

„Bedaure, bezauberndes Prachtweib“, zwitscherte Billybald und spitzte auffordernd die Lippen. „Aber wir könnten wieder …“

Charlie beobachtete, wie Patrizias Gesichtszüge entgleisten, und konnte es ihr nachfühlen.

Und … Prachtweib? Was war das denn für eine abscheuliche Bezeichnung?

„Danke, ich verzichte“, stellte Patrizia eilig klar, dann leuchteten ihre Augen plötzlich auf, offenbar war sie auf eine Alternatividee gekommen, mit der sie Billybald locken wollte. „Wenn du uns sagst, wie wir dahin kommen …“, sie warf kurz einen prüfenden Blick in die Runde, „dann lassen wir dich frei!“

Tariks empörtes „Ey, was machst du!“ wurde schnell unterdrückt. „Lass sie!“, raunte Nils. Charlie erklärte fest: „Du hast ihn lange genug hier gefangen gehalten“, und Dajana setzte nickend hinzu: „Der ist doch kein Haustier!“

Und Patrizias Vorschlag schien zu wirken. Ein Strahlen breitete sich auf dem Gesicht des Zwerges aus. „Das würdet Ihr wirklich tun?“ Seine Freiheit war ihm offenbar genauso viel wert wie ein Kuss von Patrizia. Als sich nun nicht nur Charlie, sondern alle anderen auffordernd zu Tarik wandten, gab dieser nach: „Wenn es unbedingt sein muss …“

Billybald nickte hoheitsvoll. „Dann haben wir eine Abmachung.“

Sofort kam Leben in Charlie, Dajana, Nils und auch Tarik. Erwartungsvoll bildeten sie einen Kreis um die Hutschachtel. „Zum Orakel zu gehen ist zwar furzentöricht, völlig verhohnepiepelnd und lemmingegleich“, fuhr der Zwerg sie an, verriet aber dann doch alles Wissenswerte: Um zu dem Orakel zu gelangen, mussten die fünf der untergehenden Sonne entgegenreiten bis zum Ort der verlorenen Seelen. Charlie biss sich auf die Lippen, sie mussten also bis zum Abend warten! Dabei würde sie sich am liebsten sofort auf den Weg machen. Sie fühlte sich rastlos. Außerdem klang der Ort der verlorenen Seelen alles andere als einladend. Doch es wurde noch mysteriöser, als der Zwerg ihnen den Weg aufmalte.

„Wenn ihr dort seid“, warnte er, „beachtet eines: Sagt immer die Wahrheit!“ Charlie schluckte. Schon die Tatsache, dass er seinen Rat mit keinem einzigen Schimpfwort gespickt hatte, machte ihr seine Ernsthaftigkeit klar. Selbst er, der er zu den magischen Wesen gehörte, schien mehr als großen Respekt vor diesem Orakel zu haben! Nur Patrizia wollte es anscheinend genauer wissen. „Sonst was?“, fragte sie mit einem schrägen Grinsen.

„Sonst“, entgegnete der Zwerg mit ungewöhnlich ängstlichem Gesicht, „sonst lässt sie euch nicht wieder gehen!“ Wie um ihr Unwohlsein bei seinen Worten zu überspielen, nahm Patrizia die Hutschachtel in die Hand. Der Zwerg hatte seinen Teil der Abmachung erfüllt, nun waren sie dran.

Von Tarik begleitet, trug Patrizia die Hutschachtel behutsam bis auf die Wiese und ließ den Zwerg frei. Etwas weiter entfernt ritt Richard vom Hof weg.

Anstatt davonzurennen, wie Patrizia erwartet hatte, blieb Billybald einen Moment sinnierend im Gras stehen. „Nach Eurem Kuss“, strahlte er sie an, „schenkt Ihr uns jetzt auch noch die Freiheit. Ihr seid ein ganz besonderes Menschenkind.“

Patrizia lachte überrascht auf und schielte zu Tarik. „Das sehen hier, glaub ich, nicht alle so.“

Der Zwerg zuckte mit den Schultern. „Weil“, erklärte er aus tiefstem Herzen, „sie nicht sehen, was wir sehen.“

Obwohl aus dem Mund eines kleinen Motzzwergs war das eines der nettesten Komplimente, das Patrizia jemals bekommen hatte.

„Jetzt hau schon ab“, überspielte sie ihre Rührung. Der Zwerg winkte ihr zu. „Lebt wohl!“ Und damit verschwand er.

„Warum tust du dir das an?“ Abwehrend starrte Garwins Spiegelbild ihm entgegen. Der sah auf den Höhlenboden vor ihm. „Ich muss es wissen“, flüsterte er rau und hob dann den Blick. „Wenn Rosalie zu den Menschen gegangen ist, dann ist sie immer noch dort!“

„Was wird passieren, wenn du sie findest?“, zischte die Stimme aus dem Spiegel völlig emotionslos. Garwin sah fest entschlossen hinein. „Es gibt nur einen Weg, das herauszufinden. Ich kann nicht in die Menschenwelt, du hingegen schon. Finde sie! Finde Rosalie!“

Für den Bruchteil einer Sekunde sah es aus, als zögere der Garwin im Spiegel, dann drehte er sich um und verschwand. Der dunkle Zauberer blieb regungslos stehen und wartete. Wartete und starrte auf die leere Scheibe vor ihm. Langsam setzte sich dort das Bild einer Straße zusammen: Autos, Fahrradfahrer, Geschäfte: die Menschenwelt! Gebannt folgte Garwin seinem Spiegelbild durch die Straßen.

Eine Frau in beigem Mantel überquerte eine Kreuzung, die Kapuze verdeckte ihr Gesicht. Die Hände in den Taschen vergraben, eilte sie einen Bürgersteig entlang. In der Pfütze unter ihr erschien Garwins Spiegelbild, dann ein paar Meter weiter in einer Scheibenfront. Doch sie bemerkte davon nichts, strich sich das eisgraue Haar aus der faltigen Stirn und tauchte behände in den Eingang eines schönen Altbaus. Ihre von Altersflecken übersäten Hände öffneten geschickt das Wohnungsschloss. Dann trat sie durch den Flur in das angrenzende Zimmer. Sie nestelte an ihrem Mantel. Kaum hatte sie die Kapuze zurückgeschoben, verwandelte sich ihr Gesicht in das eines etwa 18-jährigen Mädchens und ihr graues Haar wich einer goldfarbenen langen Haarpracht, die an Charlies erinnerte. Doch in ihrem war kunstvoll ein Geschmeide verflochten, dessen Hauptjuwel auf ihrer Stirn saß. Ihre zarte Figur wurde von einem weichen cremefarbenen Kleid eingehüllt. Gerade wollte sie das Zimmer wieder verlassen, als eine körperlose Stimme sie erschrocken herumfahren ließ: „Rosalie!" Eine Stimme, von der sie nicht erwartet hatte, sie noch einmal zu hören. Langsam und zitternd nahm sie den Spiegel an der Wand in Augenschein. Tatsächlich, da war er: Garwin!

Rosalie holte tief Luft und fixierte das Spiegelbild ihres ehemaligen Verehrers. Nur ein Wort fiel ihr ein, doch es steckte all ihre Wut darin: „Verschwinde!"

Sein flehendes „Hör mich erst an" ließ sie innehalten. Doch schon der folgende Satz ließ sie erstarren. „Es war Armans Schuld", sagte er völlig überzeugt, „ohne ihn wäre das alles erst gar nicht passiert."

„Was hast du mit ihm gemacht?", schleuderte sie ihm hasserfüllt entgegen.

„Nichts, es geht ihm gut. Er hat dich vergessen."

Rosalie traten Tränen in die Augen. „Du lügst." Bei der bloßen Vorstellung krampfte sich ihr Herz zusammen.

„Arman selbst hat sich dazu entschieden, in Namra zu bleiben. Seine Liebe für dich war nie stark genug", flüsterte ihr Garwin aus dem Spiegel entgegen. Doch sie glaubte ihm nicht. Wütend starrte sie das Bild des Zauberers an, als er nun tatsächlich erklärte: „Aber wir, Rosalie, wir können neu anfangen, unsere Liebe hat noch eine Chance."

Glaubte er das wirklich? Nach allem, was er ihr angetan hatte? Offensichtlich, denn er streckte eine Hand nach ihr aus und flüsterte: „Du musst nur mitkommen!"

Kalt fixierte sie ihn. „Lieber würde ich sterben. Ich habe dich nie geliebt, Garwin, und ich werde es nie tun!" Rosalie schloss die Augen und konzentrierte all ihre Wut und ihren Schmerz. Sie musste diese Verbindung zerbrechen! Garwin davon abhalten, ihr noch mehr wehzutun!

Rosalies letzte Worte ließen Garwin erstarren. Regungslos sah er zu, wie sie die Augen schloss, sich ein Leuchten um ihre zarte Gestalt bildete, immer heller, immer gleißender und dann ... zerbarst der Spiegel in ihrem Zimmer, die Verbindung war zerbrochen. Seine letzte, seine einzige.

Lore hob überrascht den Kopf. Noch drei Hammerschläge fehlten und sie hätte auch Miloschs Namensschild an seiner nach dem Brand neu gezimmerten Box angebracht. Doch irgendetwas war plötzlich anders als noch Sekunden davor. Als schöben sich zwei Bilder übereinander. Verwundert lehnte sie sich gegen das Holz und blickte den kleinen Falben vor sich an. Es zuckte mit den Ohren und hob den Kopf. Und plötzlich meinte Lore, wie von weit her, die Stimme eines Jungen zu hören: „Mama", rief sie leise. „Mama, hilf uns!"

Irritiert sah sie Milosch in die großen Augen. Doch der

schnaubte nur kurz, wie Pferde eben schnaubten. Was war nur los mit ihr? Mit klopfendem Herzen lief sie zurück ins Haus. Richard saß im fast dunklen Esszimmer am Tisch und sah überrascht auf.

„Hast du Mick gefunden?“, fragte Lore voller Hoffnung. Wenn irgendjemand all die seltsamen Geschehen und Einbildungen der letzten Zeit erklären konnte, dann ihr Freund Mick! Doch Richard schüttelte den Kopf. „Er ist wie vom Erdboden verschluckt. Ich versteh das einfach nicht.“ In etwas leichterem Ton fuhr er fort: „Was machen die Kinder?“ Doch Lore konnte er nicht täuschen: Er machte sich Sorgen! „Die sind alle auf ihren Zimmern. Es war ein verdächtig ruhiger Tag heute.“ Nun ja, bis auf die Szene vorhin im Stall, aber Lore wollte Richard nicht mit ihren Hirngespinsten beunruhigen. „Soll ich uns einen Tee machen?“, schlug sie vor und lief, von ihm gefolgt, in Richtung Küche. Da füllten plötzlich erneut Stimmen den Raum. Und als sie sich nach ihnen umdrehte, saßen fünf Jungen am Esstisch, lachten, kabbelten sich und sahen so ... bekannt aus! Als müsse sie wissen, wer sie waren! Lores Knie knickten ein. Richard konnte sie gerade noch rechtzeitig stützen und half ihr fürsorglich auf einen Stuhl.

Lore war dankbar, dass Richard seine Mutter dazuholte, nachdem sie ihm von den Stimmen erzählt hatte, die in letzter Zeit immer häufiger zu hören waren – in ihrem Kopf.

„Ich habe gedacht, vielleicht ist es von der ganzen Aufregung“, erklärte Lore ihrer Schwiegermutter Hilfe suchend. „Aber die Bilder fühlen sich so echt an, das ist wie ein vertrautes Gefühl, wie eine Erinnerung, die ich einfach nicht zu fassen kriege.“

„Vielleicht hat der Brand das in dir ausgelöst“, versuchte sich Rona an einer logischen Erklärung. „Manchmal können schlimme Erlebnisse so eine schlimme Wirkung haben.“ Doch Lore wollte keine Logik, sie wollte herausfinden, was ihre Visionen bedeuteten! Bittend legte sie eine Hand auf Ronas Unterarm. „Kannst du mir nicht irgendwie helfen?“

Rona zögerte. „Es gibt da ein Mittel: Gondja-Mai“, nickte sie. „Das ist ein Trunk, der entrückte Gedanken wieder ordnen kann.“

Mit neuem Mut sah Lore auf. „Hast du ihn hier?“

Rona nickte langsam. „Aber er ist sehr, sehr stark“, warnte sie. „Und ich hab ehrlich gesagt keine Erfahrungen damit. Er könnte Erinnerungen hervorkommen lassen, die besser nicht hervorkommen sollen.“ Ernst wiegte sie den Kopf. „Weil sie aus einem ganz bestimmten Grund verdrängt wurden, und wenn man sie erzwingt, könnte das ganz schlimme Folgen haben.“

Lore nickte, sie verstand Ronas Sorge, aber dennoch meinte sie: „Das Risiko geh ich ein.“

„Ich aber nicht!“, widersprach Richard, voller Sorge.

„Richard, ich halte diesen Zustand einfach nicht mehr länger aus!“ Richard nahm ihre Hände bittend in seine.

„Liebling“, schlug er vor, „schlaf doch noch eine Nacht darüber. Vielleicht fällt uns ja noch eine andere Lösung ein!“ Da auch Rona dies für die beste Alternative hielt, nickte Lore ihnen beruhigend zu. In ihrem Inneren allerdings tobte ein ungleicher Kampf. Denn auch wenn sie nicht erklären konnte, weshalb, sie hatte das sichere Gefühl, irgendetwas wollte ans Licht. Etwas Wichtiges!

So beschäftigt waren Lore, Richard und Rona, dass keiner von ihnen die verdächtigen Geräusche vom Hof hörten: Charlie, Nils, Dajana, Tarik und Patrizia sattelten leise ihre Pferde, stiegen auf und ritten los. Charlie führte die Gruppe in den Wald. Sie alle blieben stumm, voll und ganz auf die ihnen bevorstehende Begegnung konzentriert. Was würden sie von dem Orakel erfahren?

KAPITEL 20

Charlie legte den Kopf in den Nacken. Nur ein einziger Stern strahlte vom Himmel. Doch auch dieser hatte gute Hilfe dabei geleistet, immer der gleichen Himmelsrichtung zu folgen. Sie nahm die Zeichnung zur Hand, die Billybald ihnen angefertigt hatte, und verglich sie mit ihrer Umgebung. Es sah aus, als seien sie ganz nah. Und tatsächlich, nur wenige Schritte weiter erhob sich ein sanfter Hügel vor ihnen. An dessen Spitze stand ein Zelt, das im Mondschein leuchtete. Charlie stieg von Armans Rücken und bedeutete den anderen vieren, ihr zu folgen. Je näher sie dem Zelt kamen, desto dichter umspielte Nebel ihre Füße.

Niemand von ihnen bemerkte die Spitze einer kleinen roten Zwergenmütze, die ihnen folgte. Keiner hörte das seufzende Gemotze: „Dumm", seufzte Billybald, „dumm, dumm, dumm, diese Menschenkinder!" So schnell ihn seine kleinen Beine tragen konnten, folgte er ihnen den Hügel hinauf, Patrizias dunklen Haarschopf fest im Blick.

Charlie betrachtete das viel zu klein wirkende Zelt für einen Moment. Flatternde weiße Stoffbahnen und Nebel verhüllten den Eingang. Dann atmete sie tief ein und suchte sich einen Weg ins Innere.

Nur kurz hinter ihr traten die anderen vier ein. Überrascht sahen sie sich um. Von außen hatte das geheimnisvolle Zelt viel kleiner gewirkt. Nun erstreckte sich ein großer weißer Raum vor ihnen, an dessen Ende ein Thron aus weißen Ästen stand. Hoch aufgerichtet sah ihnen von dort eine Frau mit einem fast kindlichen amüsierten Ausdruck auf dem Gesicht entgegen. Alles an ihr war hell: das Kleid mit dem hohen Kragen, der sich um ihren Kopf schlängelnde Schmuck, ja selbst ihr Haar. Nur die Augen, mit denen sie die fünf nun musterte, waren dunkel. Dunkel und belustigt.

„Ihr seid aber unhöflich“, fand sie, „kommt einfach rein, ohne anzuklopfen, und sagt dann nicht mal Hallo!“

Perplex öffneten alle fünf Jugendlichen gleichzeitig den Mund. Ein fünffaches „Hallo“ hallte durch den Saal.

Tarik beugte sich neugierig vor. „Bist du das Orakel?“

„Siehst du hier noch eins?“, fragte sie etwas verwundert und wollte anschließend wissen: „Wollt ihr mit mir spielen? Hier ist es furchtbar langweilig.“

Spielen? Verwundert warf Charlie den anderen vier einen Blick zu. Sie wollte spielen? Dabei gab es wichtige Dinge zu besprechen! „Wir sind eigentlich hier“, begann sie zögernd, „weil wir dich fragen wollten ...“

„... wie ihr den Fluch brechen könnt“, seufzte das Orakel wissend, bot ihnen aber keinerlei Lösung an. Offensichtlich wollte sie gebeten werden! Nun gut. Charlie trat mutig einen Schritt vor. „Kannst du uns helfen?“

Die Antwort kam schnell: „Ja. Aber dafür muss mir jeder von euch eine Frage beantworten.“

Ihre Worte klangen bedrohlich wie ein hohles Echo. Fast so, als sollte sich jeder von ihnen genau überlegen, ob er oder sie auf diesen Deal wirklich eingehen sollte. Charlie nickte. Sie waren so nahe dran! „Was willst du wissen?“

Das Orakel lächelte breit. „Eure größte Angst!“, verlangte sie dann flüsternd und nahm die fünf Jugendlichen neugierig in Augenschein.

Patrizia hob die Schultern. „Was soll die Frage?“, wollte sie wissen.

„Das ist ein Spiel!“, kam es zurück. Ungeduldig setzte sich das Orakel auf seinem Thron zurecht. „Ich höre …?“

Charlie zögerte. Ja, es war ihr wichtig, den Fluch zu brechen. Auch um herauszufinden, was das alles mit ihr selbst zu tun hatte. Und jetzt standen sie hier und könnten einen großen Schritt weiterkommen. Allerdings bedeutete das, dass sie alle das aussprechen müssten, was für sie am schwersten war. Und für Charlie selbst hieß das, etwas zu gestehen, das sie noch niemandem anvertraut hatte!

Nils neben ihr schluckte. Dann warf er ihr einen Blick zu und machte den Anfang: „Meine größte Angst ist … Also, meine Mutter trinkt und ich hab Angst, nach meinem Vater auch noch sie zu verlieren.“ Fest sah er nach vorne, wo das Orakel ihn angrinste, als fände sie es lustig, dass er sich gerade verletzbar gemacht hatte. Charlie dagegen war gerührt, dass er ihnen allen den Einstieg erleichtert hatte. Und sie bewunderte ihn für seine Offenheit. Am liebsten hätte sie seine Hand gegriffen und gedrückt. Aber irgendwie schien das nicht die richtige Zeit dafür. Auch Tarik hatte davon scheinbar nichts gewusst. „Das hast du uns nie erzählt“, flüsterte er.

„Wieso sollte ich?“

„Wir sind eine Familie, Bro“, schnaubte Tarik. „Wir wohnen zusammen.“

Nils sah ihn auffordernd an. „Komm, Alter, du bist dran.“

„Also, meine Eltern sind in Syrien“, gestand Tarik so schnell wie möglich, „und ich hab Angst, dass sie enttäuscht sind, wenn sie sehen, was aus mir geworden ist." Auch das hatte Charlie nicht geahnt. Mitfühlend sah sie ihn an. Was kam heute noch so zutage?

„Ich habe Angst, wieder krank zu werden", flüsterte Dajana da auch schon.

„Wie bitte?", kicherte das Orakel und legte eine Hand ans Ohr.

„Ich glaube, du hast sie verstanden", sprang Patrizia Dajana zur Seite.

„Ach", flötete das Orakel da zuckersüß, „dann bist du wohl an der Reihe."

Charlie schluckte. Das hieß, sie war die Letzte. Und noch immer wusste sie nicht genau, wie sie in Worte fassen sollte, was sie seit Jahren verfolgte ...

Patrizia kniff die Lippen aufeinander und fixierte das Orakel. „Meine größte Angst", erklärte sie, „ist ... nicht mehr nach Hause zu kommen. Ja. Ich will einfach nur nach Hause." Ironisch fügte sie hinzu: „Nimm's nicht persönlich."

Doch nichts konnte das Dauerlächeln vom Gesicht des Orakels vertreiben. „Ist ja interessant." Einen Moment betrachtete sie Patrizia mit einem fast diebisch erfreuten Ausdruck, dann konzentrierte sie sich auf Charlie, der das Herz bis in die Kehle klopfte. „Ja, dann bleibt nur noch eine."

Nun war sie dran. Der Moment der Wahrheit ... Charlie zog die Schultern hoch. Alle anderen waren mutig genug dafür gewesen. Doch keiner von ihnen wusste, was in ihr wütete und sie nicht losließ. „Ich", hob sie schließlich verzweifelt an, „ich habe ... Angst davor, schuld zu sein!"

War klar, dass das weiß gewandte Orakel es damit nicht bewenden ließ, offenbar hatte sie Spaß daran, alles ans Licht zu zerren.

„Woran?“, fragte sie mit einem unschuldigen Augenaufschlag, dabei ahnte Charlie, dass sie die Antwort längst kannte und nur herausfinden wollte, ob sie genug Mumm hatte, sie auch in Worte zu fassen. Grimmig fixierte sie die dunklen Augen am anderen Ende des Raumes. „Daran, dass mein Vater tot ist, okay?“, schleuderte sie dem Orakel dann entgegen, das sich anscheinend befriedigt zurücksinken ließ.

In der folgenden Stille wagte Charlie es nicht, die vier anderen anzusehen. Sie hatten eben etwas voneinander erfahren, das vermutlich keiner von ihnen bisher irgendwem anvertraut hatte. Persönlicher ging es nicht. Und wenn sie hier herauskämen, würden sie irgendwie damit umgehen müssen, denn rückgängig war dieses Wissen übereinander nicht zu machen!

„Schön“, unterbrach das Orakel da Charlies Gedanken. „Jetzt bin ich dran: Es ist ganz einfach – um den Fluch zu brechen, müsst ihr nur Garwins Herz finden.“

Tarik neben Charlie staunte: „Was? Der Typ läuft ohne Herz rum?“

Das Orakel nickte amüsiert. „Er hat es gegen den Fluch eingetauscht. Aber die Sternenfee wird euch den Weg weisen.“

Charlie trat einen Schritt vor, das war nur eine halbe Antwort! „Was heißt das?“

„Das müsst ihr selbst herausfinden.“ Das Orakel schien genug von ihrer Gegenwart zu haben, gelangweilt winkte sie die fünf weg. „Und jetzt solltet ihr besser gehen. Solange ihr noch könnt.“ Damit veränderten sich ihre dunklen Augen plötzlich bedrohlich, wurden hellgrau, stechend und hypnotisch.

„Patrizia!", rief sie.

Patrizia wurde es eiskalt. Mit einem Mal konnte sie ihre Beine nicht mehr bewegen – ach was, sie konnte sie nicht einmal mehr spüren! Entsetzt sah sie an sich herunter. Ihre Füße begannen sich aufzulösen, dann ihre Knöchel.

„Was machst du?", rief sie entsetzt und hörte Dajanas panisches Flüstern: „Patrizia, hast du gelogen?"

Patrizias Knie verwandelten sich in eisigen Nebel, sie wollte fliehen, doch ihr Körper gehorchte ihr nicht mehr. „Bitte, hör auf!", flehte sie in Todesangst. „Okay, okay, ich habe nicht die Wahrheit gesagt. Meine größte Angst ist es, alleine zu sein, nicht gemocht zu werden und keine Freunde zu haben!"

Doch trotz ihres Geständnisses änderte sich nichts. Die Kälte kroch weiter an ihrem Körper empor. „Was zum Teufel willst du noch von mir hören?" Verzweifelt sah sie das Orakel an. Doch dieses betrachtete sie mit ihren seltsamen, erbarmungslosen Augen. „Es ist zu spät, Patrizia."

Patrizia begann zu schreien, die anderen vier versuchten verzweifelt, sie von der Stelle zu bewegen. Umsonst. Gerade als der Nebel fast ihr Herz erreicht hatte, flatterte der Eingang des Zeltes. Eine Stimme befahl: „Lasst sie gehen!"

Sämtliche Köpfe fuhren herum. Nur wenig von Patrizia entfernt stand Billybald. Die Beine fest in den Boden gestemmt, den Blick lodernd auf das Orakel gerichtet, das ihn nun überrascht ansah. „Nehmt uns!", bot er ihr an.

Das Orakel zuckte mit den Schultern. „Na gut, wenn du unbedingt willst", und wandte ihren stechenden Blick von Patrizia zu dem Zwerg.

Patrizia schüttelte heftig den Kopf. „Billybald, nein, wieso?"

Schon während sich ihr Körper wieder materialisierte und

seiner langsam verschwand, sah er sie sanft an. „Weil", antwortete er lächelnd, „weil Euch unser Herz gehört!"

Patrizias Knie gaben nach. Doch bevor sie zu der Stelle stürzen konnte, an der noch vor Kurzem der mutige Zwerg gestanden hatte, schnappten die anderen nach ihren Händen und zogen sie aus dem Zelt.

Die laue Nachtluft, der leuchtende Stern und das sanfte Licht des Mondes über den Weiden, für all das hatte Patrizia keine Augen. Sie bekam nicht mit, wie sie gemeinsam zurück zu dem Hof der Lilientals ritten. Billybalds Gesicht ging ihr nicht aus dem Kopf. Und dann, endlich, als sie im sicheren Stall stand, begannen die Tränen zu fließen. Patrizia schluchzte. Er hatte sich für sie geopfert. Für sie! Dabei wäre das gar nicht nötig gewesen! Sie hätte nur die Wahrheit sagen müssen. Aber irgendwie hatte sie sich geschämt und gedacht, es sei ebenso leicht, das Orakel zu belügen, wie alle anderen – sich selbst eingeschlossen! Geschlagen vergrub sie das Gesicht in die Mähne ihres Schecken, als sich plötzlich zwei Arme um sie legten. Überrascht sah Patrizia auf, Charlie?

Charlie drückte Patrizia beruhigend, die noch immer von Schluchzern geschüttelt wurde. Zum ersten Mal spürte sie so etwas wie Verständnis für Patrizia. Wie sie alle hatte auch Patrizia Ängste. Und Wünsche. Einer davon war offensichtlich, geliebt zu werden.

Dann schlangen sich auch um sie Arme: Nils, Tarik und Dajana umarmten Charlie und Patrizia und bald hielt jeder von ihnen die anderen fest. Keiner von ihnen sagte ein Wort. Diese Nacht, das wusste Charlie, hatte viel verändert. Nicht nur für sie, die das erste Mal darüber gesprochen hatte, dass das Gefühl, schuld am Tod ihres Vaters zu sein, ihr ganzes Leben bestimmte. Auch für die anderen. Sie hatten sich einander offenbart mit all ihrer Verletzlichkeit. Die Eigenarten der anderen nachvollziehen zu können, veränderte Charlies Sicht auf alles. Jeder hatte hier sein eigenes Päckchen mit sich herumzutragen und bei jedem äußerte sich dieses Päckchen anders. Zu wissen, was der Hintergrund war für Dajanas Insichgekehrtheit, Nils' Abwehrhaltung, Patrizias Konzentration auf Äußerlichkeiten und Tariks obercoole Art, ließ ein warmes Gefühl in Charlie entstehen. Mit diesem Abend heute war etwas anders geworden. Sie hatten einander vertraut und waren dadurch nicht nur sich selbst und einander, sondern auch dem Geheimnis ein wenig nähergekommen. Und es war sicher: Billybalds Opfer durfte nicht umsonst gewesen sein! Sie würden die Sternenfee finden, die sie zu Garwins Herz führen konnte. Sie alle, als Team. Denn genau das waren sie, ein Team. Das hatten die letzten Stunden deutlich gemacht.

Lore hoffte, dass keines der Kinder, die sie in ihren Schlafzimmern vermutete, ihre Schritte hören konnte. Sie ahnte nicht, dass diese sich im Stall befanden. Sie selbst hatte nicht schlafen können und selbst Richards regelmäßige Atemzüge hatten nichts genutzt. Sie konnte nicht aufhören, an die Stimmen zu denken. Und auch wenn sie Richard versprochen hatte, nichts zu überstürzen, hatte sie mit einem Mal das Gefühl, keine andere Wahl zu haben. Im Schlafanzug schlich sie ins Erdgeschoss, vorbei an der Uhr aus dem Baum der Zeit. Ihre Fingerspitzen strichen darüber. Die letzten Tage hatten gezeigt: Irgendetwas verdrängte sie. Etwas Wichtiges. Etwas, das darum kämpfte, ans Licht zu kommen. Ihr Leben würde sich nie wieder normal anfühlen, wenn sie sich nicht erinnern würde.

Da war sich Lore sicher. Vorsichtig drehte sie die Fläschchen mit Tinkturen, Säften und Tropfen aus Ronas Medizinschrank ins Licht und ging die Etiketten durch. Erleichtert las sie schließlich auf einer der Flaschen den Namen Gondja-Mai, nahm sie heraus und schüttete den gesamten Inhalt in ein Glas. Dann setzte sie sich an den Esstisch und trank das Glas in einem Zug leer. Nur kurze Zeit später wurden ihre Augenlider schwer, ihr Kopf sank auf die Tischplatte.

Als die Haustür quietschte, riss sie ihre Augen auf und starrte verwundert auf das leere Glas in ihrer Hand. Hatte sie mitten am Tage geschlafen? Sie schüttelte kurz den Kopf, wie um einen Traum zu verscheuchen, und blinzelte in die Sonne, die durch die Fenster fiel. Arman kam ins Haus gestürmt und lächelte sie an:

„Mama!"

Lore sah ihn an. Er trug sein weißes Hemd, die braune Hose mit den Hosenträgern. So wie immer. Nur das ganz besondere Strahlen auf seinem Gesicht schien neu. Nachdenklich betrachtete sie ihn. Er beugte sich zu ihr. „Was hast du?"

„Nichts!" Lore strich ihr Blümchenkleid glatt und deutete auf den Stuhl gegenüber. „Ich habe einfach schlecht geträumt." Doch das war nicht so wichtig. Denn so, wie er aussah, hatte er viel größere Neuigkeiten.

„Ich muss dir etwas erzählen", platzte er da auch schon heraus. „Es geht um ein Mädchen, das ich kennengelernt habe. Ihr Name ist Rosalie!"

Lore lächelte. Diese Rosalie schien Arman glücklich zu machen. Und das wiederum machte sie glücklich …

„Mama", strahlte er, „ich habe mich verliebt!"

„Und liebt sie dich auch?"

„Ja!“ So wild ging sein Kopf auf und ab, dass Lore nicht an sich halten konnte, sie sprang auf und zog ihn in eine Umarmung. Ihr Zweitgrößter war verliebt. „Das ist wundervoll!“ Sie konnte sich noch genau erinnern, wie es damals mit ihr und Richard angefangen hatte, das Herzklopfen, dieses Lächeln, das einfach nicht aus ihrem Gesicht zu vertreiben gewesen war. Die Sonne hatte sich plötzlich viel wärmer als sonst angefühlt, die Farben viel kräftiger geleuchtet, alles hatte so viel mehr Sinn gemacht mit ihm.

„Wer ist diese Rosalie“, wollte sie nun mehr über das Mädchen erfahren, das Armans Augen strahlen ließ, „und wann stellst du sie uns vor?“

Arman grinste verschwörerisch. „Du hast bestimmt schon von ihr gehört“, erklärte er und warf einen Blick hinter sich zur Tür. „Sie ist die Sternenfee von Namra.“

Damit nahm er sie am Arm und zog sie auf den Hof. Dort standen Mick und ein Mädchen in Armans Alter. Zart sah sie aus in ihrem cremefarbenen Kleid und mit dem filigranen Schmuck in den langen goldblonden Locken. Um ihren Hals hing ein Amulett. Als sie Arman erblickte, entdeckte Lore das gleiche Strahlen wie auf dem Gesicht ihres Sohnes und wusste: Da hatten sich zwei gefunden, die zusammengehörten. Also lief sie auf Rosalie zu und umarmte sie mit echter Freude.

„Ich weiß gar nicht, was ich sagen soll!“, meinte sie lächelnd. „Herzlich willkommen!“

Rosalie schien ehrlich erfreut. „Danke! Arman hat schon so viel von euch erzählt.“

Lore grinste ihrem Sohn verschwörerisch zu, dann wandte sie sich zu Mick und begrüßte ihn.

„Hallo, Lore.“ Er nickte ihr freundlich zu, doch der auffordernde Blick, den er nun Arman zuwarf, entging Lore nicht. Irgendetwas sagte ihr, dass sie noch nicht alles wusste.

Und tatsächlich sah sich Arman nun zögernd um, bevor er sich einen Ruck gab. „Mama, ich muss dir etwas erzählen“, begann er. „Es geht um Garwin.“

Er konnte nicht weitersprechen, denn mit einem Mal riss ein Blitz den Himmel über dem Wald auseinander, ein Donnergrollen folgte, tief und gewaltig … fast, als bestünde es aus Wut! Lore wurde es eng ums Herz. Garwin war seit vielen Jahren Armans Freund, doch er war auch ein mächtiger Zauberer, den man besser nicht zum Feind hatte. Was war geschehen?

„Wir haben nicht viel Zeit“, unterbrach Mick besorgt ihre Gedanken, „lasst uns reingehen.“ Das klang alles andere als gut! Rasch folgte Lore ihrem Sohn, der, beschützend einen Arm um Rosalie gelegt, ins Haus eilte. Hinter ihnen krachte ein weiterer Donner.

Charlie und Dajana hatten sich auf ihren Betten eingerollt und einander zugedreht. Während Patrizia das Badezimmer belegte, blieb ihnen nichts anderes übrig, als zu warten – sie nutzten die Zeit, um noch mal über die drängendsten Fragen zu sprechen: Wie sollten sie Garwins Herz finden. Und wer war diese Sternenfee, von der das Orakel gesprochen hatte?

„Ich glaube“, flüsterte Dajana und sah Charlie fest an, „das hat was mit dir zu tun.“

„Wieso?“

„Weil dich das Orakel so komisch angeguckt hat. Von wegen: ‚Die Sternenfee wird euch den Weg weisen.‘“ Dajana nickte. „Das ist typisch Orakel“, erklärte sie dann mit Kennermiene. „Die reden immer so, egal ob *Matrix* oder *Unendliche Geschichte*. Man muss zwischen den Zeilen lesen."

Charlie sah sie lächelnd an. Dajana schien bei jeder seltsamen Begebenheit sofort einen Vergleich mit einem Buch oder einem Film parat zu haben. Unwillkürlich dachte Charlie an Dajanas gestriges Geständnis: dass sie Angst hatte, wieder krank zu werden. Wahrscheinlich hatte Dajana viele Stunden alleine in ihrem Zimmer verbracht. Mit einem schiefen Lächeln versuchte sie, die Stimmung aufzuhellen: „Können wir nicht mal über was ganz Normales, Schönes reden? Ohne Flüche oder verzauberte Pferde? So wie ganz normale Freundinnen?"

Charlie bemerkte Dajanas Stocken, bevor sie zurückgrinste. „Wir sind Freundinnen?" Ob Dajana noch nie eine beste Freundin hatte?

„Klar!"

Als wäre das ihr Startschuss, setzte sich Dajana nun auf und zupfte ihren Pyjama zurecht. „Okay", begann sie und warf einen interessierten Blick zu Charlie. „Was ist eigentlich mit dir und Nils?"

„Uhhh!" So schüchtern Dajana sonst war, jetzt ging sie in die Vollen! Charlie vergrub ihr Gesicht ins Kissen, damit Dajana nicht das spontane Lächeln sah, das sich bei Nils' Namen wie von selbst auf ihrem Mund ausbreitete. „Hör auf!", befahl sie ohne Nachdruck.

Dajana ließ nicht locker. „Er ist nachts in den Wald geritten, um dich zu retten, das ist so romantisch!"

Charlie sah auf. Romantisch? Ja, das war es gewesen, oder? Aber ... „Es ist kompliziert", seufzte sie. Dann zwang sie sich, sich wieder auf ihr eigentliches Thema zu konzentrieren. „Außerdem hab ich wegen des Fluches dafür gerade überhaupt keinen Kopf."

Das stimmte. Zumindest halb ... aber es tat gut, eine Vertraute zu haben, mit der Charlie über Nils sprechen konnte! Eine Freundin.

Die Zimmertür schwang auf und Patrizia trat ein. In ihrem beigen Rock und der dazu passenden schmeichelhaften Blumenbluse sah sie noch immer aus wie aus einem Magazin entstiegen. Doch irgendwie lange nicht mehr so, als wollte sie sich mit ihrer Kleiderwahl oder der Schminke von den anderen abgrenzen. Patrizia hatte sich in den letzten Tagen nicht nur äußerlich verändert. Charlie fand sie auch längst nicht mehr so zickig wie anfangs. „Morgen", murmelte Patrizia und klang unsicher, „lasst euch nicht stören."

„Du störst nicht", entgegnete Dajana nett und auch Charlie beugte sich in Patrizias Richtung. „Wie geht es dir?"

„Blendend, wieso?"

Charlie und Dajana wechselten einen vielsagenden Blick. Nach all dem, was gestern Nacht geschehen war, glaubten sie ihrer Zimmergenossin kein Wort. Vielleicht war ihre abwehrende Antwort Patrizias Art, um klarzukommen? Nun gut, zwingen würden sie sie jedenfalls nicht. Charlie stand auf. Sobald Dajana und sie unter der Dusche gewesen waren, galt es, sich am Frühstückstisch für den Tag zu stärken. Sie hatten eine Sternenfee zu finden und Garwins Herz!

Richard hörte das Wasserplätschern aus dem angrenzenden Bad und streckte sich. Die Sonne warf warme Strahlen auf seine Arme und er griff nach Lore. Wenn die Kinder schon wach waren, sollten sie demnächst mit den Frühstücksvorbereitungen beginnen. Doch Lores Bettseite war leer und kühl. Sie musste etliche Zeit vor ihm aufgewacht und aufgestanden sein. Richard schlüpfte gähnend in seine dunkle Hose und einen hellen Pullover und lief die Treppe hinab.

„Lore?"

Keine Antwort, nicht einmal geschäftiges Tellerklappern oder das Blubbern des Teewassers. Die Küche sah leer aus durch die offene Tür.

„Lore?" Er spähte um die Ecke ins stille Esszimmer und blieb wie angewurzelt stehen. Dann eilte er zu seiner auf einem Stuhl zusammengesunkenen Frau. Ihre Finger umklammerten noch immer ein leeres Glas, vor ihr stand eine braune Apothekerflasche. „Gondja-Mai" stand darauf.

„Lore?" Hilflos strich Richard ihr über die dunklen Haare und küsste sie, doch Lore bewegte sich nicht. Als Rona das Zimmer betrat, erfasste sie mit einem Blick, was geschehen war. Ihr erschrockener Ausruf ließ Richards Herz stolpern.

„Was ist mit ihr?", rief er lauter als gewollt, dann schüttelte er seine Frau sanft. „Lore?" Als sich noch immer nichts tat, wurde er lauter: „Lore!!!"

Als Charlie, Dajana und Patrizia aufgescheucht von seinen Rufen in das Esszimmer stürzten, hatte Richard seine bewusstlose Frau bereits hochgehoben und lief an ihnen vorbei in Richtung Schlafzimmer.

Charlie sah den beiden erschrocken nach, dann blickte sie Rona an. „Was ist passiert? Was ist mit Lore?"

Rona war ernst. „Sie ist gefangen in ihren Erinnerungen!"

Für Lore allerdings waren die Bilder vor ihren Augen mehr als real. Die ganze Familie saß samt Rosalie um den Esstisch herum und hielt Familienrat. Lore war froh über Richards ruhige Art. „Wir müssen Rosalie und Arman verstecken, bis sich Garwin wieder beruhigt hat", bestimmte er.

Doch Argos wies auf eine Lücke in diesem Plan hin: „Wo soll dieses Versteck sein, hier auf dem Hof wird er sie doch als Erstes vermuten!"

Der kleine, blonde Milosch dagegen beugte sich zu Rosalie und wollte hoffnungsvoll wissen: „Bist du nicht stark genug, um ihn mit deinen Kräften aufzuhalten?" Etwas enttäuscht ließ er den Kopf sinken, als die Sternenfee ihm erklärte, dass ihre Kräfte helfen sollten und keinen Schaden anrichten und sie sie daher nicht einsetzen konnte, um Kämpfe zu führen.

Lore dagegen nickte dem Mädchen beruhigend zu. „Das würde auch keiner von dir erwarten. Es gibt nur eine Lösung: Wir bringen euch beide zum Tor, und zwar sofort."

„Du willst sie durchs Portal schicken?" Richard schüttelte entsetzt den Kopf, „Niemals!"

Doch Lore ließ sich nicht davon abbringen. „Garwin ist unberechenbar", rief sie Richard in Erinnerung. „Du hast gehört, was Mick gesagt hat. Er war beim Orakel, wer weiß, was er sich für einen Zauber geholt hat!"

Während Richard unsicher schwieg, unterstützte Arman seine Mutter. „Garwin liebt Rosalie", gestand er und seufzte. „Er wird nicht eher ruhen, bis er sich gerächt hat. Ich kenne ihn. Er ist ... er war mein bester Freund!"

Lore sah Richard beschwörend an. „Sie sind hier nicht sicher!" Trocken schluckte sie. „Nicht in dieser Welt."

Richard seufzte. „Die Menschenwelt ... Das wäre eine Trennung für immer. Wenn sie einmal durch das Portal gegangen sind, werden wir sie nie wiedersehen!"

Arman und Rosalie senkten bedrückt die Köpfe. Doch egal wie schwer den beiden das fallen würde, Lore wusste genau: „Wir haben keine andere Wahl, Richard, es wird ihnen dort gut gehen, das ist das Einzige, was zählt."

Bedrückt sahen sich alle in die Augen. Womöglich saßen sie nun das letzte Mal als vollständige Familie an diesem Tisch.

„Habt ihr eine Entscheidung getroffen?", drängte Mick, der nun eintrat und beunruhigt wirkte. „Es bleibt euch nicht mehr viel Zeit."

Arman stand langsam auf und nickte Rosalie zu. „Ja, haben wir!"

Und so standen er, Rosalie und Lore bald vor dem schmiedeeisernen Tor, hinter dem sich die Menschenwelt erstreckte.

„Pass gut auf ihn auf", bat Lore Rosalie flüsternd und unterdrückte ihre Tränen, sie wollte diesen Abschied nicht noch schwerer machen, als er schon war.

„Das mache ich!"

Und dann gab es nur noch eines für Lore: sich von ihrem Sohn zu verabschieden. Für immer. Innig drückte sie ihn an sich. „Ich werde immer bei dir sein", flüsterte sie in sein dunkles Haar, dann löste sie vorsichtig ihre Umarmung und schob ihn auf das Tor zu. „Ihr müsst jetzt gehen. Beeilt euch!"

Während sie zusah, wie die beiden langsam die letzten Schritte zurücklegten und Arman das Tor aufdrückte, blinzelte sie gegen ihre Tränen an, die nun doch zu fließen begannen. Als Arman Rosalie in seine Arme zog und sie küsste, runzelte Lore überrascht die Stirn.

Arman schob Rosalie durch das Tor und blieb davor stehen. Nun begriff auch die Sternenfee: „Du kommst nicht mit?" Kurz schluchzte sie auf.

„Ich kann nicht!“, flüsterte er rau. Für einen Moment streckte er eine Hand aus, als wollte er sie noch ein letztes Mal berühren, dann sah er sie nur flehend an. „Ich muss meine Familie beschützen. Und das kann ich nur, wenn ich dich in Sicherheit weiß. Doch egal, wo du bist, ich komme nach. Das verspreche ich dir!“ Damit schloss sich das Tor in Zeitlupe. Arman sah aus, als bräche ihm das Herz.

Rosalie blickte ihn ebenso traurig wie gefühlvoll an. Ihr geflüstertes „Ich liebe dich!“ war das Letzte, was er von ihr hörte, dann verschwand ihre Gestalt vor seinen Augen.

Lore schüttelte ungläubig den Kopf. „Arman, was machst du?“

Langsam drehte er sich um und sah Lore fest an. „Ich bleibe!“

Sein von Schmerz erfüllter Blick zerriss sie. Wenn sie nur irgendetwas tun könnte, ihm irgendwie helfen, irgendwie ...

Besorgt wischte Richard Lore den Schweiß von der Stirn. Seit er seine in ihren Erinnerungen gefangene Frau vorsichtig in ihr Bett gelegt hatte, hatte sich ihr Zustand zunehmend verschlechtert: Ihre Augenlider flatterten, ihre Pupillen rasten von einer zur anderen Seite, sie warf sich wie fiebernd hin und her, und ihr Atem ging stoßweise. Keine sanfte Berührung schien zu helfen, kein vorsichtiges Streicheln oder Richards Stimme. Lore war weit, weit weg, er hatte keine Ahnung wo, und das Schlimmste war: Er konnte rein gar nichts tun!

Auch Charlie, Nils und Tarik draußen auf dem Hof fühlten sich hilflos. Wie konnten sie Lore beistehen? Tarik schüttelte genervt den Kopf. „Mann!“, seufzte er lauthals. „Immer wenn ich denke, es geht nicht mehr verschärfter, dann geht es verschärfter!“

Alle drei Köpfe flogen hoch, als Rona, gefolgt von Dajana und Patrizia, aus dem Haus trat. Dajana hielt einen Korb in der Hand, Patrizia umklammerte die Armbrust und Pfeile. Hatten sie einen Plan? Charlie spitzte die Ohren.

Rona deutete in Richtung Wald und sah Patrizia und Dajana bittend an. „Beeilt euch, aus den Rubeeren kann ich ein fiebersenkendes Mittel herstellen.“

Die beiden eilten in die angegebene Richtung, als Rona sich zu Tarik umdrehte und ihn heranwinkte. „Tarik“, bat sie, „komm mit in die Küche. Wir können schon mal einige der Zutaten zusammenbrauen.“

Charlie sprang auf. „Und was machen Nils und ich?“

„Gar nichts“, Rona eilte von Tarik gefolgt bereits ins Haus. „Ich rufe euch, wenn wir euch brauchen.“

Charlie seufzte. Sie sollte untätig hier rumsitzen? Keine Chance! Gestern Billybald und heute Lore? Das konnte nicht wahr sein! Irgendetwas musste es geben, das Nils und sie beitragen konnten! Nur was? Ratlos ließ sie den Kopf auf ihre Knie sinken, als eine feine, leise Melodie erklang. Ein Schmetterling umrundete den Baum, unter dem Charlie saß, und den Hauch einer Sekunde später verwandelte er sich vor ihren Augen in eine ... junge Frau? Eine Elfe? Charlie starrte sie an. Nils bekam den Mund nicht mehr zu. Bevor sie sich gefangen hatten, war die Elfe bereits näher getreten.

„Charlie“, die feenhafte Gestalt nickte ihr ernsthaft zu, „wir müssen reden. Es geht um deine Großmutter Rosalie, die Sternenfee.“ Und damit bedeutete sie Charlie und Nils’ ihr ins Haus zu folgen.

Als sie die Diele betrat, hob Fenja lauschend den Kopf. Sie konnte Lores abgehacktes Atmen aus dem Schlafzimmer hören. Es klang hektisch, aufgebracht und gar nicht gut! Irgendetwas regte sie viel zu sehr auf! In die Erinnerungen zu tauchen konnte gefährlich sein. Vor allem, wenn es schlimme waren!

KAPITEL 21

Milosch, Argos, Jaron und Timon stürmten auf den dunklen Hof, kaum dass Lore, gefolgt von Arman, von dem Tor zurückkam. Argos erreichte Arman als Erster und schüttelte seinen Bruder verzweifelt. „Was zum Teufel machst du hier?"

Arman hob beschwichtigend die Hände. „Er ist hinter mir her", versuchte er, sie alle zu beruhigen. „Das ist mein Kampf, ich muss mich ihm stellen, versteht ihr?"

Nachdenklich sahen ihn seine Brüder an, dann nickten sie einer nach dem anderen, vorsichtig. Ja, sie verstanden, was Arman ihnen sagen wollte. Doch bevor sie auch nur ein Wort sagen konnten, schallte eine wütende Stimme aus dem Dachfenster des Stalles über den Hof: „Dann tu es auch!"

Garwins Gestalt ragte dunkel und Unheil bringend über ihnen auf. Nichts mehr erinnerte an Armans besten Freund: Seine Lebhaftigkeit war ebenso verschwunden wie seine Wärme. Seine Haut war blass und wirkte eiskalt, seine stechenden Augen lagen in tiefen Höhlen. Wutverzerrt fixierte er Arman, der vorsichtig ein paar Schritte auf ihn zutrat, um sich zwischen ihn und seine Brüder zu stellen.

„Was passiert ist, tut mir leid, Garwin", entschuldigte er sich ehrlich. „Nie hätte ich gewollt, dass etwas zwischen unsere Freundschaft kommt. Niemals! Aber Rosalie und ich ..." Er zögerte einen Moment, dachte an ihr Gesicht, wie sie sich von ihm verabschiedet hatte, und fügte an: „Wir lieben uns."

Garwin zuckte zusammen, als hätte Arman ihn geschlagen. „Mir war sie versprochen“, schleuderte er ihm entgegen. „Und du, du nimmst sie mir einfach weg?! Unsere Freundschaft hast du verraten!“

Arman hörte Schritte und wusste, Argos, Jaron, Milosch und Timon waren hinter ihn getreten. Fest sah er Garwin an. „Wenn du Rosalie so sehr liebst …“, versuchte er, den Zauberer zu erreichen, „… wieso lässt du sie dann nicht einfach gehen? Willst du sie unglücklich sehen?“

Garwin verzog das Gesicht zu einem bösen Lächeln und hob die Hände. „Keine Angst! Ich werde sie wieder glücklich machen.“ Blitze schossen zwischen seinen Fingern hin und her, während er sich auf Arman konzentrierte.

Arman ahnte, was er vorhatte. „Indem du mich umbringst?“

Die Blitze wurden heftiger, Garwins Gesicht konzentrierter. „Nein“, rief er, während sich ein Sturm auf dem Hof erhob. „Indem ich dich auslösche, als hättest du niemals existiert!“ Er drehte seine Handflächen zueinander, die Blitze aus seinen Fingern fanden sich und bildeten eine gleißende, zischende Kugel. „Niemand mehr soll sich an dich erinnern!“, wütete der Zauberer, kurz bevor er all seine Wut und die magische Elektrizität aus seinen Fingern in Richtung Arman schoss. Doch was als Nächstes geschah, damit hatte Garwin nicht gerechnet. Armans vier Brüder warfen sich schützend vor ihn. Und jener Blitz, den Garwin auf Arman schleuderte, um ihn dank des Zaubers, den er vom Orakel erhalten hatte, ein für alle Mal auszulöschen, traf alle fünf! Doch um ehrlich zu sein, war ihm das auch egal, Hauptsache, er hatte Arman erwischt und sich an ihm gerächt, für alles, was er ihm angetan hatte!

Lores entsetzte Schreie ließen Garwin kalt. Sollte sie doch auf ihre Söhne zustürzen, sie könnte nichts mehr ändern, sein Fluch hatte seine Bestimmung gefunden …

Ängstlich griff Tami nach der Hand ihrer Mutter, die sich im Bett hin und her warf. Lores Stirn war schweißüberströmt, ihr ganzer Körper zuckte wie unter Schlägen. „Wird sie wieder aufwachen?“, wisperte Tami Richard ängstlich zu.

Dieser strich seiner Tochter beruhigend über das Haar. „Deine Mutter ist eine Kämpferin“, murmelte er und drehte sich um. „Hab ein Auge auf sie, ja? Ich bin gleich wieder da.“

Tami nickte, ohne den Blick von Lore zu wenden, dann wischte sie ihr zart mit einem feuchten Tuch über die Stirn.

Richard schloss leise die Tür hinter sich, bei Tami war Lore in guten Händen. Er dagegen wurde im Esszimmer gebraucht, das hatte Rona klargemacht. Als er mit hängenden Schultern den Raum betrat, saßen da schon Tarik, Nils, Charlie, Rona und … Fenja!

Erleichtert eilte er auf die dunkelhaarige Elfe zu. „Fenja! Wo ist Mick?“ Wenn ihnen jemand helfen konnte, dann er! Doch Fenja schüttelte den Kopf. „Bei den Wächtern, er hat mich geschickt. Er wird da sein, wenn ihr ihn braucht.“

Wenn sie ihn brauchten? Sie brauchten ihn jetzt! Sofort! Er beugte sich zu ihr, vielleicht hatte sie den Ernst der Lage noch nicht so recht verstanden?!

„Lore liegt da oben“, rief er verzweifelt aus und dämpfte dann die Stimme, damit Tami ihn nicht hörte: „Und ich weiß nicht, ob sie jemals wieder aufwachen wird.“

Fenja deutete auf einen Stuhl neben sich und warf Charlie einen Blick zu. „Es gibt eine Möglichkeit, ihr zu helfen.“

Richard ließ sich schwer nieder und sah Fenja an. „Wie?"

Charlie hörte die Hoffnung in Richards Stimme und versteifte. Was, wenn Fenja nicht recht hatte mit dem, was sie ihr vorhin in aller Schnelle erzählt hatte? Ja, selbst wenn es stimmte, was die Elfe berichtet hatte. Charlie wusste nicht, was genau von ihr erwartet wurde.

„Die Sternenfee", erklärte Fenja Richard ruhig. „Ihr Licht kann Lore aus der Dunkelheit führen."

Richard winkte ab. „Die Sternenfee ist ein Mythos, weiter nichts!"

„Der Mythos", mischte sich Rona ein, „sitzt hier am Tisch."

Alle Augen richteten sich auf Charlie, die unwillkürlich begann, auf ihrem Stuhl hin und her zu rutschen. Als Richard verständnislos in die Runde blickte, hob sie zögernd eine Hand und sah, wie sich seine Augen überrascht weiteten. „Stimmt das, Charlie?"

Charlie biss sich auf die Unterlippe. „Meine Oma ist von hier", begann sie vorsichtig, doch Nils, der neben ihr saß, sah sie lächelnd an und fügte die fehlende Information kurzerhand hinzu: „Sie war die Sternenfee."

Erst als Fenja zu reden begann, löste Richard seinen Blick von Charlies Gesicht. „Mit dem Verschwinden von Charlies Oma aus Namra", verdeutlichte die Elfe, „sind alle Sterne am Himmel verschwunden, bis Charlie nach Namra kam."

Richards Kopf fuhr herum. „Und der Stern, der plötzlich am Himmel auftauchte ... Das warst du?"

Charlie verknotete unsicher ihre Hände unter der Tischplatte und zuckte mit den Schultern. Das war zumindest das, was Fenja gesagt hatte. Wie das alles zusammenhing, hatte sie allerdings selbst noch nicht so wirklich begriffen.

Richard setzte sich auf. „Was muss Charlie tun?", wollte er wissen.

Charlie sah gespannt zu Fenja. Nichts würde sie lieber tun, als Lore zu helfen. Aber wie genau?

„Die Sternenfee ist die Herrscherin über das Licht", sagte die Elfe leise, als zitierte sie aus einem uralten Buch. „Wo Dunkelheit regiert, ist sie in der Lage, die Schatten zurückzudrängen. Und wenn sich Gedanken in der Finsternis verlieren wie bei Lore, kann sie ihr den Weg leuchten."

Richard nickte, dann sprang er auf. „Worauf warten wir dann noch?"

Unwohl zog Charlie ihre Schultern hoch. Erleichtert sah sie zu, wie nun auch Fenja aufstand und Richard ernst in die Augen sah. „Charlie hat ihre Kräfte gerade erst entdeckt", warnte sie. „Sie ist noch nicht so weit. Sie braucht Zeit."

Charlie atmete auf. Zeit war gut. Zeit hatte sie nötig, denn um ehrlich zu sein, hatte sie null Komma null Ahnung, was sie tun musste! Aber mit Fenjas Hilfe könnte sie das womöglich nach und nach herausfinden. Sie könnte sich konzentrieren und üben und langsam ...

Das war der Moment, in dem im ersten Stock die Tür des Schlafzimmers aufgerissen wurde und Charlie verstand, dass sie keine Zeit mehr hatten.

„Papa!", schrie Tami in höchster Not. „Papa, komm schnell, Mama geht es schlechter!"

Als Charlie mit den anderen in Lores Zimmer stürzte, legte sich eine eisige Klammer um ihr Herz. Lores Gesicht war bleich und wächsern. Ihre sonst so glänzenden Haare klebten ihr in Strähnen auf der Stirn. Und das Schlimmste: Ihr verzweifeltes Stöhnen klang, als könnte sie ihre Erinnerung nicht mehr lange aushalten, ohne daran zu zerbrechen. Richard legte seine zitternden Hände auf Charlies Schultern und schob sie auf das Bett zu. Charlie berührte Lores Hand. Ihre Haut brannte, als würde sie von innen heraus verglühen.

„Charlie“, drang Richards brüchige Stimme leise an ihr Ohr, „du bist unsere einzige Chance. Bitte! Hilf uns!“

Charlie konzentrierte sich. Vielleicht, wenn all das stimmte und sie tatsächlich eine Nachfahrin der Sternenfee war – vielleicht käme dann das, was sie nötig hatte, um Lore zu retten, ganz von alleine? Fest kniff sie die Augen zusammen und wartete. Doch das Einzige, was Charlie sehen konnte, waren orange Flecken vor ihren geschlossenen Lidern, da, wo das Licht sie traf. Sonst nichts. Verzweifelt riss sie die Augen wieder auf und wandte sich von dem Anblick der fiebrigen Lore zu den anderen. „Ich weiß nicht, wie“, gestand sie stockend. „Ich kann es nicht!“

Auf einmal kam der Druck in ihrer Brust wieder, den sie so gut kannte. Überfordert schnappte sie nach Luft, stand auf und rannte aus dem Zimmer. Die Blicke der anderen, hoffnungsvoll, enttäuscht, voller Erwartung, sie hielt das nicht aus! Was, wenn sie versagte? So wie bei ihrem Vater? Auch diesen hatte sie nicht retten können. Charlie begann zu zittern, noch einmal würde sie das nicht aushalten! Ja, sie wollte Lore helfen, aber sie hatte doch keine Ahnung, wie!

Kopflos stürzte sie hinaus auf den Hof und sog zitternd die Luft ein. Patrizia und Dajana kamen ihr auf dem Weg entgegen.

„Gut geschossen!“, fand Dajana, musste bei Patrizias Antwort „Gut gefangen“ lächeln und lief in den Stall, während sich Patrizia mit einem Korb voller Rubeeren plötzlich vor der tränenüberströmten Charlie wiederfand. Schnell stellte sie den Korb ab. „Was ist los?"

„Was los ist?" Charlie war unfähig, ihre Stimme unter Kontrolle zu halten. „Alle glauben, ich sei irgend so eine Sternenfee", rief sie verzweifelt, „und ich bin die Einzige, die Lore retten kann, aber ... aber ich weiß nicht, wie, ich hab keine Ahnung!" Sie schluchzte.

„Hör auf!", unterbrach Patrizia ihren Ausbruch und packte sie fest an beiden Schultern. „Ich glaub an dich!", sagte sie ernst. „Ich glaub an dich, Charlie!"

Charlie stand still. Derart überrascht war sie von diesen Worten aus Patrizias Mund, dass sie ihr nur in die Augen sehen konnte. Und dort sah Charlie keine Arroganz oder Anmaßung, sondern nur Ehrlichkeit. Charlie brachte nur ein einziges Wort heraus: „Was?"

Patrizia legte den Kopf schief. „Du bist die Einzige, die von Anfang an wusste, dass hier was nicht stimmt und dass die Lilientals unsere Hilfe brauchen", fasste sie zusammen. „Du bist die, die alle davon überzeugt hat. Auch mich. Du bist eines der hartnäckigsten und auch nervigsten Mädchen, das ich je kennengelernt habe, und ich glaub keine Sekunde, dass du jetzt aufgibst!"

Charlie schluckte.

„Wir auch nicht", erklärte Nils, der mit Tarik zu ihnen trat. Auch Dajana gesellte sich zu der kleinen Gruppe dazu. „Und ich auch nicht!"

Charlie sah ihre Freunde stumm an. Dann nickte sie langsam. Patrizia hatte recht. Sie hatte tatsächlich von Anfang an mehr geahnt als alle anderen. Ihr hatte sich Arman gezeigt, sie hatte bisher niemals aufgegeben, selbst dann nicht, als Richard sie zu ihrer eigenen Sicherheit nach Hause schicken wollte. Und dann war da noch der Moment gewesen, als sie Arman vor Garwins Angriff gerettet hatte. Wie auch immer das vonstattengegangen war. Aber das Allerwichtigste war: Ihr Team, ihre fünf Freunde vertrauten auf sie. Genauso wie die Lilientals. Charlie schluckte. Dann drehte sie sich um. Vielleicht, wenn sie alle zusammen waren, vielleicht gelang es ihr dann, etwas zu tun, um Lore zu retten? Wenigstens versuchen musste sie es!

Gefolgt von Nils, Patrizia, Dajana und Tarik lief sie in Lores Schlafzimmer. Ohne sich die Zeit zu geben zu zweifeln, stellte sie sich an das Fußende des Bettes und sah Lore an. Lores Augen waren geschlossen, doch dahinter arbeitete es. Dahinter war sie in ihren Erinnerungen abgetaucht, gefangen wie unter einer dicken Eisschicht. Charlie schloss die Augen. Was waren wohl Lores Gedanken, in welcher Erinnerung steckte sie fest? Welche Szenen erlebte sie erneut, die sie derart mitnahmen? Wo war sie? Charlie schloss die Augen und versuchte, sich in Lore hineinzufühlen ...

Sie konzentrierte sich so sehr darauf, dass sie nicht merkte, wie die anderen vor ihr zurückwichen, als sich ein helles Strahlen um sie legte, das nach und nach immer heller wurde, bis es den gesamten Raum erleuchtete. Das Einzige, was Charlie bemerkte, war, wie hinter ihren geschlossenen Augen das Bild von der im Bett liegenden Lore langsam zusammenschmolz. Dann wurde es dunkel.

Im nächsten Augenblick stand sie auf dem Hof der Lilientals unter einem bleich aussehenden Mond. Richard stand hinter ihr an der Tür, stocksteif, wie erstarrt. Ein paar Meter daneben saß Lore bewegungslos auf einer Bank. Mit klopfendem

Herzen ließ Charlie ihren Blick weiterwandern über den einsamen, dunkel daliegenden Hof und blieb bei fünf Jungen hängen. Sie erkannte sie sofort. Erschrocken sog sie die Luft ein. Arman und seine Brüder! Erstarrt! Sie standen vor dem Stall. Timon, Jaron, Milosch und Argos hatten abwehrend ihre Hände erhoben. Nur Arman, in ihrer Mitte, stand hoch aufgerichtet. Auf seinem Gesicht lag ein entschlossener Ausdruck. Als wäre er drauf und dran, das Wichtigste zu opfern, was er geben konnte. Sein Blick war auf etwas gerichtet. Erst als Charlie langsam näher trat und seinem Blick folgte, bemerkte sie die dunkle Gestalt im Fenster unter dem Dach des Stalles: Garwin! Ebenfalls erstarrt.

„Ich muss ihnen helfen!", begann Lore auf einmal zu murmeln. „Ich muss ihnen helfen!"

Hastig umrundete Charlie die in Lores Erinnerung eingefrorenen Brüder und trat vorsichtig zu ihr hinüber. Offensichtlich steckte Lore in jener Situation fest, die für sie die schlimmste gewesen war: die Erstarrung ihrer Söhne! Und daraus gab es kein Entkommen. Jedenfalls nicht ohne Charlies Hilfe!

„Lore?", versuchte Charlie, den eingefrorenen Moment zu unterbrechen. „Du musst mit mir mitkommen, du kannst hier nichts für sie tun."

Schlafwandlerisch starrte Lore vor sich hin. „Ich kann das nicht zulassen", murmelte sie verzweifelt. „Ich muss ihnen helfen. Ich bin ihre Mutter!"

Charlie beugte sich zu ihr. Irgendwie musste sie es schaffen, Lore aus diesem Teufelskreis zu befreien. „Du kannst ihnen helfen", versprach sie. „Aber nicht hier. Das ist nicht echt. Das sind nur Erinnerungen. Aber wenn du mit mir mitkommst, können wir sie gemeinsam retten."

Charlies Worte zeigten Wirkung. Langsam, als koste es sie unendlich viel Mühe, drehte Lore den Kopf und sah Charlie hoffnungsvoll an.

Charlie hielt ihr eine Hand entgegen. „Vertrau mir", bat sie flüsternd. Lores Augen wurden klarer, fast als würde sie Charlie erkennen, dann griff sie dankbar nach Charlies ausgestreckter Hand. Charlie schloss die Augen, als von ihren verschlungenen Fingern ein reinweißes Licht zu strahlen begann und die Nacht erhellte. Unter ihr zitterte der Boden, sie riss die Augen auf: Sie war wieder zurück! Noch etwas benommen warf Charlie einen Blick auf das Bett. Lore lag immer noch mit geschlossenen Augen da.

Plötzlich erfasste ein Beben den Hof. Charlie, Nils, Patrizia, Dajana, Tarik, Richard und Tami hielten sich aneinander fest. Wie aus dem Nichts erschienen mit einem Male fünf Paar Schuhe auf dem Fußboden, Spielzeug und nachlässig hingeworfene Jungenkleider. Fotos tauchten an den Wänden auf und zeigten die ganze Familie Liliental. Inklusive ihrer fünf Söhne.

Dann, so plötzlich, wie es gekommen war, verschwand das Beben. Der Hof stand wieder fest und unerschütterbar.

Lore öffnete die Augen, atmete tief ein und sah Charlie an. Alle Anwesenden beobachteten atemlos, wie sie sich aufrichtete, kurz die Augen schloss, als schüttele sie einen Albtraum ab. Dann blickte sie Richard an und ein Strahlen breitete sich auf ihrem Gesicht aus.

„Unsere Söhne", flüsterte Lore, lief zu ihrem Mann und legte den Kopf erschöpft an seine Brust. Richard schloss sie in seine Arme und begleitete sie die Treppe hinunter, hinaus auf die Koppel zu Arman, Argos, Milosch, Jaron und Timon – ergriffen streckte er die Hände nach den Pferden aus und flüsterte begreifend ihre Namen. Charlie atmete auf. Offenbar war es ihr gelungen, auch Richards Erinnerungen freizulegen, als sie Lore aus ihrem Albtraum befreite! Sie hatte es tatsächlich geschafft! Wie auch immer. Egal. Sie waren einen großen Schritt weiter. Charlie sah glücklich in den Himmel und suchte den Stern ...

„Gut gemacht, Sternenfee!", unterbrach da Patrizia Charlies Gedanken, verabreichte ihr einen nett gemeinten Stups mit der Hüfte und legte einen Arm um sie. Erleichtert standen die beiden neben Dajana, Nils und Tarik und beobachteten, wie Richard und Lore die fünf Pferde streichelten und ihnen etwas in die Ohren flüsterten. Vermutlich das Versprechen, alles zu tun, um den Fluch zu lösen, nun da sie die Erinnerung an sie zurückhatten.

Tami suchte bei ihrer Großmutter Halt. „Oma", flüsterte sie ergriffen, „sind das wirklich meine Brüder?"

Rona lächelte und ließ Lore, Richard und die fünf Vierbeiner nicht aus den Augen. „Ja." Sie nickte, erleichtert, dass sich endlich dieser Nebel des Vergessens gelüftet hatte, für sie alle.

Charlie atmete auf. Wer seine Vergangenheit nicht kannte, das war ihr heute deutlich geworden, der kannte sich selbst nicht. Alles, was jemand erlebte, war prägend, und die Vergangenheit nötig, um nach vorne schauen zu können, in die Zukunft, die erst noch geschrieben werden muss. Und zwar von jedem selbst.

Was die Zukunft der Familie Liliental betraf, würde sie mit ihren vier Freunden dabei helfen, diese zurechtzurücken. So viel war sicher. Das war ein Versprechen. Das Licht, das Charlie in sich gespürt hatte, war pure Energie gewesen, ein heilendes Leuchten, anders konnte sie es nicht benennen. Doch wie es genau funktionierte – das musste sie noch lernen. Mit der Unterstützung der anderen und deren Vertrauen in sie würde sie das schon hinbekommen! Glücklich sah sie ihre vier Freunde der Reihe nach an, tauschte mit Nils ein Lächeln und blickte hinauf in den Himmel. Jetzt, da sie wusste, dass sie von der Sternenfee Rosalie abstammte, auch ein bisschen magic war – also zumindest einen Teil ihrer Fähigkeiten geerbt hatte –, dürfte es auch leichter werden, Garwins Herz zu finden und den Fluch zu brechen!

Garwin hatte sich indes eingestanden, dass er die fünf Jugendlichen womöglich unterschätzt hatte. Sein erster Plan zur Auslöschung Armans hatte ihn sein Herz gekostet. Und trotzdem war es ihm nicht gelungen, Arman zu vernichten. Er und seine Brüder waren lediglich in Pferde verwandelt worden. Das würde ihm nicht noch einmal passieren. Garwin knirschte mit den Zähnen, als er daran dachte, wessen Handwerk er hinter der Vereitlung seines Plans vermutete. Es konnte nur Mick gewesen sein, mithilfe des Orakels. Letzteres würde dafür büßen und ihm geben, was er verlangte. Jetzt sofort. Diesmal würde er siegen gegen Arman und alle, die sich mit ihm verbündet hatten. Koste es, was es wolle. Nichts und niemand würde ihn aufhalten!

KAPITEL 22

Das weiße Zelt auf dem Hügel fest im Blick lief Garwin darauf zu. Das Orakel würde seine Macht zu spüren bekommen und ihm geben, wonach er verlangte, ohne Hintertürchen!

Am Fuß des Hügels blieb er abrupt stehen – glaubte Adrian wirklich, er könne sich unbemerkt anschleichen?

„Was willst du?", knurrte Garwin, ohne sich umzudrehen. Die zögernden Schritte hielten inne, die Stimme seines Bruders klang verzagt: „Du hast gesagt, du willst alle vernichten!"

„Und?"

„Hör auf damit, bitte!!!"

Wäre es nicht so verrückt, Garwin hätte fast gelacht. Glaubte Adrian tatsächlich, er, Garwin, lasse sich durch die Bitte eines Kindes aufhalten? Langsam drehte er sich um und lief mit geschmeidigen Schritten auf seinen Bruder zu.

„Dann halt mich doch auf", forderte er ihn heraus, wohl wissend, dass Adrians Fähigkeiten dazu nicht ausreichten. Und tatsächlich wich der Kleine Schritt für Schritt vor ihm zurück und schluckte ängstlich.

Garwin schnaubte höhnisch. „Und wir sollen Brüder sein?"

Ein letzter herablassender Blick auf Adrian, und Garwin drehte sich um, tauchte in den Nebel, der das Zelt umspielte. Adrian rannte davon, doch Garwin interessierte das nicht. Es gab nichts und niemanden, das ihn aufhalten konnte. Er hatte seinen Entschluss gefasst!

„Du kommst spät", raunte das Orakel, kaum dass er mühelos die Bahnen des Eingangs zur Seite geschoben hatte. Ruhig sah ihm die rätselhafte Frau in Weiß entgegen, fast als hätte sie ihn erwartet. Womöglich hatte sie das, immerhin war sie das Orakel, doch selbst wenn sie ahnte, was er vorhatte, sie hätte dem nichts entgegenzusetzen.

„Du hast mich belogen", zischte Garwin. „Rosalie lebt, sie war in der Menschenwelt die ganze Zeit!"

„Sie ist für dich verloren – mehr hab ich nicht gesagt." Die Stimme des Orakels war noch immer völlig gelassen. Ja, mehr noch, wegwerfend zuckte sie mit den Schultern und erklärte zuckersüß: „Sie liebt dich nicht, sie liebt Arman."

Garwin ballte die Fäuste und knurrte wie ein Tier. Verhöhnte sie ihn? In ihm breitete sich eine stechende, rasende Wut aus. Er spürte, wie sich in seinen Handflächen die Energie sammelte – kalt und tödlich. Und als er langsam den Kopf hob, konnte er sehen, wie ihr das Lächeln aus dem Gesicht rutschte.

Adrian war so schnell gerannt wie noch nie in seinem Leben, sein Atem ging stoßweise, als er kurz hinter der Grenze des Waldes auf dem kleinen Weg zum Hof nach Luft schnappend anhielt. Von hier aus konnte er das Haus der Lilientals sehen – doch genau vor ihm verlief der Schutzwall! Was sollte er tun, er musste sie doch warnen! Sein Bruder war zu allem bereit. Verzweifelt reckte er den Kopf, als hinter ihm eine glockenhelle, leise Melodie erklang. Ein Schmetterling umkreiste ihn und bewegte seine Flügel über ihm. Glitzernder Staub regnete auf seine Schultern und seine Haare. Adrian strahlte auf. Er wusste, was das bedeutete, welch großes Geschenk ihm die Elfe gerade machte. Der Elfenstaub ermöglichte es ihm, den Schutzwall zu durchschreiten.

„Danke!", flüsterte er gerührt, dann lief er weiter. Beinahe hatte er den Hof erreicht, als er Tami, ihre Großmutter Rona, Lore, ihren Vater Richard und die fünf Jugendlichen erblickte.

Tamis Mutter Lore umarmte Charlie gerade dankbar. „Ich hatte die ganze Zeit das Gefühl, dass ein Teil von uns fehlt, und ich bin so froh, dass wir uns wieder erinnern können", sagte sie und warf einen zärtlichen Blick auf die angrenzende Weide, auf der Arman, Timon, Argos, Jaron und Milosch grasten. Da ertönte ein gewaltiges Donnergrollen aus dem Wald. Erschrocken drehten sich alle um und erblickten Adrian, der völlig außer Atem auf sie zustolperte. Erschöpft hielt er sich die stechende Seite.

Tami war sofort bei ihm, um ihn zu stützen, doch er schien es gar nicht zu bemerken. „Mein Bruder", keuchte er, „er ist zum Orakel ... Er will euch allen etwas antun!"

Bevor auch nur einer der anderen antworten konnte, rumpelte es wieder dumpf und gewaltig, ein Geräusch wie ein Erdrutsch. Dann folgte ein hohes, unmenschliches Kreischen.

Patrizia schauderte. „Was war das?"

Selbst Rona, die so viel mehr ahnte als die meisten, zuckte hilflos die Achseln. So etwas hatte sie noch nie gehört. Es klang nach Schmerz und Auflösung, nach Gewalt und mächtigem Zauber. Ihre Nackenhaare stellten sich auf.

„Mein Bruder", flüsterte Adrian erschrocken. Was hatte Garwin getan?

Etliche Reitminuten von ihnen entfernt verließ dieser das in sich zusammenstürzende Zelt des Orakels. Seine Lippen zuckten triumphierend, seine Augen wechselten die Farbe und wurden zu jenem hypnotischen, vernichtenden Eisgrau, das bis vor Kurzem noch zu den Augen des Orakels gehört hatte …

Charlie hob den Kopf. Als das Echo des gruseligen Kreischens langsam verebbte, hörte sie noch etwas anderes: eine flüsternde, warnende Stimme, die, je mehr sich Charlie auf sie konzentrierte, immer deutlicher wurde. Auch wenn sich keine Worte ausmachen ließen, war trotzdem glasklar, dass die Bedeutung des Flüsterns nur für sie bestimmt war. Als könne sie es zwar nicht mit den Ohren, aber doch mit dem Herzen verstehen. Charlie bekam große Augen, dann hielt sie die anderen auf, die auf dem Weg ins Haus waren. „Wartet! Ich weiß jetzt, wie wir Garwins Herz finden!"

Überrascht blieben sie stehen und drehten sich zu ihr um.

„Garwins Herz?" Davon hatte Lore noch nie gehört.

„Lange Geschichte", winkte Nils ab. „Wir brauchen es, um den Fluch zu lösen."

„Woher weißt du jetzt, wo wir hinmüssen?", fragte Dajana begeistert. Charlie wies zum Himmel, an dem auch heute der einzelne Stern stand. Von dort war die Stimme gekommen. „Es ist der Stern", erklärte sie. „ Wir müssen ihm folgen."

Tarik nickte und konnte sich einen Spruch nicht verkneifen. „Sicher irgend so eine Sternenfee-Sache!", und ging zu Charlie hinüber. Doch Richard trat ihm in den Weg. „Gut", erklärte er entschlossen. „Ich mach das, zeig mir, wo ich hinmuss!"

„Nein!" Charlie fixierte ihn. „Wir müssen das machen." Fragend blickte sie Nils, Dajana, Tarik und Patrizia an.

„Freunde, das geht nicht!", widersprach Richard, doch als

sich erst Nils hinter Charlie stellte, dann Patrizia, Dajana und Tarik, wurde er stumm. Schulter an Schulter standen die fünf da, als ließen sie sich von nichts und niemandem aufhalten. Und dann erklang auch noch Micks Stimme: „Charlie hat recht."

Richard fuhr herum. Mick war da! Ernst sah er Richard in die Augen. „Ihr müsst die Kinder gehen lassen. Vertraut ihnen. Sie sind die Einzigen, die eure Söhne retten können."

Richard schüttelte den Kopf. „Auf keinen Fall!"

„Mach dir keine Sorgen, alter Mann", meinte Tarik lächelnd. „Wir schaffen das schon." Und Dajana fand: „Jetzt müsst ihr uns mal vertrauen."

Richard zögerte. Er sah die Entschlossenheit in den Gesichtern der fünf Jugendlichen. Aber auch ihr Strahlen. Unsicher wandte er den Kopf. Auch Lore und Rona nickten ihm aufmunternd zu. Dajana hatte recht.

Seufzend gab er nach und half, die Pferde zu satteln. Nachdenklich sah er Charlie, Nils, Patrizia, Tarik und Dajana zu, wie sie aufstiegen, als hätten sie nie etwas anderes getan.

„Es wird Zeit", warnte Mick. „Ihr müsst los."

Charlie beugte sich aufmerksam vor. „Kannst du uns sagen, was uns da erwartet?"

Mick wiegte den Kopf hin und her. „Der Stern führt euch zum Mittelpunkt von Namra. Niemand weiß, was oder wo dieser Ort ist."

Charlie nickte, sie war sich sicher, dass sie dort ankämen. Ihr Stern würde sie führen.

„Was passiert dann?", wollte sie wissen.

Mick lächelte ihr zu. „Ihr müsst durch eine Prüfung, aber ihr werdet dafür bereit sein."

Eine Prüfung. Charlie war zuversichtlich. Sie fühlte sich stark. Zusammen würden sie alles schaffen!

Arman wieherte und drehte sich um. Charlie verließ als Erste den Hof, die anderen folgten.

„Passt auf euch auf! Und kommt heil wieder“, rief Lore ihnen nach, doch das hörten sie schon gar nicht mehr.

Während sie auf den dunklen Wald zuritten, immer dem Stern nach, konnte sich Tarik einen Witz nicht verkneifen: „Leute!“, rief er. „Wir brauchen noch einen Clubnamen! Wie wär's mit ‚Fünf Freunde‘?“

Nils lachte. „Den gibt's schon, denk dir mal was Neues aus.“

Alle grinsten. Doch als sie die Waldgrenze passierten, verfielen sie in konzentriertes Schweigen.

Charlie achtete kaum auf die Bäume, Wiesen und Felder, die an ihr vorbeiflogen. Arman trug sie sicher. Sie beobachtete, wie der Himmel langsam heller wurde, doch auch im Morgengrauen leuchtete ihnen der einzelne Stern am Himmel den Weg.

Mick sah Rona, Lore und Richard ernst an. „Wir müssen ihnen einen Vorsprung verschaffen und Garwin aufhalten, solange es geht. Kommt.“ Über dem Wald sammelten sich Gewitterwolken, grelles Licht fuhr aus dem Himmel zwischen die Bäume, es krachte, als prallten Luftfronten aufeinander.

Mick, Lore und Richard liefen langsam in Richtung des Schutzwalles. Garwin hatte offensichtlich bei dem Orakel unglaubliche Kräfte gesammelt. Dieser Schutzwall würde ihn nicht mehr abhalten. Tami, Adrian und Rona hatten sie zu deren Sicherheit in den Raum der Erinnerung geschickt.

Unsicher betrachtete Richard den dunkelgrauen Nebel, der sich langsam vom Wald her in ihre Richtung ausbreitete, und wollte von Mick eine ehrliche Einschätzung: „Haben wir eine Chance?"

Mick schwieg. Er hatte darauf keine Antwort. Er konnte nicht guten Gewissens Ja sagen, auch wenn er hoffte, dass alles gut ging. Fenjas Schmetterlingslied bewahrte ihn davor, ehrlich sein zu müssen und die Lilientals zu entmutigen.

Eilig kam der Schmetterling auf die drei zugeflattert und verwandelte sich noch während des letzten Flügelschlags: Innerhalb von Sekunden hatte sich ihre Elfengestalt mit den kunstvoll geflochtenen dunklen Haaren, dem mit Ornamenten verzierten Gesicht und dem changierenden Kleid materialisiert. Sie trat zu Mick und griff nach seiner Hand.

„Garwin hat die Kraft des Orakels. Niemand kann sagen, wie stark ihn das macht", ließ sie ihn besorgt wissen. Mick schnaubte auf – auch das noch. Kein Wunder, dass der Himmel über dem Wald von immer gewaltigeren Blitzen zerrissen wurde. Richard, Lore, Mick und Fenja tauschten einen Blick, dann liefen sie nebeneinander auf die Baumgrenze zu. Was auch immer Garwin vorhatte, sie würden sich ihm entgegenstellen. Die Kinder brauchten Zeit!

Je weiter sie vorankamen, desto heftiger schlug ihnen der Wind entgegen. Fenjas Kleid flatterte um ihre Beine, Micks Mantel wehte hinter ihm her, Staubpartikel verdunkelten die Luft.

Trotzdem kämpften sie sich weiter. Noch bevor sie den Schutzwall erreicht hatten, rollte eine Welle dunklen, alles verschluckenden Nebels aus dem Wald in ihre Richtung: Das grüne Gras, der Zaun verschwanden, ja selbst vor dem Schutzwall machte der Nebel nicht halt. Und plötzlich konnten sie eine körperlose Stimme ausmachen. Garwin verlangte: „Übergebt mir Arman und euch wird nichts passieren." Richard, Mick und Fenja blieben stumm. Sie glaubten dem dunklen Zauberer kein Wort.

„Niemals", lehnte Lore ab. Gerade erst hatte sie die Erinnerungen an ihre Söhne zurück und der dunkle Zauberer wollte, dass sie sie auslieferte? Das kam überhaupt nicht infrage. Auch nicht, wenn der Zauberer seinen schmutzigen Nebel immer schneller auf die vier zurollen ließ!

„Ich bin nicht hergekommen, um zu verhandeln", grollte seine Stimme.

Mick ließ sich davon nicht beeindrucken. „Genauso wenig wie wir", rief er in den Wind.

Als hätte Garwin nur darauf gewartet, wallte der Nebel nach oben, verhüllte die Sicht auf die Bäume, bildete eine Wand.

„Hast du auch nur den Hauch einer Ahnung, wie mächtig ich bin?", schnaubte der Zauberer amüsiert. Dann verdichtete sich das Grau, wirbelte immer enger im Kreis und binnen Sekunden stand Garwin nur wenige Meter entfernt. Die Kapuze seines schweren Mantels warf Schatten auf sein bleiches Gesicht, doch eines konnten auch diese nicht verstecken: seine merkwürdigen hellen Augen. Die des Orakels. Seine Lippen verzogen sich zu einen Lächeln. „Ich habe euch gewarnt!"

Lore schluckte. Ein Glück, dass wenigstens Tami, Adrian und Rona im Raum der Erinnerung in Sicherheit waren!

Tami allerdings sah das etwas anders. Sie war hier geparkt, nichts weiter, ihre Eltern hatten sie loswerden wollen, dabei war klar, dass sie jede Hilfe brauchen konnten! Unruhig stützte sie die Hände auf ihre Oberschenkel, als könne sie damit verhindern, aufzuspringen und frustriert loszuschreien. Als Rona einige Stück Kuchen aus einer Serviette wickelte und sie Tami aufmunternd unter die Nase hielt, schüttelte sie nur den Kopf. Adrian dagegen griff hungrig zu und biss sofort hinein. Tami bedachte ihren Freund mit einem grimmigen Blick. „Ich habe keine Ahnung, wie du jetzt ans Essen denken kannst!"

„Auch Helden brauchen Kuchen", gab Adrian mit vollem Mund zurück. Tami stand auf. Helden! Was genau war heldenhaft daran, sich in einem Raum zu verstecken, in dem sich Dinge sammelten, die vergessen waren?

„Tami", versuchte Rona, sie zu beruhigen, „ich verstehe, dass du dir Sorgen machst, aber Mama und Papa wissen, was sie tun."

Tami wirbelte herum. „Ich mach mir keine Sorgen", grollte sie. „Ich bin sauer!" Wie ein eingesperrtes Tier lief sie von einer der gemauerten Wände zur nächsten und zurück. Beim dritten Mal fiel ihr jedoch etwas ins Auge. War das etwa ihr altes Holz-Jo-Jo! Tatsächlich! Wie lange hatte sie daran nicht mehr gedacht? Wann hatte sie es überhaupt das letzte Mal gesehen? Das Holz fühlte sich warm an, als sie es aufhob, die orangerote Farbe war noch ebenso strahlend wie früher. Nachdenklich richtete sie sich auf und besah sich die Wand vor ihr. Durch einen runden Türbogen gelangte man in einen weiteren, sehr schmalen Raum, nicht größer als ein Kamin. Neugierig trat sie näher.

Ronas „Tami, komm zurück!" kam zu spät. Schon während sich Tami überrascht zu ihrer Großmutter umdrehte, begannen ihre Ohren zu rauschen, dann ergriff sie ein Wind und sie verschwand. Rona seufzte und sprang eilig auf. Sie hätte es ahnen müssen! Ihre neugierige Enkelin war mitten in die Schneise getreten, die zurück in die Küche führte.

„Adrian, du wartest hier“, befahl sie noch, dann wurde auch sie erfasst und löste sich in Luft auf. Zurück blieb nur das leise Rieseln einiger Aschepartikel. Ansonsten war der Kaminaufzug leer. Adrian stand auf. Hier warten? Während Tami und Rona sich wer weiß wohin katapultiert hatten? Kam nicht infrage!

Eine Staubwolke quoll aus dem grünen, großen Kamin in der Küche der Lilientals und kurz danach kletterte Tami mit ihrem Jo-Jo in der Hand, gefolgt von Rona und Adrian, in das Zimmer und sah sich erfreut um. „Super, wir sind zurück!“

Doch Rona lauschte und schüttelte dann den Kopf. „Ich glaube nicht. Jedenfalls nicht so, wie du denkst, Tami.“ Eilig schloss sie die Ofentür hinter Adrian, als vom Stockwerk über ihnen Stimmen laut wurden: „Tami?“, rief Lore. „Du wolltest doch mit, die Kinder holen.“

Tami bekam große Augen, als sie sich selbst antworten hörte: „Ich komme!“

Adrian starrte sie verwundert an. „Warst du das?“

Und schon polterten zwei Paar Füße die Treppe hinunter. Eilig zog Rona die beiden Kinder hinter den Ofen. Tami beobachtete aus ihrem Versteck perplex, wie Lore durch das Zimmer auf die Eingangstür zueilte, gefolgt von – ihr selbst. Die zweite Tami legte ihr Jo-Jo auf einen Stuhl neben die Tür und rannte hinter Lore aus dem Haus. Tami warf einen Blick auf das identische Jo-Jo in ihrer Hand aus dem Raum der Erinnerung und begriff erfreut. „Wir sind in der Vergangenheit gelandet! Super, jetzt können wir alle warnen!“

Rona schüttelte den Kopf. „Das ist nicht so einfach, Tami“, warnte sie. „Wenn wir jetzt irgendeine Kleinigkeit hier verändern, kann das große Auswirkungen auf die Zukunft haben. Und nicht nur gute!“

„Können wir nicht dem Orakel sagen, was passieren wird?", mischte sich Adrian ein. Tami nickte begeistert. Sie verstand, worauf ihr Freund hinauswollte.

„Weiß das Orakel nicht sowieso immer alles?" Dann wäre es vielleicht gar nicht so schlimm, ihr Bescheid zu geben.

Rona fuhr sich durch die kurzen Haare. „In meinem Buch steht: Sie kann jede Zukunft sehen, nur ihre eigene nicht", überlegte sie laut. Dann nickte sie. „Aber wenn die Zeit für sie gar keine Rolle spielt, dann dürfte ihr unsere Anwesenheit vielleicht gar nicht so viel ausmachen!" Das könnte tatsächlich ein Schlupfloch im System sein. Und irgendetwas sollten sie tun, um zu helfen! Entschlossen zog sie die beiden Kinder hinter sich aus dem Haus. „Wir warnen das Orakel!"

Charlie blickte sich um. Der Stern hatte sie aus dem Wald geführt, vor ihr lagen grüne Wiesen und sanfte Hügel. Genau darüber stand der Stern und leuchtete selbst im Tageslicht, als wollte er sagen: Es ist nicht mehr weit!

Die fünf Jugendlichen ritten nebeneinander über das saftige Gras auf den Stern zu, als Charlie plötzlich die Augen zusammenkniff. Was war das dort vorne? Etwa eine Tür? Mitten auf einer der Weiden? Das Sternenflüstern begann erneut und Charlie zügelte Arman.

„Wir sind da", übersetzte sie für die anderen. Gespannt sprangen alle von ihren Pferden, die sich nach dem langen Ritt gleich über das Gras hermachten.

Langsam traten die fünf Jugendlichen näher zur Tür. Nils hob die Augenbrauen. „Das soll der Mittelpunkt von Namra sein?"

„Sieht ganz so aus." Charlie trat näher. Die Tür war aus Holz und hatte zwei Flügel. Die Stutzen und die Oberseite waren mit Schnitzereien verziert, die Knaufe aus Messing. Als sie einen Blick auf die andere Seite warf, war auch dort nur Gras und die Rückseite der Tür zu sehen.

Dajana schüttelte den Kopf. „Und wo ist jetzt das Herz?"

Charlie konnte nur vermuten: „Ich schätze mal, dahinter." Das wäre auch nicht viel verrückter als so einiges, was sie bereits in Namra erlebt hatten.

„Kann hier nicht ein Mal was normal laufen?", seufzte Patrizia aus tiefstem Herzen und Tarik neben ihr schnaubte: „Hier nicht."

Charlie nickte. Tarik hatte recht. Und deswegen machte es auch kaum Sinn, lange darüber zu diskutieren. Ein letzter Blick zu dem ihr zulächelnden Nils, und sie griff entschlossen nach dem Türknauf. Auch durch die geöffnete Tür war nur Wiese zu sehen. Doch Charlie ahnte, dass sie es hier mit einem Portal zu tun hatten, das sie sicherlich an eine unvermutete Stelle transportieren würde. Mutig machte sie einen weiteren Schritt.

„Warte", rief Tarik besorgt, „wir wissen doch gar nicht, was passiert!"

Zu spät. Charlie verschwand vor den Augen ihrer Freunde.

Nils starrte dorthin, wo er eben noch Charlies Rücken gesehen hatte, über den ihre blonden Locken gefallen waren. Ohne zu zögern, trat er vor – und verschwand ebenfalls. Tarik verdrehte die Augen. So viel zu seinem Plan, erst einmal die Möglichkeiten zu diskutieren. Nun gut. Was Charlie und Nils konnten ... Mit einem „Was soll's, ciao, Leute" marschierte er durch die Tür.

Dajana ballte die Fäuste. Bevor sie es sich anders überlegen konnte, lief sie Tarik hinterher. Zurück blieb Patrizia, die aufseufzte. Schon wieder eine Prüfung! Unsicherheit machte sich in ihr breit. Aber diesmal würde sie nicht zulassen, dass jemand anders ihretwegen verletzt wurde ... oder Schlimmeres! Sie sammelte allen Mut und ging entschlossen vorwärts.

Das Erste, was sie bemerkte, war das Gewicht der vielen Einkaufstaschen in ihrer Hand. Das Nächste war der Saum ihres schicken Kleides, der um ihre Knie schwang, das Kichern ihrer Freundinnen. Lächelnd drehte sie sich zu den anderen drei Mädchen um, während sie aus dem Klamottenladen auf die Straße hinaustraten. Heute hatten sie wirklich viele tolle Sachen gefunden. Die ganze Schule würde morgen staunen. Zufrieden betrachtete sie sich in der Spiegelung des Schaufensters: perfekte Hochsteckfrisur, das schmale Kleid, die hohen Wangenknochen – sie war also zurück?

Sie fuhr herum, als sie eine Stimme wie aus einem Déjà-vu ihren Namen rufen hörte: Jana. Ihre etwas mollige, dunkelhaarige, bebrillte Jana in einer unförmigen Strickjacke und mit leuchtenden Augen. „Ich hab versucht, dich anzurufen", sagte sie lächelnd. „Hast du eine neue Nummer?"

In Patrizias Kopf begann es zu rattern. Sie war nicht nur zurück in der Menschenwelt, sie hatte offenbar auch einen Zeitsprung gemacht – in die Vergangenheit. Exakt zu jenem Moment, in dem sie Jana verloren hatte, weil sie sich nicht getraut hatte, zu ihr zu stehen.

Nachdenklich betrachtete sie die drei Freundinnen neben sich, die Jana mit gerümpften Nasen musterten und zu lästern begannen. Patrizia kniff die Augen zusammen. Jemand zog an ihrem Ellenbogen, zog sie weg von Jana, die sie noch immer abwartend und ehrlich ansah. Jana verbog sich nicht. Jana war eben ... Jana und das war das Tolle an ihr.

„Kennst du die etwa", wollte Patrizias tiptop gekleidete Freundin wissen. Es klang gemein und wie der Auftakt zum Lästern. Patrizia machte sich aus dem Griff los und drehte sich um.

„Ja klar!" Sie lächelte breit. „Das ist meine beste Freundin Jana." Damit umarmte sie Jana und drückte sie ganz uncool an sich. Super fühlte sich das an. „Wie geht's dir? Du siehst gut aus!"

„Was?", kiekste es hinter Patrizia entsetzt, dann war nur noch ein Räuspern zu hören und ein „Na, dann tschüss!". Doch sie achtete nicht darauf. Sie war viel zu froh, Jana wiederzuhaben. „Du hast dich verändert!", fand diese. Doch Patrizia schüttelte den Kopf. Nein, eigentlich hatte sie sich nicht verändert! Zumindest nicht von innen. Zum Glück!

Tarik wischte mit dem Ärmel seines grauen Putzkittels die letzte Zeile an der Tafel aus. Das war Bullshit! Diese Mathematikstudenten hatten wirklich gar keine Ahnung! Hoch konzentriert fügte er die richtige Lösung ein. Noch während er die letzte Ziffer an die Tafel schrieb – eine Acht –, zögerte er plötzlich. Die Acht war so etwas wie das aufrecht stehende Zeichen für Unendlichkeit. Ein Ausdruck dafür, dass Zeit nicht immer greifbar war ... Tarik begann zu lächeln. Ein Wurmloch! Wusste er es doch.

„Ey, was machst du da?" Eine junge Frau eilte auf ihn zu und schüttelte den Kopf. Tarik ließ die Kreide fallen und drehte sich zu ihr um. Er sah, wie ihre Augen über die Tafel flitzten, wie sie immer größer wurden und ihn schließlich beeindruckt musterten. Mit klopfendem Herzen nahm er ihre Telefonnummer entgegen. „Ruf mich an, ich stell dich dem Professor vor!"

Tarik nickte. Diesmal würde er sie anrufen. Diesmal würde er seine Chance nutzen – seine zweite.

„Hey, Tarik", unterbrach da eine amüsierte Stimme den Moment, „willst du uns deine neue Freundin nicht mal vorstellen?" Sein Cousin und dessen Freund standen am Eingang und bedachten die Assistentin mit einem nicht gerade bewundernden Blick. Tarik stellte sich vor sie. „Zischt ab", befahl er laut. „Ich hab hier was zu regeln!"

Dann drehte er sich zu ihr zurück. „Danke! Ich melde mich!"

Dajana sah sich verwundert um. Das Zimmer war kahl, es standen mehr Desinfektionsmittel als Bücher oder DVDs herum – und das waren schon viele. Sie war in ihrem Zimmer! Es fühlte sich fast fremd an. Von draußen erklang Johlen, Quietschen, lautes Rufen und Lachen. Auf dem Fußballplatz hinter ihrem Haus spielten etliche Kinder Ball. Es klang lustig und nach Spaß am Leben. Dajana zerknüllte langsam das Desinfektionstuch, das sie in ihren Händen hielt.

„Dajana, geh doch raus!" Dajanas Kopf fuhr herum. Ihre Mutter lehnte an dem Türrahmen, mit dem beunruhigten, mitleidigen, traurigen Blick, den sie trug seit ... seit der Operation. Seit Dajana sich in ihr Zimmer zurückgezogen hatte und das ganze Leben verpasste. Dajana warf das Tuch achtlos in den Papierkorb und sprang auf. „Ja, mach ich, Mama!" Damit stürzte sie voller Vorfreude an dieser vorbei in den Gang und hinaus ins Treppenhaus.

Nils schloss die Tür hinter den Beamten. Der Flur der Wohnung war kalt, die Luft roch abgestanden und nach Rauch.

Seufzend fuhr er sich über die Haare, doch halt, seit wann trug er ein Käppi. Wann hatte er es sich aufgesetzt? Nils betrachtete die abblätternde Wandfarbe im Gang und wusste, wo er war – und wann. Schon während er das Wohnzimmer betrat, war ihm klar, was er dort vorfinden würde: seine Mutter, ein Bier vor ihr auf dem Sofatisch, eine Zigarette in der Mache, die Haare ungekämmt und fettig. „Du bist so etwas von verblödet …", würde sie ihm entgegenschleudern.

„… dich immer wieder erwischen zu lassen!", kam da auch schon ihre ätzende Stimme. „Einen Anwalt zahl ich dir nicht, dass das klar ist, ja?"

Nils senkte die Augen, er konnte sie nicht ansehen, es nicht mehr hören. Die spitzen Bemerkungen, bevor sie weitertrank, den Tonfall ihrer Stimme, wie Säure. Als wäre er nichts weiter als ein Störfall in ihrem Leben aus Sich-Wegballern und Vergessen. Er ertrug es nicht. Seit Jahren riss es ihn in der Mitte entzwei. Und bis vor Kurzem hatte es nur eine einzige Möglichkeit für ihn gegeben, damit umzugehen: nichts an sich herankommen zu lassen. Gleichgültigkeit war das Einzige, was half. Doch das war vor dem Hof der Lilientals gewesen. Vor Charlie, vor ihrem Team und vor dem neuen Nils.

„Und jetzt hau endlich ab!"

Als die Bierdose mit einem Scheppern neben ihm gegen die Wand knallte, begann er unkontrolliert zu zittern. Normalerweise würde er sich jetzt umdrehen, gehen und die Erinnerungen in jenen Teil seiner selbst vergraben, der alles gnädig verschluckte. Dorthin, wo es so dunkel war, dass nicht einmal ein Stern schien …

Doch diesmal war es anders. Nils holte tief Luft. „Ich hab die Schnauze voll!", brüllte er, wie er es sich unzählige Male ausgemalt hatte, bevor er begonnen hatte, alles zu verdrängen. „Hör auf zu saufen!" Es tat gut, endlich einmal nicht unsichtbar zu werden und zu verschwinden. Er trat auf sie zu. Das erste Mal seit langer Zeit hob sie den Kopf und sah ihn wirklich an, nicht nur durch ihn hindurch. Etwas erstaunt und erschrocken, aber voll und ganz anwesend. Und plötzlich war es ihm egal, dass sie hören konnte, wie dicht er daran war, die Fassung zu verlieren, dass Tränen in seiner Kehle steckten und rauswollten. Wie verletzt er war. „Ich brauche dich, verstehst du das?", schleuderte er ihr mit brechender Stimme entgegen. Die Zigarette baumelte schlaff von ihren Fingern, ihre Augen schienen klarer als sonst. Nils trat auf sie zu. „Ich habe Papa schon verloren. Ich kann dich nicht auch noch verlieren!"

Und dann rollte die erste Träne. Bei ihm. Und bei seiner Mutter.

Charlie stand zögernd vor einer Tür. Da war sie durch die eine getreten, nur um sich vor einer anderen wiederzufinden. Und diese war viel schwerer zu öffnen als die erste. Denn Charlie kannte sie. Es war die Tür zu ihrem Kinderzimmer. Wie angewurzelt stand sie davor. Sie alle, Nils, Tarik, Patrizia und Dajana hatten sich in den letzten Wochen verändert. Einige von ihnen hatten gelernt, zu ihren Gefühlen zu stehen. Andere, sich so zu akzeptieren, wie sie waren. In Namra hatten sie erkannt, was sie sich zutrauen konnten. Und das hatte jeden von ihnen stark gemacht. Sie hatten gelernt, was im Leben wirklich zählte. Und dass es sich lohnte, dafür zu kämpfen. Für Familie und Freunde. Für sich selbst und für das Leben. Denn egal, was Schlimmes passiert war, es gab immer einen Morgen. Und dieser Morgen konnte wunderschön sein. Man musste es nur wollen.

„Du musst es nur wollen“, machte sich Charlie Mut und drückte die Klinke herab. Sie hatte geahnt, was sie dahinter vorfinden würde: ihre alten krakeligen Zeichnungen an den Wänden, das Puppenhaus, Kuscheltiere und den Plüschpilz neben dem Bett … Was sie nicht erwartet hatte, war ihr Vater. Er saß auf ihrem alten Bett und lächelte ihr entgegen, als hätte er auf sie gewartet. Charlie starrte ihn an. Der kurze dunkle Bart, das weiß-schwarze Karohemd, die freundlichen Augen …

„Papa?“, flüsterte sie. „Bist du echt?“ Charlie musste schlucken, ihr Hals zog sich zusammen, als steckten all die geweinten und ungeweinten Tränen in ihrer Kehle. „Träum ich“, brachte sie flüsternd heraus, „oder bin ich im Himmel?“ Sie hatte niemals damit gerechnet, ihn noch einmal zu sehen, und jetzt … ihr Herz raste. Wo genau war sie gelandet, als sie durch die Tür im Mittelpunkt von Namra getreten war? In ihren Erinnerungen, in einer Zeitschleife, in einer anderen Dimension?

Doch vielleicht war das alles gar nicht so wichtig.

Er klopfte neben sich auf die inzwischen viel zu kurze Matratze. „Setz dich zu mir, Charlie.“ Langsam trat sie näher. Was, wenn sie einen Fehler machte und er würde plötzlich wieder verschwinden? Das könnte sie nicht ertragen! Kaum hatte sie sich neben ihn gesetzt, beugte er sich sanft zu ihr. „Weißt du, warum du hier bist?“

Charlie schaute in sein Gesicht, das sie so schmerzhaft vermisste, das so liebevoll und verständnisvoll war, ein kleines, wissendes Lächeln um die Mundwinkel, und begriff: „Um mich zu verabschieden.“ Verzweiflung schnürte ihr die Kehle zu. Sie schluckte trocken. Da hatte sie ihn endlich wieder und dürfte ihn danach nie mehr sehen?

Er strich ihr eine Haarsträhne aus der Stirn und nickte. „Ja, meine Große, und ich will, dass du weißt, dass ich sehr, sehr stolz auf dich bin."

Charlie drehte sich weg. Stolz? Wie konnte er so etwas sagen, so ganz ohne Vorwurf, so voller Liebe? Sie war schließlich ... ohne sie wäre er ... Sie drehte sich weg. „Aber ich bin schuld", schluchzte sie, „ dass du ... wäre ich damals nicht weggegangen, dann wärst du nicht ins Haus gegangen, um mich zu suchen, dann wärst du nicht ins Feuer gegangen, dann würdest du jetzt noch leben."

Jetzt war es heraus. Endlich. Charlie spürte, wie sich ihr Herz zusammenkrampfte. Ihre Schuld war das Schlimmste, was sie sich jemals hatte vorstellen können – verantwortlich zu sein für den Tod des wichtigsten Menschen auf der ganzen Welt. Schuld daran zu sein, dass er nicht mehr ihre Hand halten, ihr Geschichten erzählen, sie zum Lachen bringen konnte und vor allem: ihr verzeihen, all die hässlichen Worte, die sie ihm in ihrer Wut nur wenige Stunden vor dem Brand entgegengeschleudert hatte. Charlie holte rasselnd Luft. Sie konnte kaum atmen.

„Du hast keine Schuld!" Ihr Vater schüttelte den Kopf und beugte sich so weit vor, bis sie seinem Blick nicht mehr ausweichen konnte. „Und das weißt du eigentlich auch ganz genau." Langsam drehte Charlie ihm den Kopf zu.

„Du hältst dich daran fest", erklärte er ruhig weiter, „weil du mich nicht gehen lassen willst. Aber es wird Zeit."

Charlie rückte näher zu ihm. Nein, sie war noch nicht so weit. Sie wollte nicht, dass dieser Moment zu Ende ging. „Kann ich nicht einfach hier bleiben? Bei dir?"

Sein Lachen war liebevoll. „Du bist immer bei mir, in meinem Herzen", versprach er. „Und ich bin in deinem. Aber

Charlie: Da draußen gibt es so viele Dinge, die auf dich warten! Abenteuer, schöne Momente, für die es sich lohnt! Das Leben ist zu kurz, um in der Vergangenheit zu leben."

Charlie schloss die Augen. Er redete von Namra und dem Fluch, von einer Zukunft – ohne ihn, von Freunden wie Patrizia, Tarik, Dajana und ... Nils. Und auch wenn sie das alles wusste, sich von ihm zu verabschieden war das Schwierigste und Schmerzhafteste, was sie jemals in ihrem Leben hatte machen müssen. „Sehen wir uns wieder?"

Er legte einen Arm um sie. „Ich bin immer da, wenn du mich brauchst." Charlie ließ sich gegen ihn sinken und schlang die Arme um ihn. Stark und sicher fühlte er sich an, warm und ... für immer. „Ich liebe dich, Papa", flüsterte sie in seinen Hemdkragen. Jene Worte, die sie verpasst hatte ihm zu sagen, bevor er plötzlich nicht mehr in ihrem Leben war.

„Ich liebe dich auch." Er strich mit einem Finger über ihre Wange. „Und jetzt geh, Prinzessin."

Charlie löste sich nur langsam aus seiner Umarmung und stand mit Tränen in den Augen auf. Sie wusste, sie hatte keine andere Wahl. Kurz vor der Tür drehte sie sich noch einmal um, der letzte Blick brannte sich wie in Zeitlupe in ihre Erinnerung. Sein Lächeln, seine warmen Augen, das Bild, wie sie ihn immer behalten wollte. Dann griff sie nach dem Türknauf und es wurde schwarz ...

KAPITEL 23

Tami sah Adrian überrascht an, während sie neben ihm hinter Rona herlief, die den Weg zum Orakel genau zu kennen schien.

„Ehrlich?", fragte sie verwundert. „Dein Bruder war früher wirklich anders?" Adrian nickte heftig.

„Er war immer für mich da, wie ein richtiger großer Bruder." Dann senkte er den Kopf. „Aber seit er sein Herz für den Fluch gegeben hat, ist alles anders!"

„Kinder", unterbrach ihn Rona und deutete auf ein weißes Zelt, das im Wind flatterte. „Wir sind da, haltet euch bitte zurück. Das Orakel ist unberechenbar."

Hintereinander traten sie durch die flatternden Zeltbahnen. Tami schnappte nach Luft. So sah also ein Orakel aus? Oder wenigstens das von Namra?! Weiß und mit neugierigem Lächeln und fast so, als könne sie nichts überraschen.

„Wir sind dir sehr dankbar, dass du uns empfängst", begann Rona, während sie sich vorsichtig näherte.

„Ich freue mich, dass ihr da seid", winkte das Orakel gut gelaunt ab. „Den ganzen Tag hier alleine herumzusitzen ist wirklich ganz schön langweilig!" Beinebaumelnd saß sie auf einem Baum, der gewachsen war wie ein natürlicher Thron.

„Wir sind gekommen, dich zu warnen", versuchte Rona, ihr den Ernst der Lage klarzumachen, und Tami fügte hinzu: „Wir kommen aus der Zukunft, Garwin wird dir da etwas Schlimmes antun!"

Das Orakel nickte, als ginge sie das nichts an. „Ich weiß, er wird meine Kräfte stehlen und stärker werden als jemals zuvor.“

Tami sah dem Orakel in die amüsierten Augen. „Wieso weißt du das, ich dachte, du kannst deine Zukunft nicht lesen?“

„Aber ich kann eure Zukunft lesen, und als ihr beschlossen habt, mich zu warnen, da wusste ich, was passiert.“

Adrian trat eilig vor. „Das heißt, du kannst was machen, du kannst meinen Bruder aufhalten, das kannst du doch, oder?“

„Ich kann die Zukunft lesen“, erinnerte das Orakel, „ich kann sie nicht verändern. Aber …“, sie kicherte, als wäre das ein guter Witz, „… ihr könnt einen Fluch haben, wenn ihr wollt.“

Doch die drei wollten keinen Fluch, sie hatten gehofft, verhindern zu können, was geschehen würde! Nur war das Orakel anscheinend nicht in der Lage, ihnen dabei zu helfen. Im Gegenteil: Unbekümmert, fast schon ungeduldig winkte es nun ab und erklärte, es sei Zeit, sie zu verlassen. Nur Adrian winkte sie mit gekrümmtem Finger näher zu sich. Unwohl trat er näher. Als sie sich plötzlich zu seinem Ohr vorbeugte, wäre er fast zurückgezuckt. Doch dann flüsterte sie nur: „Mach dir keine Sorgen, deine Liebe ist dein größter Zauber.“

„Wie meinst du das?“

Sie legte den Kopf schief. „Du wirst schon sehen!“

Für einige Sekunden sah Charlie gar nichts, nur Schwärze. Konzentriert lauschte sie in den Raum hinein, dann gewöhnten sich ihre Augen langsam an das Dunkel und jemand griff nach ihrer Hand: Nils. Seine Augen konnte sie erkennen, diese grünen Augen, die sie immer etwas verwirrten. Auch um ihre linke Hand schlangen sich Finger: Dajana. Daneben tauchten Patrizia und Tarik auf. Zu fünft bildeten sie einen Kreis.

„Wart ihr auch zu Hause?", flüsterte Dajana. Alle nickten und einer nach dem anderen berichtete von seinen Erlebnissen.

„Und du?", wollte Nils von Charlie wissen und trat noch einen kleinen Schritt näher. Charlie biss sich auf die Lippen. „Ich", sagte sie dann leise, „ich habe meinen Vater getroffen." Die anderen rückten dichter zu ihr und sahen sie mitfühlend an. Charlie blinzelte heftig, als Tarik kopfschüttelnd zusammenfasste, was sie sich selbst ebenfalls fragte: Was bedeutet das, war das alles echt?"

Charlie zuckte mit den Schultern. „Ich weiß es nicht ..."

In ihrer Mitte wurde plötzlich ein rötlicher Schimmer sichtbar. Immer heller pulsierte er, rot glühend im Rhythmus eines Herzschlags. Charlie beugte sich vor, das musste es sein!

„Wir haben es! Garwins Herz", flüsterte sie fast ehrfürchtig. „Was sollen wir jetzt damit machen?"

Tariks Antwort kam schnell: „Was gibt es da noch groß zu überlegen, wir machen es kaputt!"

Nils zückte sein Taschenmesser und auch Patrizia forderte: „Lasst uns das Herz zerstören und hier verschwinden!" Doch als Nils die Klinge herausspringen ließ, legte Charlie eine Hand auf seinen Arm und schüttelte den Kopf. „Das können wir nicht machen! Das Orakel hat gesagt, wir brauchen das Herz, um Garwin aufzuhalten. Nicht, um es zu zerstören."

Patrizia lachte ungläubig auf. „Was willst du sonst damit machen, es in Geschenkpapier einwickeln und ihm zurückgeben?"

Charlie sah sie nachdenklich an. Ihre bissige Bemerkung hatte sie auf eine Idee gebracht. „Vielleicht ist es genau das!

Garwin war früher Armans bester Freund, er war nicht immer böse, vielleicht schaffen wir es, aus ihm wieder einen besseren Menschen ... also, Zauberer zu machen." Dajana nickte, doch die anderen drei blieben skeptisch.

„Wenn du dich irrst", warnte Tarik, „geben wir das einzige Mittel weg, das wir haben!" Auch Nils schien nicht ganz überzeugt. Doch Charlie wusste eines: Garwins Herz schlug, es lebte! Wie konnten sie es denn dann ... töten?! Ihr Licht und ihre Macht, die der Sternenfee, fühlte sich an, als sei sie dazu da, zu heilen, nicht, zu vernichten.

„Zerstörung mit Zerstörung zu bekämpfen kann keine Lösung sein", erklärte Charlie also und sah ihre Mitverschwörer flehend an. „Wir müssen es versuchen, bitte!" Einer nach dem anderen nickte und Tarik schauderte: „Und wer packt das Ding jetzt ein?"

Charlie streckte die Hände aus. Wie einen verletzten Vogel nahm sie Garwins Herz vorsichtig in ihre Hände ...

Der Weg zurück zum Hof war ein zuversichtlicher gewesen. Jetzt, da sie Garwins Herz hatten, mussten sie nur noch herausfinden, wie sie damit den Fluch lösen konnten. Doch irgendetwas war seltsam. Kein Licht brannte in den Zimmern des Wohnhauses, dunkler Nebel verschluckte den Mond, kroch über den Hof und außer dem Wind war nichts zu hören. Argwöhnisch lenkte Charlie Arman näher. Und dann sah sie es: Tröge waren umgekippt, zersplittertes Holz lag auf dem Boden, kein Lebenszeichen weit und breit, die ganze Umgebung war verwüstet und verwaist.

Tarik rief ängstlich nach Lore und Richard, doch keine Antwort. Als sie die unruhig tänzelnden Pferde vor dem Stall anbanden, verzog Tarik das Gesicht. „Hab ich euch schon gesagt, dass ich kein gutes Gefühl habe? Arman anscheinend auch nicht.“ Arman wieherte und warf den Kopf zurück.

Also teilten sie sich auf. Während Charlie, Nils und Patrizia das Haus nach den anderen absuchen wollten, blieben Dajana und Tarik bei den Pferden. Und auch wenn es Charlie lieber gewesen wäre, sich nicht zu trennen, blieb ihnen nichts anderes übrig. Solange sie nicht wussten, was hier geschehen war und womit sie es zu tun hatten, konnten sie Arman und seine Brüder nicht schutzlos zurücklassen.

Im Haus war es noch dunkler als draußen, die verschmutzten Fensterscheiben blockierten das spärliche Licht, Wind pfiff durch Mauerritzen, überall lag zentimeterdicker Staub. Riesige Spinnennetze überzogen die Möbel und hingen von den Decken. Die Räume waren ausgestorben, als hätte hier schon seit Jahrhunderten niemand mehr gelebt.

Was war passiert? Unbehaglich ließ Charlie ihre Augen durch den Raum gleiten. Patrizia schauderte. „Ich hab Angst“, flüsterte sie, und auch Nils bewegte sich mit äußerster Vorsicht. „Ich weiß nicht“, raunte er Charlie zu, „ob das hier so eine gute Idee ist.“

Nichtsdestotrotz schlichen sie weiter, durchquerten das Esszimmer in Richtung Treppe. Charlie zuckte zusammen, als unter ihr die Stufen knarrten. Oben angekommen, warf sie einen Blick ins Schlafzimmer der Mädchen und drehte sich dann kopfschüttelnd um. Hier war auch niemand. Nils kam mit gleichem Ergebnis aus dem anderen Zimmer. „Wo ist Patrizia“, flüsterte sie ihm zu, „sie war doch direkt hinter dir.“ Nils drehte sich um und lief zur Treppe. „Ich geh unten gucken.“

Doch schon auf halbem Weg hörte er einen unguten, kreischend hohen Ton – kam der etwa aus dem Spiegel? Nils sah auf. Anstelle seines eigenen Spiegelbilds lächelte ihm Garwin entgegen. Seine Augen wurden hell und heller und fixierten ihn. Und nur einen kurzen Augenblick später hatte sich Nils in Luft aufgelöst. Übrig blieben nur eine dünne Rauchsäule und einige Staubpartikel.

„Nils? Patrizia?" Charlie wurde es unheimlich. Wieso antworteten die beiden nicht? Sie konnten doch nicht einfach so verschwunden sein?!

Auf dem Hof vergrub Dajana ihre Hände in den Hosentaschen und spähte ängstlich in die Dunkelheit. Tarik und sie fuhren erschrocken herum, als hinter ihnen aus dem verschlossenen Stall ein Klirren erklang. Tarik griff nach dem Türknauf.

„Warte, ich geh nachschauen", flüsterte er. „Keine Sorge, ich komme gleich wieder."

Dajana zog die Schultern fast bis zu den Ohren. Wenn im Film jemand so etwas sagte, tauchte er normalerweise nie wieder auf. Sie sah, wie er sich in den Stall schlich, und spitzte die Ohren.

Tarik schob sich Schritt für Schritt leise voran. Von dem Tisch griff er sich einen Hufkratzer, das war immer noch besser als gar keine Waffe. Die Boxen waren leer und verstaubt, nirgendwo eine Bewegung, nicht einmal eine Spinne war zu sehen. Schon wollte er sich erleichtert umdrehen und zu Dajana zurückgehen, als es über ihm erneut klirrte. Da war jemand auf dem Dachboden – dort, wo sich die fünf Freunde nachts immer getroffen hatten, um Pläne zu schmieden. Tarik holte tief Luft und griff nach der Leiter. Sprosse für Sprosse kletterte er höher, bis erst sein Kopf und schließlich die Schultern durch die Luke in den Dachraum ragten. Seine Augen wurden groß: Ihm gegenüber stand niemand anders als Garwin. Als hätte er hier darauf gewartet, dass Tarik in seine Falle tappte, lächelte er ihm böse entgegen. Seine Augen wurden merkwürdig hell und nur wenige Sekunden später war Tarik verschwunden. Nur ein feines Rieseln war zu hören.

„Wo bleibt ihr denn alle?", murmelte Dajana beschwörend, als neben ihr Arman den Kopf hochriss und verzweifelt an dem Strick zerrte, mit dem er angebunden war. Er scheute vor dem Stall, unter dessen Tür Nebel quoll. Dajana machte einen Schritt rückwärts, dann noch einen, von innen näherten sich Schritte. Laut und gemächlich, als hätte es derjenige nicht eilig, weil er wusste: Sie konnte sowieso nirgendwohin. Dann schwangen beide Flügel auf. Garwin stand hoch aufgerichtet und mit siegessicherem Lächeln vor ihr. Bevor er sich allerdings Dajana zuwendete, fixierte er mit leuchtenden Augen Arman. „Na, mein alter Freund?"

Charlie drehte sich im Erdgeschoss um die eigene Achse. Kein Nils, keine Patrizia, keine Spur von Lore oder Richard.

„Nein!" Ein panischer Schrei gellte über den Hof. Ein schrilles Wiehern folgte, wie in höchster Todesangst. Und dann rief jemand ihren Namen: „Charlieeee!"

Charlie stürzte aus dem Haus. Dajana und Tarik waren nirgendwo zu sehen, der Hof war menschenleer. Nur dieser kriechende, feucht-eisige Nebel erfüllte die Luft, verdichtete sich und dann trat Garwin daraus hervor. Seine Arme hielt er nach unten ausgestreckt, seine Finger zucken.

„Jetzt gibt es wohl nur noch uns beide, Charlie." Wie in einem Duell standen sie sich gegenüber und fixierten einander abwartend. Charlie wusste, ihre Chancen standen nicht gut. Garwin musste sich nicht einmal bewegen, um seine Blitze auf sie abzufeuern. Doch auch sie war nicht unvorbereitet und würde sich nicht so leicht geschlagen geben – egal was er mit den anderen gemacht hatte. Denn auch für diese gab es nur noch eine Hoffnung: dass es Charlie irgendwie gelang, Garwin sein Herz zurückzugeben. Langsam zog sie es aus ihrer Umhängetasche. Es pulsierte rot glühend in ihrer Hand. Garwin verzog zynisch das Gesicht.

„Mein Herz? Das wird dir nichts nützen." Er steckte die Hand nach ihr aus, krümmte die Finger und ballte sie zusammen. Als hielte er mit seinem auch gleichzeitig ihr Herz in eisigem Griff, bekam Charlie plötzlich keine Luft mehr. Ihr wurde schwindelig, sie sank auf die Knie und fiel hilflos zur Seite. Nach und nach erstarrte Garwins Herz in ihrer Hand. Es hörte auf zu schlagen, zu glühen, wurde kühl wie ein Stein, schwarz wie Kohle – wie ein verlöschender Tropfen Lava. Charlie blinzelte mühsam, der Druck auf ihrer Brust wurde immer stärker und raubte ihr den Atem ...

Währenddessen folgte Adrian Tami und Rona durch den Ofen ins Esszimmer. Tamis fröhliches „Mama, Papa, wir sind hier!" blieb ihr im Hals stecken. Das ganze Haus wirkte unbewohnt, verkommen und irgendwie verloren. Adrian begriff sofort, was das bedeutete: Garwin war hier! So schnell er konnte, stürzte er hinaus in den Hof. Charlie lag auf der Erde, den flatternden Blick auf seinen Bruder gerichtet, sein versteinertes Herz in ihrer Hand. Garwin konzentrierte noch immer all seine Macht auf sie, seine Finger waren wie zu Krallen gekrümmt, in den dunklen Augen lag Zerstörungswut.

„Geh ins Haus, Adrian", grollte er, ohne ihn anzusehen. Doch Adrian trat näher. „Nein!", widersprach er fest. „Ich bleibe bei dir, egal was du machst, egal was du tust, du bist mein Bruder, meine Familie!" Damit überwand er die letzten Meter und schlang seine Arme um Garwin.

Charlie blinzelte. Der Druck auf ihrer Brust wurde leichter. Überrascht hob sie den Kopf. Offenbar war Garwin abgelenkt. Doch dann stieß er seinen kleinen Bruder ebenso plötzlich wie fest von sich.

„Verschwinde endlich!", schrie er ihn an. Und ehe sie es sich versah, hatten sich Garwins Augen in die des Orakels verwandelt, eisig hell und stechend bohrten sie sich in Adrians. Erst als dieser begann, sich langsam aufzulösen, stockte Garwin, als würde er nun erst begreifen, was er mit seiner ungebremsten Wut angerichtet hatte. Er zuckte zurück.

„Adrian!" Seine Augen wurden wieder dunkel und weiteten sich. „Adrian, das wollte ich nicht!" Die Gestalt des Kleinen löste sich auf, seine letzten Worte schwebten durch die Luft: „Ich weiß."

„Charlie!", hörte Charlie Nils' Stimme in ihrem Kopf. „Charlie, jetzt! Du musst ihm sein Herz einsetzen!" Charlie konzentrierte sich auf all die positiven Sätze ihrer Freunde. Auf Patrizia, die nicht geglaubt hatte, dass sie aufgab, auf Dajana, die an sie glaubte, auf Tarik und seine Begeisterung über die Tatsache, dass sie fünf die Auserwählten waren. Auf Nils, der sicher war, dass sie alles Nötige schaffen werde. Mit jeder Erinnerung schöpfte sie neue Kraft. All diese Kraft entsandte sie zu dem steinharten Klumpen in ihren Händen. Und dann passierte es: Ein kleines Loch entstand in der harten Schale um Garwins Herz, ein heller Strahl fuhr in Richtung des Himmels, dann folgten ein zweiter und ein dritter Riss. Charlie rappelte sich auf die Beine, mobilisierte all ihre verbliebene Energie und stolperte auf Garwin zu – erst mühevoll, dann immer sicherer. Und bevor er irgendetwas dagegen tun konnte, hatte sie ihre Hand mit dem inzwischen hell strahlenden Herzen auf seine Brust gelegt – dort, wo es hingehörte. Das Leuchten wurde immer gleißender und überstrahlte schließlich den gesamten Hof. Wie Sand, der vom Wind weggeblasen wird, vertrieb das Leuchten den Nebel und die Wolken.

Als es langsam abebbte, schien die Sonne warm vom Himmel und Charlie konnte nach und nach wieder Konturen erkennen. Was eben noch zerstört gewesen war, war plötzlich wieder ganz, Staub, Nebel und Spinnweben waren verschwunden. Überrascht fiel ihr Blick auf den Zauberer. Der Garwin, der nun vor ihr stand, war ein anderer. Fort waren die dunklen Kleidungsstücke und die Schatten unter seinen Augen. Seine Augen strahlten, seine Wangen hatten Farbe, seine Gesichtszüge waren weicher und vor allem: Wut und Hass, die er normalerweise ausgestrahlt hatte, fehlten.

Innerlich noch immer zitternd drehte sich Charlie um und bemerkte Dajana hinter sich, die erfreut auf sie zurannte und sie glücklich einmal im Kreis wirbelte.

Nils kam aus dem Haus gestürzt, direkt auf Charlie zu. Ungebremst zog er sie in seine Arme und strahlte sie erleichtert an. Ein kleines Kopfschütteln später legte er seine Hände um ihr Gesicht und küsste sie. Einfach so ... Charlies Erstarrung löste sich, sie schlang die Arme um seinen Nacken und schloss die Augen.

Dass Richard und Lore dazustießen, die Pferde Arman, Timon, Jaron, Milosch und Argos verschwunden waren und stattdessen die Jungen dort standen, bekam sie erst einmal gar nicht mit. Doch das glückliche Scherzen, die erfreuten Ausrufe und das Schulterklopfen waren wie die wunderbarste Melodie in Charlies Ohren.

Glücklich löste sie sich von Nils und lächelte ihn an. Gemeinsam sahen sie zu, wie Tami ihre Brüder einen nach dem anderen an sich drückte, Rona erleichterte Küsse verteilte, Lore und Richard mit Glückstränen in den Augen immer wieder die Hände nach ihren Kindern ausstreckten, als könnten sie es noch immer nicht so recht glauben, dass der Fluch wirklich gebrochen war.

Arman trat auf Charlie zu und sah ihr fest in die Augen, wie damals im Brunnen, und in dem einen Wort, das er sagte – „Danke" –, lag eine ganze Welt.

Etwas entfernt stand Garwin und beobachtete die pure Freude der Lilientals. Auch er schien gelöst, spontan hob er seinen kleinen Bruder hoch und drückte ihn so fest an sich, dass er gar nicht mehr genau wusste, welches Herz er da eigentlich schlagen spürte. Und als er Adrian endlich absetzte, schlang er einen Arm um ihn, als wolle er verhindern, ihn noch einmal zu verlieren. Tami winkte ihrem Freund erleichtert zu.

Arman bemerkte das und folgte Tamis Bewegung. Sein Blick traf den von Garwin. Ein paar Sekunden sahen sich die beiden ehemals besten Freunde und ehemals schlimmsten Feinde stumm an. Dann nickte Arman Garwin zu. Dieser lächelte dankbar, aber auch bedrückt. Langsam traten er und Adrian drei Schritte rückwärts und verschwanden.

Erst jetzt polterte Tarik aus dem Stall und sah von einem

strahlenden Gesicht zum nächsten, von einem sich umarmenden Paar zum nächsten.

„Hab ich was verpasst???“ Und um das möglichst schnell wettzumachen, schnappte er sich zeitgleich Patrizia und Charlie und drückte sie im Doppelpack überschwänglich an sich. „Wir haben es geschafft“, frohlockte er und verbesserte sich mit Blick auf Charlie. „Also, du hast es irgendwie hingekriegt.“ Charlie schüttelte den Kopf, Tarik hatte recht.

„Ohne euch“, versicherte sie den anderen vieren, „ohne euch hätte ich das nie im Leben geschafft!“ Sie waren eben ein echtes Team. Und wie ein echtes Team legten sie nun im Kreis die Arme umeinander und steckten die Köpfe zusammen.

Etwas weiter entfernt und von den anderen unentdeckt betrachteten Mick und Fenja Arm in Arm die Freunde im Kreis und das Glück auf dem Hof. Leise lächelnd zog Mick die Elfe etwas näher an sich. „Ich habe immer an die Menschen geglaubt.“

Auch andernorts zeigte das Lösen des Fluches Wirkung: Im Zelt des Orakels sah Billybald begeistert an sich herab und wackelte mit den Zehen: alles dran, alles drum, alles so, wie es sich gehörte. Dankbar strahlte er das Orakel an, das auf dem Thron aus weißen Ästen sitzend mit den Beinen baumelte und lächelte. „Vielen Dank, Ihr habt mich zurückgeholt!“

Doch sie schüttelte den Kopf. „Ich war das nicht.“ Und lächelte noch immer.

Einen klitzekleinen Moment starrte Billybald sie an, dann drehte er sich um und verließ in Windeseile das Zelt. Beim Orakel konnte man schließlich nie wissen und er hing an seinem Leben!

Charlie und Nils hielten sich an den Händen. Worte brauchten sie nicht. Das Lächeln in ihren Augen, während sie sich ansahen, sagte so viel mehr. Doch plötzlich machte Charlie einen Schritt zurück. Etwas veränderte sich. Etwas in ihr – und da begann sie erneut zu strahlen. Aus dem Strahlen wurde ein Gleißen und plötzlich wurde es still um sie. Dann war da nichts mehr, nur Stille.

Schwarz.

Es fühlte sich an, als schwebe sie ...

Sie hörte Motorbrummen, Reifenquietschen, als führe jemand zu schnell um die Kurve, dann das erschrockene Rufen ihrer Mutter: „Charlie!!!" Schnell trat Charlie einen Schritt zurück. Das Auto schlingerte, dann raste es nur Zentimeter von ihr entfernt vorbei. Mit klopfendem Herzen sah Charlie ihm hinterher. Das war knapp gewesen! Erst jetzt bemerkte sie die Mütze auf ihrem Kopf, die Kopfhörer um ihren Hals, die Träger des Rucksacks ... war sie in der Vergangenheit?

„Charlie!" Ihre Mutter erreichte sie außer Atem, drehte sie besorgt zu sich herum. „Alles okay?" Charlie betrachtete das Gesicht ihrer Mutter, die Lachfältchen um die Augen, die so warm gucken konnten und nun erschrocken geweitet waren. Überglücklich, sie wiederzusehen, fiel Charlie ihr um den Hals.

„Ich bin zurück, Mama! Ich bin wieder da!" Am liebsten hätte sie ihre Mutter gar nicht mehr losgelassen. Doch die nahm Charlie besorgt an die Hand: „Du hast ja einen richtigen Schock!", und führte sie in Richtung Haus. Sie konnte ja nicht ahnen, dass für Charlie in diesen letzten paar Sekunden ganze Tage steckten. Und egal wie abgefahren das Ganze klingen mochte, Charlie zweifelte nicht einen Moment daran, dass wirklich alles passiert war.

Nils eilte durch den Flur der Wohnung, die er mit seiner Mutter teilte. Schon während er ins Wohnzimmer rannte, rief er: „Du wirst nicht glauben, was passiert ist, und du wirst nicht glauben, wo ich war!“ Dann blieb er überrascht stehen. Sonne strahlte durch die offenen Fenster und die hellen Vorhänge und warf Lichtinseln auf den neu aussehenden Teppichboden, das fröhliche Sofa und die glänzenden dunklen Haare seiner Mutter, die nun mit interessiertem Lächeln von ihren Unterlagen aufsah.

„Hey, Nils“, begrüßte sie ihn. „Wo warst du denn?“ Er schüttelte den Kopf. „Nicht wichtig.“ Nichts war so wichtig wie die Erleichterung, die sich in ihm ausbreitete.

Auch Tarik strahlte. Die Aufgabe, die ihm Heikes Chef, der Mathematikprofessor, gestellt hatte, hatte es in sich gehabt, doch er hatte sie mit Bravour gemeistert. Das bewundernde Nicken des Professors und Heikes breites Grinsen taten ihm gut. Doch es kam noch besser: Die Tür des Vorlesungssaals schwang auf und sein Onkel und Cousin kamen herein. Einen Moment blieben sie fast schüchtern auf der Treppe stehen, doch dann kamen sie auf Tarik zu.

„Ich bin so stolz auf dich“, raunte Tariks Onkel ihm zu und drückte ihn herzlich an sich. Sein Cousin klopfte ihm stolz auf die Schulter. „Respekt, Alter, Respekt!“ Tarik grinste so breit, dass ihm fast der Mund wehtat. Das musste wohl der schönste Tag seines Lebens sein!

Patrizia konnte kaum aufhören zu strahlen. Sie hatte Jana wieder – und sich selbst. Vorbei war die Zeit, in der sie sich verbogen hatte, um einem Ideal gerecht zu werden, und darüber ihre beste Freundin verlor! Begeistert packte sie eine selbstbelegte Stulle aus. Zwischen den beiden Scheiben Graubrot hatten etliche Schichten Käse, aber auch diverse dick mit Marmelade bekleckste Gurkenscheiben Platz gefunden. Begeistert hielt sie sie Jana entgegen. Beide nahmen einen ordentlichen Bissen und kauten genüsslich.

„Lecker, oder?" Patrizia strahlte mit vollem Mund. Jana konnte nur nicken. Patrizia stupste sie an. „Irgendwann muss ich dir erzählen, wer mir das beigebracht hat."

Dajana sah begeistert an sich herunter: Unter der langsam eintrocknenden feuchten Erde konnte man kaum mehr die ursprüngliche Farbe ihrer Turnschuhe ausmachen. Auf ihrer Sporthose waren nicht nur Grasflecken, sondern auch Schlammspritzer, einige Haarsträhnen waren aus dem Zopf entwischt und klebten in ihrem verschwitzten Gesicht. Sie hatte sämtliche Bälle gehalten! Ihr Fußballteam hatte gewonnen! Wer hätte geahnt, dass sie ein solches Talent als Torhüterin hatte?! Niemand hier wollte mehr ohne sie spielen und Dajana würde kein einziges Match auslassen!

Charlie ließ den Blick über die weite Aussicht wandern. Von dem Dach aus konnte sie über die Stadt sehen, bis alles verschwamm, es keine klaren Linien mehr gab, sondern nur noch eine unscharfe Fläche und den weiten Himmel voller Sterne darüber. War es wirklich erst ein paar Stunden her, dass sie hier oben gesessen und gehofft hatte, sie könnte sich unsichtbar machen, damit sie nicht mit ihrer Mutter, Jan und Tom in den Urlaub musste? Ein leichter Wind blies und brachte Hundegebell mit sich, Kinder lachten, irgendwo rumpelte etwas und erinnerte Charlie an Hufgeklapper. Die Stelle hier oben, über der Stadt, über ihrer Wohnung, das war und blieb ihr Lieblingsplatz. Hier konnte sie durchatmen, hier war alles möglich: alleine zu sein, die Gedanken wandern zu lassen oder aber … ihren Aussichtsturm mit jenen Menschen zu teilen, die ihr am wichtigsten waren: ihrer Familie.

Ihre Mutter lächelte sie an. „Und wie geht's dir?"

Charlie musste nicht lange überlegen. „Gut. Und dir?"

„Auch gut." Charlies Mutter legte einen Arm um sie. „Danke, dass du fragst." Dann holte sie tief Luft. „Wir haben übrigens den Flug auf morgen verschoben", berichtete sie vorsichtig. „Aber wenn du hierbleiben willst, finden wir schon irgendwie eine Lösung …"

Charlie unterbrach sie schnell. „Ich komm mit." Es fühlte sich gut an, richtig. Umso mehr, als sich nun ein Strahlen auf dem Gesicht ihrer Mutter ausbreitete. Charlie ließ sich gegen sie sinken. „Ich weiß, ich war in letzter Zeit ganz schön ätzend. Aber ich kann auch anders."

„Ich weiß."

„Und Tom …" Charlie gab sich einen Ruck. „Er kann nichts dafür, dass er nicht Papa ist. Du magst ihn, du lachst, wenn er da ist, also muss er ja tief, tief drinnen vielleicht ein ganz netter Typ sein?!"

Ihre Mutter musste lachen. „Tief, tief drinnen also, ja?" Sie verpasste Charlie einen liebevollen Klaps. „Ach, du", seufzte sie dann: „Ich hab das Gefühl, als seist du innerhalb von Stunden erwachsen geworden, ich erkenne meine Tochter kaum wieder.“ Dann strich sie sich eine Haarsträhne hinters Ohr, die der Wind aus ihrem Zopf gezaust hatte.

„Weißt du noch“, sagte sie mit einem Lächeln, „als Papa mit dir am Strand Drachen steigen lassen wollte? Und das Theater, das es jedes Mal gab, wenn er versuchte, rückwärts einzuparken?“ In gemeinsamer Erinnerung lachten sie beide. „Aber“, Charlie erwiderte ihr Lächeln sanft, „er konnte das beste Brot der Welt backen.“

„Hmmm, ja.“ Ihre Mutter geriet ins Schwärmen. „Alleine schon der Geruch morgens war toll.“

„Ich vermisse das.“ Charlie blickte in die Weite und war überrascht, wie schön sich die geteilten Erinnerungen anfühlten, wie befreit sie waren von Schuldgefühlen und Verzweiflung. Ihre Mutter nickte. „Ich auch.“

Die Tür zum Dach schwang auf. Tom und Jan kletterten mit einem Picknickkorb bewaffnet zu ihnen hinauf. Charlie strahlte. Familienabendessen auf dem Dach, gab es etwas Schöneres? Und irgendwie fühlte es sich trotz Tom gar nicht mehr falsch an.

Kurz hatte sie überlegt, ob sie ihrer Mutter von Namra erzählen sollte, von den Lilientals, von Nils und Arman, doch dann hatte sie sich dagegen entschieden. Wie konnte man das jemandem erklären, der nicht dabei gewesen war?

Sie hatte so vieles gelernt, vor allem: Es war nie zu spät für einen Neuanfang.

Und als sie in dieser Nacht noch einmal aufs Dach kletterte, um in den Himmel zu sehen, erkannte sie noch etwas: Es war auch nie zu früh für ein neues Abenteuer!

Denn plötzlich war da wieder die Stimme des Sternes, tief in ihrem Herzen, und als sie aufblickte, sah sie ihn strahlen, viel heller als alle anderen. Genau über ihr. Der Stern von Namra, ihr Stern. Das konnte nur eines bedeuten:

„Es ist noch nicht vorbei!" Charlie wandte überrascht den Blick. Nur wenige Meter unter ihr, auf dem Nachbardach, standen Nils, Patrizia, Tarik und Dajana und sahen erwartungsvoll zu ihr herauf. Nils lächelte sie an. „Wir müssen zurück!"